案卷四

王不見王

飛象過河 4

樊落 / 著
Leila / 繪

CONTENTS

目錄頁

楔子

「小子，你沒路逃了，乖乖認命吧。」一個長著大長臉的猥瑣男人湊到新犯人面前，伸手去摸他的臉。

新犯人往旁邊一閃，竟然閃開了，動作比泥鰍還靈活。

「大叔，不要怪我不給面子，實在是因為你太醜了。」

犯人的聲調跟他這個人一樣輕佻，瞇起斜長的鳳眼，擺出居高臨下的審視態度，對馬臉男人說：「我不介意忘年之交，但長得太醜的，不能忍。」

已是夜半，但是在上海灘的某些地方，依舊是夜深人不寐。

除了繁華場所，還有一個地方，從某種意義上說，它也是熱鬧的。

陰暗的走廊上遙遙傳來鐵鏈的撞擊聲，兩旁囚室的犯人太吵，鐵鏈聲幾不可聞，直到那些人走近了，大家才看到原來是有囚犯被押進來。

犯人雙手銬著手銬，腳踝上還扣著粗重的腳鐐，聲響正是他的腳鐐發出來的。

他穿了一件簡單的對襟短褂，下身是同樣顏色的布褲，衣服許多地方劃開了口子，上面血跡斑斑，頭髮凌亂，披散著遮住了眼眸，但是透過髮絲間的空隙，可以看到犯人宛如困獸般犀利的眼眸。

他的個頭頗高，襯托得身板很單薄，臉上同樣沾了血跡，不過掩不住原本清秀的臉龐。

不知是不是腳鐐太重，囚犯的腳步有些飄忽，在這個關押重犯的監牢裡，這樣的白斬雞簡直可以說是大家的新玩具，已經有人忍不住了，雙手抓住監牢欄杆，把臉貼在上面，毫不掩飾對他的垂涎。

「又有新肉送來了？」

猥褻聲換來一記棍棒，獄警將警棍敲在鐵欄上，以示警告，卻換來更多人的叫囂。

「長得挺不錯的，小白臉，哪裡人啊……」

「到哥哥這兒來吧，哥哥保護你……」

「把他關到我們這吧，這天乾物燥的，大家都憋得慌……」

「都閉嘴，是想吃鞭子嗎！」

獄警吼了一聲，他把怨氣都發洩在年輕的犯人身上，在他後背推了一把，罵道：「賤骨頭，好好的單人牢房你不待，偏要鬧事，你現在關到這兒來，到時脫一層皮，可不要抱怨。」

犯人向前栽了個跟頭，好不容易才站穩，他甩了下頭，將遮住眼簾的頭髮甩開，露出沾著血跡的臉，還有微微上翹的唇角——身處在這麼恐怖的地方，他竟然還在發笑。

獄警看到了，再次認定這個犯人腦子有問題，否則看到這些囚犯的反應，他就該猜到自己接下來的命運了。

不過這不是獄警該關心的事，他現在只想著早點回去跟兄弟們打牌，所以加快腳步，跟同伴一起將犯人帶到某間囚室門前，打開門上的鎖，將他推了進去。

這間囚室很大，裡面的光線比走廊還要暗，卻足足關了十來個人，大家早就對新囚犯虎視眈眈，不等門完全打開，就一齊撲了上來。

其他兩名獄警立刻揮起警棍，將最先衝上來的囚犯打倒，又匆忙關上牢門，無視那幫宛如餓虎撲食的囚犯，轉頭就走。

大半夜的投來美食，大家都沸騰了，牢房裡只有一個人沒被影響，他耷拉著腦袋靠在牆角，雙手搭在曲起的膝蓋上，陰暗的燈光照來，可以看到他手背上暴起的青筋。

他身形高大，整個人就像一隻野獸，即使坐在那裡一動也不動，但身上散發出來的戾氣也足以令所有人感到恐懼。

獄警瞟了他一眼，剛好男人抬起頭來，目光透過蓬亂的頭髮射出，綠瑩瑩的，讓獄警一秒想到了原野上餓到了極點的野狼，那眼神將戾獸的凶狠和殘暴毫無保留地透露出來，雖然隔著精鋼牢門，獄警還是情不自禁地抖了抖。

「金狼，」他色厲內荏地打招呼，「玩歸玩，可別讓兄弟們太過火，鬧出人命。」

金狼沒回話，盯住他的眼神冷漠而鋒利，獄警不敢再多說什麼，拉拉其他兩名同伴，加快腳步，慌慌張張地離開。

反正該交代的都交代了，要是真鬧出人命，也是犯人倒楣，本來拿了人家的錢，想關照他一下的，可誰讓他好好的單人牢房不待，偏要鬧事進大牢房。

有句話怎麼說的來著——好言難勸該死鬼啊。

獄警在心裡嘀咕著走遠了，身後傳來犯人的口哨聲、吵嚷聲，還有興奮的笑聲，他急忙搖搖頭，把接下來可能會出現的畫面甩出腦海，他要去打牌了，管不了那麼多閒事。

如果新犯人這時候開口求救，看在錢的份上，說不定獄警會幫忙，但他什麼都沒做，像是因為害怕，連話都說不出來，看到那些囚犯向自己圍過來，他低下頭，不斷向後躲避，一直避到了牆壁前。

「小子，你沒路逃了，乖乖認命吧。」

一個長著大長臉的猥瑣男人湊到犯人面前，伸手去摸他的臉。

「瞧這長相多水靈，細皮嫩肉的，可禁不起折騰，不如跟了我，至少可以讓你別太遭罪。」

眼看著滿是污垢的手指就要碰到臉上，犯人往旁邊一閃，竟然閃開了，動作比泥鰍還靈活。

他抬起頭，圍過來的囚犯驚訝地發現這位新人低頭不是因為害怕，因為此刻他臉上沒有一點恐慌的神情，忽略臉上的血跡跟污漬，他的表情是平靜的，甚至帶了絲微笑，右邊唇角微微勾起，讓他的微笑顯得那麼不懷好意。

「大叔，不要怪我不給面子，實在是因為你太醜了。」

犯人的聲調跟他這個人一樣輕佻，瞇起斜長的鳳眼，擺出居高臨下的審視態度，對馬臉男人說：「我不介意忘年之交，但長得太醜的，不能忍。」

牢獄裡出現短暫的寂靜，頭一次遇到這麼不知死活的犯人，大家反而被震住了，但馬上就陸續反應過來，有人發出嘲笑，有人開口咒罵，馬臉男人更是怒髮衝冠，上前攥住犯人的的衣領，另一隻手握成拳頭，向他揮下。

「小癟三，你竟敢嘲笑老子，給你點顏色看看！」

犯人沒躲，因為拳頭在剛要落到他身上的時候被一隻大手握住了，馬臉男不由得惱火地看向阻攔者。

攔住他的是個滿臉絡腮鬍子的男人，他長得壯實魁梧，赤裸的手臂上布滿刺青，外加一臉橫肉，一看就不好惹，他身後還跟著好幾個兄弟，是一直在獄中跟他作對的黑幫頭頭。

馬臉男火了，別人怕這傢伙，他可不怕，衝他叫道：「王鬍子，別以為你有青幫罩著，我就怕你，這第一炮是我的，你想要小白臉，等下一波！」

王鬍子的臉色很難看，沉聲問：「誰說我要跟你爭小白臉？」

「那你是在護著他了？」

「誰說我在護他？」

「那你這就是在找碴嘍？」

「都不是！」

王鬍子把馬臉男甩開，面朝削瘦的新犯人，嘿嘿冷笑，說：「小白臉，我要幹什麼，你最清楚。」

犯人上下打量他，然後輕描淡寫地反問：「你誰啊？」

「你、你居然不記得我了？」

「喔，抱歉，要記住醜人，這對我的記憶力來說是一個很大的挑戰。」

「你！」

王鬍子氣得也把拳頭舉了起來，新犯人做了個偏頭躲閃的動作，「提個醒吧。」

「好，我就再說一遍，讓你這小子死得心服口服——去年，就是在黃浦江上你們活捉溫雅筠的那次，我跟我兄弟也被抓了起來，我們要在這裡關好幾年，都是拜你跟你朋友所賜，你說這筆帳不跟你算跟誰算？」

「喔，好像是有這麼一回事。」

「臭小子虧你還記得！」

「不過有一點你說錯了，我蘇十六沒有朋友。」

「呵，還想渾水摸魚，你當我在牢裡，就不知道你跟沈玉書的那些事了？」

一想起那次栽跟頭，王鬍子就火冒三丈，指著他說：「仗著開偵探社破了幾樁案子，就以為自己是大神探了？你沒想到風水輪流轉，你也有今天吧，蘇……蘇……」

「蘇唯。」

新犯人好心地幫他提了醒，道：「雖然我知道跟沈玉書站在一起，我的存在感可能沒那麼強，但還是希望下次碰面時，你能記住我的名字。」

「沒有下次了，今晚不弄死你，老子就不姓王！」

王鬍子舉手就要打，這次反倒是馬臉攔住了他，不悅地說：「小白臉是我的，你打殘了，我還怎麼玩？」

「我會給他留口氣的，到時你愛怎麼玩都隨你！」

馬臉還要再阻攔，王鬍子衝後面的人一揮手。

「兄弟們，先弄斷他的手腳，再好好修理他……」

「等等！」蘇唯抬起手，打斷了王翳子的話，笑嘻嘻地說：「大家都是在道上混的，不需要趕盡殺絕吧？」

「小子，不是爺們要趕盡殺絕，是陳老爺花了大價錢，要咱們好好關照你。」

「哪位陳老爺？」

「就是被你殺的那個傢伙的叔叔啊，你不會這麼快把他也忘了吧？」

王翳子震驚地看他，很想問您這是什麼記性啊？這個世上您到底還記得誰？

「喔，是他啊，殺的人太多，記不清了。」

蘇唯話音剛落，大家就哄堂大笑起來，似乎不信這個看似白斬雞的男人可以殺很多人。

王翳子說：「你貴人多忘事，記不清了，有人可記得清清楚楚，小子，既然你被送到這裡，那就認命吧。」

他說完，一揮手，身後的那幫兄弟立刻一躍而上，把蘇唯團團圍住，開始拳打腳踢。

蘇唯的手腳都上了手銬腳鐐，沒辦法反抗，只好抱著頭，弓起身體想要逃，奈何人太多，又個個長得壯實，一起圍上來後，把牆角阻了個水泄不通，別說逃跑，就連躲避的空間都沒有。

牢房裡其他不相干的人都躲得遠遠的，生怕惹禍上身，有些膽小瘦弱的囚犯更是連看都不敢看。

這陣勢就連馬臉男人也看傻了，叫罵著想衝進去解救他的玩具，但人牆圍得太嚴實，只聽著拳打腳踢聲不斷傳來，他就是擠不進去。

他氣急了，往裡面叫道：「王鬍子，你要是弄死了小白臉，我跟你拚命！」

不知道王鬍子是不是在忙著揍人，理都沒理他，馬臉男火了，上前揪住一個傢伙的後衣領，把他提著甩到了一邊，正要再去拉其他人時，腳下人影一閃，有人從剛才的空隙裡彎腰鑽了出來，手腳並用，靈活得像泥鰍。

他鑽出來，拍拍手，站了起來，發現他竟然是正在被圍毆的小白臉，馬臉男傻眼了，看看他，又看看眼前這幫還在奮力揮舞拳腳的傢伙，很想知道他們現在揍的人是誰。

「Thank You.」

蘇唯率先開了口，又晃了晃手銬，馬臉看到他身上的手銬腳鐐不知什麼時候都解開了，手銬在他手上來回晃悠著，像是馬戲班的人在表演雜耍。

「喔，小白臉，沒想到你還有這麼一手，這讓我更想疼你了……」

馬臉男很快反應了過來，堆起猥瑣的笑，上下打量蘇唯，伸手想摸他的臉，誰知下一秒劇痛從手指間傳來，精鋼手銬狠狠地敲在他的手上。

馬臉男握著手指大聲叫痛的時候，手腕已被手銬銬住了，蘇唯又一拳重擊他的頭部，接著一腳踹在他的胸口上，把他踹了出去。

「長得醜沒關係，醜還跑出來侮辱別人的眼睛，這就是你的不對了。」

面對蘇唯的嘲諷，馬臉男一點反應都沒有，因為他已經被打暈過去。

周圍其他囚犯個個目瞪口呆，誰也沒想到這個小白臉下手這麼狠，神奇的是那幫群毆的人還沒住手，裡面不時傳來慘叫聲，完全可以想像得出現在挨打的那個人有多淒慘。

不過這不關別人的事，所以沒人好心去提醒他們，大家都好奇地看著小白臉，想知道接下來他會做什麼。

在眾人的注視下，蘇唯撣了撣衣服上的灰塵，眼眸掃過牢房，最後落在坐在角落裡的金狼身上。

金狼依舊保持垂頭冥思的姿勢，彷彿睡著了，對眼前發生的一切不聞不問。

廊下微弱的燈光斜照進來，映在他的半邊臉上，有種陰慘慘的白，垂下的頭髮幾乎將他的臉全部遮住，只能從髮絲間隱約窺到他鋒利的臉頰輪廓。

蘇唯走過去，先是站在他面前，發現他無動於衷後，便靠著牆壁，跟他一起坐到地上。

「嗨，好久不見。」他像見到老熟人似地打招呼。

金狼沒睜眼，但是回應了他，「我們認識嗎？」

「現在認識了，你的名字我可是如雷貫耳，簡直可以說你就是我的偶像，可惜這裡沒有簽名筆，否則我一定請你幫忙簽名。」

金狼終於抬起頭，透過凌亂的頭髮看向他，半晌，嗤地一笑。

「原來是個瘋子。」

蘇唯不介意，看著對面還在毆打的那群人，他平靜地說：「是啊，在這個世界的大多數人眼中，我是瘋子，可是瘋不代表傻，至少我知道你的能力。」

金狼又不說話了。

蘇唯繼續自言自語，「最近你在外面辦了件大案子，挺厲害的啊。」

金狼的眉頭皺了起來。

「我不是在信口開河，這監獄雖然戒備森嚴，但也關不住餓狼，你去打聽一下就知道了，相信這裡的獄警會很詳細地告訴你的。」

「都是謠言，我自從進來後，就再也沒踏出這裡半步。」

彷彿沒聽到他的話，蘇唯自顧自地往下說。

「你叫金狼，是江湖上排名前十並且信譽極好的殺手，一年前你在行動中失手被擒，這是你出道後唯一的一次失敗記錄。」

「打聽得很詳細，你是為了見我，特意被關進這裡的吧？」

「跟聰明人說話就是這麼痛快，進度簡直就是唰唰唰的。」

蘇唯一拍大腿，看向他，說：「我在中南銀行有一筆存款，大約五千大洋，只要拿著我的委託手印跟存摺就能取出來，東西我放在這裡。」

他將手掌亮到金狼面前，在掌心上寫了幾個字。

金狼冷眼看著，蘇唯寫完，又說：「這是訂金，事成後，我會託人告訴你餘下的錢放在哪裡。」

「告訴我這些幹什麼？」

「你是殺手，給你訂金當然只有一個原因。」

蘇唯收起了笑臉，冷冷道：「我要你幫我殺一個人。」

「呿，我可是死刑犯，沒多久我就要被處以死刑了，你是要鬼幫你殺人嗎？」

「你不會死的，你可是金狼啊。」

這不是什麼很華麗的恭維之詞，卻偏偏打動了人心，金狼抬起眼皮，打量蘇唯。

他滿臉的不正經，唇角間還隱約流淌著微笑，經驗告訴金狼，這笑很不懷好意。

是那種充滿了冷血、瘋狂跟殺意的笑。

他沒看錯，這個人是瘋子。

冷到了骨子裡的瘋狂，反而會讓人變得異常地冷靜。

至少一個正常人，不會用這種方式跟他見面。

不過他對對方的身分還有目的不感興趣，他只在意自己即將接手的任務。

對面的毆打終於停了下來。

打了半天，大家都累了，慢慢散開，只留下當中躺倒的人。

那人被打得鼻青臉腫，蜷在地上呻吟個不停，他的身板個頭跟新犯人相差很大，有人覺得不對勁，上前把他扳過來一看，這才發現一直被痛毆的居然是王翳子。

不知什麼時候，王翳子的腳上銬了腳鐐，嘴巴裡也塞了破布，所以他才有苦說不出，更加無法反抗，被一頓好揍。

被打的竟然是老大，兄弟們都慌了，一邊上前查看他的傷勢，一邊四下尋找罪魁禍首，他們很快就找到坐在牆角看熱鬧的蘇唯。

為首的一個兄弟衝了過去，但是偷窺到金狼的臉色，他猶豫了一下，沒有再靠近。

金狼冷眼看著那人，忽然問：「要殺他嗎？」

「NoNoNo，他不值五千的。」

蘇唯伸出一根手指左右晃了晃，看到那個混混明顯鬆了口氣的反應，他噗哧笑了，但是笑容很快就收斂了，陰暗的囚室中，他的臉色也變得陰鷙起來，眼眸瞇起，讓人無法看到眼裡的情感。

「我要你殺的人，他要值錢得多，你聽好了，我只說一遍。」

冷光在眼底一閃而過，蘇唯一字一頓地道：「他是法租界萬能偵探社的老闆，他叫沈玉書。」

【第一章】

高額賞金的棋賽

蘇唯坐在最前面，棋手們的一舉一動他都看得一清二楚，歎道：「陳楓明明可以靠臉吃飯，他卻偏靠實力。」

「有嗎？長得還不如你好看。」

「真的？」冷不防被稱讚了，蘇唯很意外，不由得翹起二郎腿，沾沾自喜，小聲說：「不要迷戀哥，哥可是直的，直得不能再直了。」

「直？」

「就是那種……」蘇唯做了個曖昧的手勢，誰知沈玉書輕描淡寫地說：「掰彎就行了。」

過了端午，天氣突然熱了起來，萬能偵探社的窗戶都打開了，微風吹過辦公室，裡面很靜，只有偶爾傳來清脆的啪嗒響聲。

一副大象棋盤放在辦公桌當中，沈玉書正襟危坐在桌子一邊，蘇唯支起一條腿，斜坐在桌子上，兩人手中各拿了幾枚棋子，正在認真對弈，隨著黃楊木棋子落在棋盤上，清脆聲再度響起。

繼上個大案之後，已經過去半年的時間，這段日子裡，偵探社一直很平靜，零零碎碎的案子接了不少，生計方面還算過得去，這對於兩個新人來說，算是挺幸運的事，用蘇唯的話來說就是——新手上路就有這成績，絕對應該感到滿足。

這兩天太輕鬆，輕鬆得都讓人感覺有點發霉，蘇唯便從地下室裡翻出了同樣快發霉的黃楊木大棋盤，拉著沈玉書下棋聊以解悶。

這棋盤有點年數了，又厚又重，不過棋子敲上去的聲音很好聽，給下棋增添了聽覺享受。

蘇唯的棋術平平，但是你說在這將近九十年前的時代裡，既沒有電腦玩，也沒有電視看，當然更別說用 wifi 玩手機上網了，在聽膩了留聲機跟電臺廣播後，除了這種超健康的娛樂活動外，他還有其他選擇嗎？

旁邊傳來咔嚓咔嚓聲，是小松鼠花生在啃瓜子，牠面前的盤子裡堆了一堆瓜子皮，啃一會兒，偶爾轉頭看看他們，似乎覺得無聊，又轉回頭專心致志地跟自己的食物奮鬥。

起初蘇唯開窗透風，還擔心牠會跑掉，後來沒多久他就發現這小傢伙很聰明，大概知道跑出去沒東西吃，所以除了跟隨長生回家外，絕對不會離開這裡半步。

說到長生，趁著沈玉書低頭思考棋路，蘇唯看向長生。

長生坐在對面的沙發上看報紙，報紙拿在他的小手裡，顯得出奇地大，他卻看得津津有味，報紙上有很多難認的字，很難想像一個小孩子怎麼可以讀得這麼流暢。

這就跟長生的身分之謎一樣令人無法參透。

在虎符令一案的最後，蘇唯終於從一些細枝末節上留意到長生的不同，他的言行舉止、思維觀念，還有他的遭遇都讓蘇唯非常肯定他跟自己一樣，是從現代社會穿越過來的。

難怪洛逍遙拜託了那麼多人去打聽長生的身世，都毫無線索，那是因為他根本不是這個時代的人啊！

但蘇唯反而沒有過多地追問長生以往的經歷。

因為他擔心長生受不了記憶復甦時的刺激。

長生最初跟他們同住時，每夜都作噩夢，糟糕的時候還驚叫個不停，經過這大半年的休養，這種狀況才逐漸減輕。雖然蘇唯無法知道長生以前經歷過什麼，但想像得出那段遭遇一定很殘酷，所以他才會潛意識地選擇忘記。

他理解長生的心態，他特意不去多問，除了考慮到長生的承受力以外，還有一個原因就是他不敢多問。

他怕知道得太多，會磨滅了最初的期待跟熱情，所謂不知者無畏，他擔心那個真相不是他想知道的結果。

所以就走一步看一步，隨緣好了，如果長生能想起來，那固然是好事，如果孩子一直這樣下去，他也選擇接受。

對於這些事，沈玉書似乎有所察覺，但他不知道出於什麼心態，沒有像之前那樣主動問過，蘇唯也樂得裝糊塗。

從來到這裡，轉眼就快一年了，偶爾回頭想想，覺得自己像是作了場夢，說不定哪天睜開眼睛，會突然發現自己竟然回去了呢。

沈玉書手裡拿了個車，但一直沒落子，像是感覺到蘇唯的情緒波動，他抬起頭看過來。

蘇唯回過神，急忙指著沈玉書那邊的棋，「哎喲喂，兵臨城下了，小心落錯子哈。」

「下棋不語真君子。」

沈玉書將車落在蘇唯的卒上，他把卒拿掉了，說：「該你了。」

「吃個小卒也要考慮這麼久，我敗給你了。」

「呵呵。」

「你可以換個方式笑嗎？你這樣的笑聲總讓人感覺不懷好意。」

蘇唯飛快地跳了馬，吃掉對方的兵，然後揮手做示範。

「下棋跟盜竊的道理是一樣的，精髓就在於快準狠，想得太多純屬浪費時間。」

「請不要褻瀆我們的國粹文化。」

沈玉書下棋的風格跟蘇唯剛好相反，他看著棋局，又慢條斯理地拿起旁邊的茶杯想品茶，誰知被蘇唯半路截胡，搶先拿過茶杯喝了起來。

「那是我的，蘇先生。」

「我知道，我借喝一下有什麼問題嗎？」

「有很大問題，你喝的地方是我喝過的。」

「我不會介意的。」

沈玉書手持一顆子看過去，蘇唯滿不在乎的表情讓他很想說——我很介意。

可惜話被搶先了，蘇唯換了個坐姿，手指在桌面上輕輕敲打，感歎地說：「我覺得我們一直在這裡玩，好像很浪費生命。」

「是的，可是出門玩的話，除了浪費生命外還浪費金錢。」

蘇唯噗哧笑了，覺得他們湊一起，不僅可以做偵探，還可以說相聲了。

只可惜，關係到生計問題，這個相聲就一點都不好笑了。

雖然靠著破獲了幾樁大案，他們賺了一筆錢，但又不是每天都有大案發生，每個案子都可以幾千幾千賺的。

基本上一筆生意能賺幾個銀元，就要偷著樂了，大部分時候，他們的報酬是以銅板計算的，但又不能因為生意小就不接，那只會自己把路走死。

其實這還不是最大的問題，最大的問題就在於蘇唯平時享受慣了，花錢沒節制。

沈玉書就更糟糕了，他出身世家，對飲食起居方面的要求很高，沒錢的時候也罷了，有了錢，他就凡事都把享受放第一位，所以許多時候他們接的生意都是入不敷出，再加上偵探社沒有會計，所以等他們發現帳目上一連串赤字的時候，他們以前賺的錢差不多都快見底了。

要不是因為這個原因，兩人也不會在家裡享受這種健康又省錢的娛樂。

想到現實問題，蘇唯嘆了口氣。

「無聊沒關係，無聊預示著沒錢賺，就很有關係了，以前好歹還有些捉貓、捉狗、捉姦的案子，這兩天怎麼連捉X都沒有了。」

「X是什麼意思？」

「這個地方不念叉，念埃克斯，埃克斯就是代表任何事物的意思。」

啪嗒一聲，沈玉書用落子代替回應，「將軍。」

蘇唯的神思走遠了，隨意把自己的將往旁邊一移，嘆道：「沒案子就沒收入，如果我們的棋藝再高超一點的話，說不定還可以去棋館擺擂臺賺錢。」

「你這種心態，這輩子棋藝都別想練好。」

「說得就好像你的棋藝有多高明似的。」

「嫌不好，你可以去跟別人下。」

「沒辦法，這裡除了你就沒外人了。」

「還有長生。」

沈玉書也移動了一顆子，見蘇唯不說話，他挑挑眉，說：「你是怕到時下不過長生，被人笑話吧？」

「開什麼玩笑？我怎麼會下不過一個孩子？我是不想做欺負小孩的事。」

蘇唯說得色厲內荏。

沈玉書說對了，長生聰穎異常，用現代話來說就是智商超二百，能不能下贏他蘇唯還真沒底，所以何必自取其辱呢。

「你厲害你去跟他下啊。」

「我又沒像你這麼愛下棋，將軍。」

「誰說我愛下棋？我是被逼無奈的，如果這裡有 wifi 的話……靠！」

只顧著閒聊，蘇唯忘了眼前的戰事，直到兵臨城下，他才發現糟了。

都怪他剛才進攻得太快，導致自己這邊後營空虛，對方的車直接對準了他的將，將軍將了個徹底。

他急忙把將往旁邊移。

沈玉書伸手，按住了他的手。

「你確定要這麼走嗎？」

「欸？」

沈玉書解釋道：「象棋中王不見王，你再移動一步的話，就跟我的帥碰頭了，也就是說這一局是你輸……」

「No！」

今天連輸了三局，面子上實在過不去，雖然除了蘇唯本人外，沒人會在意這種小事。

「讓我再想想。」

他伸手做出移動其他棋子的樣子，卻在袖筒的掩飾下用小手指一勾，將自己的馬往旁邊移開一格，剛好可以吃到對方的車。

這一招做得巧妙，誰知還沒等蘇唯把手縮回去，沈玉書就開口：「蘇先生，偷偷移子，勝之不武。」

「哪有移子？你眼花看錯了。」

「我的眼力的確跟不上你手的速度，但我的記憶力很好。」

沈玉書將蘇唯的馬挪回到原有的位置上，微笑對他說：「要騙過我的記憶力，除非是我失憶了。」

「哇塞，你連失憶這種詞都學會了。」

「忘了跟你說，我除了記憶力好以外，還有很高的求知欲。」

觀賞著蘇唯懊惱又氣憤的表情，沈玉書頭一次覺得這世上竟然還有比推理跟驗屍更有趣的事。

他故意又說：「反正你已經連輸三局了，還在乎多一局嗎？」

「誰說我輸了？我也將軍！」蘇唯大聲說道，拿起自己的象躍過楚河漢界，直接落到對面的田字格裡，喝道：「將軍！」

「將……軍？」

沈玉書有三秒鐘的呆滯，回過神後重新再問：「將軍？」

「對，將你的軍。」

面對得意洋洋的蘇唯，沈玉書哭笑不得。

「你會不會下棋？象是過不了河的。」

「這招叫飛象過河平車馬，你管我怎麼下棋，勝者為王。」

「你這叫胡走一氣，象棋沒這規矩。」

「規矩是人定的，我現在讓它飛象它就飛象，有異議嗎？」

「有！」

「異議駁回，維持原判。」

「蘇先生你乾脆就直說了吧，你輸不起。」

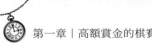

「現在是你輸了，你不肯服輸是不是沈先生？」

兩個人越說越激動，最後各自拿起棋子在棋盤上亂擺一氣，啪嗒啪嗒的脆響聲不斷傳來，棋盤被震得顫個不停。

花生被驚動了，停止啃瓜子，好奇地看向他們。

蘇唯立刻拿起一顆榛子，對牠說：「花生醬，你說我們誰輸了？」

沈玉書不慌不忙也拿起一顆花生，問：「是誰輸了？」

花生往沈玉書這邊挪了挪，再看看蘇唯那邊，又往他那邊挪了挪，一副兩邊的美食都好想要好難取捨的樣子。

最後還是長生走過來打破僵局，他站在兩人當中，脆生生地說：「其實象棋走法中有一招叫飛象局的。」

蘇唯得意了，衝沈玉書挑挑眉，意思是你看我沒走錯吧？

可惜還沒等他得意完，長生又說：「但飛象局不是這麼走的，真正的飛象局以守為攻，因為象的主要作用是防守，保護自己的帥，它不擅長作為進攻子來用，更別說飛象過河了。」

聽完小孩的一番侃侃之談，蘇唯僵住了，沈玉書衝他聳聳肩，伸手將他的象從棋盤上拿掉，微笑說：「你輸了。」

蘇唯沒轍了，雙手交叉抱在胸前，打量長生。

「你對象棋很精通嘛。」

「也沒有，只是最近報紙上一直在報導這個，我就好奇研究了一下，稍懂皮毛。」

長生將手裡的報紙放在桌上。

蘇唯跟沈玉書探頭看去，就見報紙當中是一則大篇幅的報導，標題寫著——巾幗鬚眉同聚一堂，長春戰事硝煙瀰漫。

看完這個大標題，蘇唯首先的反應就是：「最近哪裡打仗了嗎？」

「不是真正的打仗，這只是噱頭，是在說象棋擂臺賽霸主競爭有多麼的激烈啦！」

長生指指下面的報導讓他們看。

蘇唯簡單地瀏覽了一遍，原來象棋擂臺賽從三天前就開始了，棋手們經過了各種角逐跟淘汰後，最後還剩三人，這三人將在長春館進行決賽，也就是在明天。

「長春館？聽起來像是道觀，這場戰事是要在山上舉行嗎？」

「沒常識，長春館是這裡一家很有名的象棋館，就在愛多亞路那邊，館主，也就是老闆自身就是象棋國手。」

「我不是沒常識，我只是對下棋這事沒太大興趣。」

沈玉書的回應是用棋子敲了敲棋盤，意思是你沒興趣還整天拉著我下棋。

長生點點頭，「對的，老闆叫柳長春，人稱長春居士，據說他的棋藝在當今無人可比，可謂是高手中的高手，不過柳老闆個性閒散，不喜歡與人爭鋒，所以長春館一直以來都是以弈棋娛樂為主，這次突然這麼大排場地舉行比賽，老實說老棋友們都挺震驚的。」

他侃侃而談完，對面兩個人都沒說話，半晌，蘇唯才咳嗽了兩聲，問：「小盆友，這些你都是從哪裡聽說的？」

「私塾的先生喜歡下棋，我跟著他去了幾次，就知道了，其他的都是從報紙上看來的，這幾篇稿子是飛揚寫的，為了捧他的場，我就全部都看了。」

「你說雲飛揚？他什麼時候改行寫這種稿子了？」

蘇唯拿起報紙看了看，撰稿人的名字叫楊飛，嗯，倒過來就是飛揚，倒是挺好認的。

「他說他不想總靠母親的救濟，要自食其力，但是用自己名字的話，稿子又無法過關，就只好先用化名寫一些稿子，等有了經濟基礎，一切就好辦了。」

「你是怎麼知道的？」

「因為文風很好認啊，我看過他寫的偵探小說，再看新聞稿，就猜到啦，不過他不讓我告訴大家，怕你們笑話他……啊！」

說到這裡，長生才發現自己把不該說的全都說出來了，急忙捂住嘴巴，緊張地看他們。

「現在你們當什麼都沒聽到可以嗎？」

「當然不可以，我們又沒得失憶症。」

蘇唯微笑著把長生的手拉下去，說：「聽起來你的棋藝也很不錯了？」

「嗯，只是以前跟爺爺學過一些而已。」

長生說完，眼神恍惚了一下，眉頭微微皺起，很明顯剛才那句是他潛意識的回答，實際上他並不記得自己是在哪裡學過的、是跟誰學的，「爺爺」也不可能是賣掉他的那個人。

或許他說的是他真正的爺爺。

蘇唯發現自己踩到地雷了，抓抓頭髮，正想找藉口岔開話題，沈玉書翻著報紙，說：「難怪上面說這次的對弈爭鋒是空前盛舉了，原來獎金這麼高。」

「給我看看。」

蘇唯很快從報紙上找到最重要的線索。

原來這次的冠軍得主不僅有跟柳長春直接對弈的機會，還可以拿到一千大洋的獎金，簡直可以說是名利雙收，所以才會有這麼多人去報名應戰。

「一千大洋！」

蘇唯的手指在膝蓋上敲動起來，他興奮地看向沈玉書。

沈玉書的表現比較含蓄，但是從他熠熠閃光的眼瞳可以看出，對於這個意外發現，他跟蘇唯一樣激動。

「這麼好康的事我們竟然不知道。」

「因為你不看報紙，而我，不看沒興趣的報導。」

「不過總算時間上還來得及，參加總決賽的棋手是三個人，三個人對弈淘汰多麻煩啊，哪比得上四個人兩組開？」

沈玉書衝蘇唯豎了下大拇指，然後兩人轉過頭，同時看向長生。

蘇唯問：「小盆友，你老實說，你的棋藝很厲害是不是？」

「也沒有很厲害啦！」

畢竟是小孩子，這也是可以理解的。

兩人對望一眼，就在他們打算放棄這個不切實際的想法時，長生又接著說：「就是十步之內吃掉你們應該是沒問題的。」

三秒鐘的靜默後，長生左右看看他們的臉色，小心翼翼地問：「我這樣說是不是太打擊你們的自尊心了？」

「那倒沒有，畢竟大家都有各自擅長的東西。」

蘇唯笑得很牽強。

他在心裡倒吸一口涼氣，還好他有先見之明，沒找長生下棋，否則今後就等著被某個傢伙嘲笑吧。

「那麼小盆友，」他堆起一臉燦爛的笑，「為了報答我們長期以來對你的照顧，你要不要去挑戰一下這次的擂臺霸主？」

「你的意思是要我拿下這次的獎金？你們這麼缺錢嗎？」

「……」

再次對望一眼後，兩人同時點了點頭。

「那到時拿到了錢，可以給我和花生醬改善一下伙食嗎？」

聽聽這口氣，像是象棋霸主這個位子已經是他的囊中之物了。

蘇唯不知道是該相信長生多一點，還是該相信他們的運氣多一點，他深吸一口氣，拍了拍孩子的肩膀。

「沒問題，到時你想吃什麼都可以。」

「噢，花生醬你聽到了嗎？你想吃什麼，我買給你吃。」

聽說有美食吃，長生興奮了，衝到小松鼠那邊大叫。

像是聽懂了他們的對話，小松鼠開心地在桌上亂轉圈，又竄到長生的頭上，把他梳好的頭髮弄得一團糟。

看到他們開心的樣子，蘇唯也笑了，哼著歌，準備收起棋盤，冷不防手腕被沈玉書攥住，將他拉到一邊。

蘇唯立即低聲道：「我跟你講，我這人很正經的，不要以為你是老闆，就可以職場性騷擾，信不信我揍你？」

無視蘇唯的嘻皮笑臉，沈玉書嚴肅地問：「你有沒有覺得我們高興得太早了？」

「有啊，其實我也有點擔憂，你知道不能把所有雞蛋都放在一個籃子裡的。」

「你這是什麼爛比喻？」

「意思就是要雙管齊下，除了奪冠軍外，還要另外找案子，不能把所有希望都寄託在象棋擂臺上。」

「你想得可真夠周到的。」

「我一向高瞻遠矚。」

「那高瞻遠矚的蘇先生，在你對那一千大洋勢在必得的時候，好像忘了一件重要的事——明天就進入決賽了，我們怎麼把長生塞進去？」

「喔，你說的是這件事啊。」

聽了沈玉書的擔憂，蘇唯嘻嘻笑起來，問：「擂臺設在哪裡？」

「長春館。」

「我是問地界，別忘了這裡是法租界，說到法租界公董局，我們好像有位朋友在裡面說話很有分量的，讓他出面說兩句，誰敢不給個面子啊。」

「你不會是說……」

「對，就是那位。」

「不要。」

明白了蘇唯的提示，沈玉書拂袖就走，蘇唯踩著他的腳步追出去，一直追到走廊上，還為了表示友好，伸手扳住他的肩膀。

「大哥，你要明白一文錢難倒英雄好漢，想當年連秦瓊都因為沒錢，不得已把自己的馬賣掉了，現在我們只是去求求竹馬，有什麼關係呢？」

「沒有關係的話，你去求啊。」

「他又不是我的竹馬，怎麼會給我面子？」

見沈玉書不回應，蘇唯搶前兩步，在前面攔住了他，很嚴肅地提醒道：「下個月水電費又要漲價了。」

沈玉書很驚訝，「我們已經窮到要考慮水電費的問題了嗎？」

「接下來還要考慮柴米油鹽醬醋茶的問題，尤其是茶，你再要面子的話，那今後你最愛的那些茶都別再想喝了喔。」

沈玉書不說話了，眼神不爽地看過來。

蘇唯說：「我這真不是在危言聳聽，不信你自己去看保險櫃。」

「那好……吧，為了花生醬的一日三餐，我考慮一下。」

——難道不是為了你今後可以買得起那些奇奇怪怪的茶嗎？

為了達到目的，蘇唯忍住了吐槽的衝動，認真地對他點點頭。

「那一切就交給你了，少年，相信自己，你一定行的！」

沈玉書是怎麼跟端木衡溝通的，蘇唯不知道，他只知道結果，在第二天長春館舉行的象棋決賽中，長生作為最小的預備軍出席了。

關係到今後的生計問題，蘇唯跟沈玉書也跑來參加，這同樣是走端木衡的後門，否則以他們的身分，根本連象棋館也進不來。

因為這次象棋比賽的規則十分嚴格繁瑣，除了參賽者跟少數相關人士外，閒雜人等一律不得入內，那些記者們就更不用說了，不管後臺有多硬，都被關在門外。

簡單地說，這棟樓房大門一關，裡面就成了封閉的空間，能入席的個個都是上海灘上的雅士，算得上有頭有臉的人物。

所以蘇唯跟沈玉書算是例外，同樣例外的還有一位，那就是全程報導比賽實況的記者——雲飛揚，不過他也沒敢張揚地把照相機放在外面，而是身穿得體的西裝，正襟危坐在觀眾席上，位置剛好在他們對面。

——這傢伙一定是靠他老爸的關係蹭進來的。

蘇唯一邊想著，一邊衝雲飛揚搖手打招呼。

雲飛揚也看到了他們，一臉震驚的表情，嘴巴張得足以吞得下鴨蛋，站起身想過來，但大廳正中擺放著象棋桌，繞過來比較麻煩，他只好打消念頭，又坐下了。

長春館原本就是為眾多棋友提供的娛樂場所，所以正廳的面積非常大，可以輕易容納五、六十人，今天到場的除了四位棋手外，還有館裡的夥計，再加上觀眾以及負責治安的巡捕，總共加起來也不到四十人，廳裡顯得很寬敞。

跟雲飛揚一樣表示震驚的還有洛逍遙。

柳長春跟麥蘭巡捕房的總探長有點交情，柳長春去拜託幫忙，總探長就把洛逍遙等幾個巡捕臨時抽調過來，大家穿著便衣，作為保安人員暗中維持這裡的比賽秩序。

這幾天洛逍遙一直在棋館當班，他沒想到最後一天蘇唯跟沈玉書會突然光臨，還坐在最前排，要知道那可是這裡最好的觀賽位置，竟然給了兩個臭棋簍子，簡直就是暴殄天物。

當然，這些話打死他都不敢說出來，撓撓頭，正想藉巡邏的機會過去打招呼，一抬頭，剛好看到他的死對頭從外面走進來，不是端木衡又是誰。

真是冤家路窄。

洛逍遙天不怕地不怕，就怕這個一肚子墨水的富家子弟，本來還慶幸在這裡當值，不用看到某人討厭的臉，沒想到端木衡居然也來了，他臨時轉了個方向，裝作沒事人似地，順著過道拐去了另一邊。

端木衡看到洛逍遙的小動作，不過他今天有事，沒時間去逗弄小表弟，一撩長衫下襬，大步流星地走到沈玉書跟蘇唯面前，微笑著跟他們打招呼。

「兩位早，這個位子你們還滿意吧？」

端木衡今天穿了一身青色長衫，頭戴禮帽，再配上他高挑的個頭，端的是翩翩佳公子，蘇唯看到附近幾位名媛的目光都落在了他身上，滿臉傾慕。

要是她們知道這位出身世家的貴公子就是令人聞風喪膽的大盜勾魂玉的話，不知會作何感想？

——唉，現實果然是殘酷的。

蘇唯堆起笑臉，說：「滿意滿意，不愧是端木兄，你出馬，果然沒有辦不成的事啊！」

「哪裡哪裡，蘇兄高抬在下了。」

「怎麼會怎麼會，請看我這真誠的眼神，我這可都是出於肺腑之言啊！」

端木衡笑得虛假，蘇唯也笑得很虛偽，衝他抱拳作揖，戲唱得十足。

沈玉書冷眼旁觀，終於忍不住，打斷他們的對話：「你們夠了吧，我剛吃早餐，不想這麼快就倒胃口。」

蘇唯在桌子底下踹了沈玉書一腳。

端木衡是不是好人暫且不論，但剛求了人家辦事，總得給個面子吧。

端木衡沒看到蘇唯的小動作，他沒生氣，對沈玉書說：「是不是最近天乾物燥，容易上火？如果不舒服的話，一定要去看醫生，我認識很好的西醫，喔我忘了，玉書你自己就是醫生。」

沈玉書拿起茶杯，低頭品茶，一副不聞不問的樣子。

蘇唯終於發現不對勁了。

以往沈玉書對端木衡的態度不是很熱情，但也沒表現得這麼冷淡，為了緩和氣氛，他急忙換了話題。

「說到這個，長生跟你在一起吧，他真的沒問題？」

「咦，不是你們舉薦的嗎？我就拜託柳館主讓他參賽了，我說長生是神童，想藉這個難得的機會見識一下，柳館主就同意了。」

「神童？你見過長生下棋？」

「沒有，這不重要，重要的是玉書難得來求我一次，這個面子我怎麼著都要給的。」

端木衡笑吟吟地看向沈玉書，但沈玉書低頭品茶，完全無視。

蘇唯湊過去，小聲說：「你也沒見過小盆友下棋啊，那如果他輸了……」

「小孩子嘛，輸了也是很正常的事，有他在，象棋剛好湊兩桌，挺好的，是吧玉書？」

——一口一個玉書，叫得也太親熱了，只可惜你的竹馬不領情。

蘇唯重新坐下，看著擺放在正中的精緻桌椅，有點為那位柳老闆感到抱歉。

大概端木家的公子親自來拜託，柳長春也不好不給面子，希望長生給力，一千大洋賺不到也罷了，千萬不要馬上就被人家打敗，那樣的話，所有人都會認為這小孩子是被誰慫恿來攪局的。

說著話，幾位決賽棋手陸續走了進來，端木衡便沒再多聊，臨走時，往沈玉書那邊微微傾身，小聲說：「別忘了你答應我的事。」

他說完，去了另一邊的空位上坐下，中間有其他客人隔著，蘇唯趁機移動椅子，靠近沈玉書，說：「昨天你好像出去了很長時間……」

「他是大忙人，我找了很久才找到他。」

「看你的樣子，好像不大開心。」

「一直面對聒噪的人，怎麼開心得起來？」

「端木衡有那麼愛嘮叨嗎？」

沈玉書不說話，眼眸輕轉，看向蘇唯，那意思是說——聒噪的人是你。

——好吧，跟只喜歡和死屍打交道的人相比，我是話嘮了一點。

蘇唯在心裡反省了三秒鐘，又問：「你答應他什麼事了？」

「沒什麼。」

「沒什麼是什麼？」

「等價交換。」

「哈？」

「你把你的祕密告訴我，我就告訴你我的。」

「我……哪有什麼祕密啊？」

「呵。」沈玉書品著茶，慢條斯理地說：「蘇十六，你是不是覺得我很好騙？」

「No，如果你好騙，我們的偵探社就要喝西北風了。」

被戳中了心事，蘇唯笑得很沒底氣。

其實他也知道自己那些事瞞不過沈玉書，所以就抱著能瞞一陣是一陣的想法，到實在瞞不過去的時候，再去想怎麼解釋吧。

偷眼打量沈玉書，還好沈玉書沒再追問，而是把目光放在棋桌那邊。

隨著四名棋手的上場，大廳裡響起竊竊私語聲，其中三位棋手大家都很熟悉，他們是一路殺敵掠陣，入圍決賽的，但長生這位小參賽者，他不僅是半路突然冒出來的，而且跟其他三人相比，他個頭太小了，後面的人如果不站起來，根本看不到他。

前排看到的人也不知道這是怎麼回事，大家面面相覷，都滿臉好奇。

長生今天是由端木衡帶來的，用蘇唯的習慣描述就是——端木衡為他進行了包裝，所以小孩子穿著合身的黑色西裝，搭配深藍色領結，頭髮打了髮蠟，整體向後梳，站在其他三名棋手旁邊，絲毫沒被他們的氣勢蓋住。

俗話說人靠衣裝馬靠鞍，穿了這樣一套體面的西裝，長生顯得非常精神，他很有禮貌地向大家鞠躬見禮，沒有一點怯場的表示。

要說有什麼缺失，那就是他的口袋鼓鼓的，看來孩子就是孩子，這麼鄭重的場面，他還是忍不住把他的小寵物也帶來了。

希望花生醬老實點，不要破壞這場對弈。

蘇唯在胸前畫了個十字，歎道：「這孩子有膽色，將來絕非池中物。」

「他不是有膽色，而是……」沈玉書沉思了一下，找到了合適的形容，「看他面對大家時的反應，他應該是習慣了這種場面，他以前不會是經常參加這類棋賽吧？」

「不會……吧？」

對於這個問題，蘇唯同樣回答得沒底氣，同時心裡又有點期待，想看看長生的棋藝到底有多厲害。

館主柳長春走在最後，他年過六旬，面色紅潤，整體後梳的頭髮中夾雜著幾縷銀絲，身材頎長削瘦，很有國手的氣勢跟風度。

看到大家的反應，他把手搭在長生的肩上，用另一隻手示意大家安靜。

「這位小棋手是朋友推薦來的，他叫長生，曾師從多位象棋國手，朋友希望他來見識一下，也請大家給個機會，讓這位小先生跟其他三名棋手共同博弈。」

館主都這樣說了，看客們當然不會有人當眾駁他的面子，再加上小孩子參賽，給整場賽事帶來了趣味，所以大家反而很期待他的表現，要說有不滿，大概只有參賽者三人了。

站在最邊上的胖子率先開了口：「這樣好像不太公平吧，我們可是經過了重重篩選，才進入決賽的，現在有人走走後門就進來了，說不過去吧？」

他說得很在理，蘇唯點點頭，覺得如果自己是參賽者的話，也一樣會很不服氣。

柳長春見多識廣，他早準備好應對的說辭，微微一笑，道：「是我事先考慮不周，這一點還請諸位見諒，不過博弈時，總有一人是要觀戰的，所以就請觀戰的人順便指點一下這位世侄，也好讓他知道人外有人天外有天。」

這番話說得滴水不漏，胖子雖然還是不滿，卻不好再說什麼，把目光轉向其他兩位棋手。

另外兩名棋手一位是中年大叔，一位才二十出頭，中年人聳聳肩，說：「我不在意。」年輕人相貌英俊，一身長衫更多了份飄逸之感，他也微笑說：「我也覺得這樣的比賽挺有趣的。」

「你！你們！」

胖子氣得指他們，年輕人拍拍他的肩膀，滿不在乎地說：「反正是抽籤博弈，到時跟孩子對弈的還不一定是誰呢。」

見他們都不支持自己，胖子氣呼呼地一拂袖子，也不說話了。

倒是另外那兩人對長生很感興趣，中年大叔笑咪咪地看長生，說：「初生牛犢不怕虎，有志氣，假如你拿到冠軍了，最想做什麼？」

「最想要那一千大洋！」

「啊？哈哈哈！」

「有了錢，就可以幫蘇醬交下個月的水電費了，可以給花生醬買好多好多牠喜歡吃的零食了。」

童言童語把大家都逗樂了，大叔拍拍他的肩膀，道：「真是個風趣的孩子，那就加油吧。」

四位棋手跟隨柳長春來到棋桌前。

對弈的棋桌都已擺放整齊，桌上有一個籤筒，按照原本的比賽規則，抽到紅籤的兩位棋手先對弈，但長生的臨時加入讓抽籤方便許多。

他們四人分別抽了一支籤，年輕人跟中年大叔同為紅籤，胖子跟長生是黑籤，一看到長生手裡的籤，胖子的臉頓時拉長了，將籤丟進籤筒裡，自顧自地坐去棋桌一邊。

長生坐到他對面，友好地對他說：「大叔，我還是新人，還請多多指教。」

「什麼大叔？我叫龐貴，龐、貴，不認識字嗎？」

胖子指著桌上擺的姓名牌子，忿忿不平地說。

小松鼠被他的聲音驚動了，從長生的口袋裡探出頭，長生急忙把牠按回去，順便塞了兩顆花生給牠，又對龐貴說：「龐先生，請多指教。」

其他兩名棋手沒像龐貴那樣把不快表現得這麼明顯，年輕人經過長生身旁時，還鼓勵他道：「加油。」

長生探頭看看另一張桌上的姓名木牌，一邊是陳楓，一邊是謝天鑠，中年大叔已經坐在了謝天鑠的牌子那邊，長生便對年輕人說：「謝謝陳先生。」

棋盤早已擺好，四位棋手坐下後，夥計將他們的茶盅分別端上，柳長春做了個請開局的手勢，為了不打擾他們對弈，他退到了一邊，跟其他人一起觀戰。

謝天鑠跟陳楓都是象棋高手，他們兩人直接就開局起著了，龐貴倒沒那麼著急開局，他看長生年幼，把跟他對弈當做是打發時間，先拿起茶杯品了一口茶，接著主動將自己的車馬炮拿掉。

「讓你三子，免得人家說我以大欺小。」

「不用了吧，這樣對你不大公平欸。」

「說讓你就讓你，少廢話，快開始吧，早點下完，我還要休息。」

「好的，謝謝承讓。」

長生向他略微低頭道謝，然後拿起炮，往旁邊挪了一步。

這是入門新人喜歡用的五六炮，也是常見的開局方式。

龐貴冷笑起來，對這小孩子更加輕蔑，隨便撥了下馬，然後繼續品茶。

接著長生推了卒，龐貴馬上進車，看他隨意的樣子就知道他根本沒把對方看在眼中。

相比之下，另一邊的棋局布陣就沉穩也辛辣得多了，一看就知道是高手對局，所以不僅眾多看客看入了迷，連柳長春跟巡捕甚至端茶的夥計也都深入其中，不能自拔。

蘇唯坐在最前面，棋手們的一舉一動他都看得一清二楚，看到緊張處，連茶水都忘了喝，用手肘拐拐沈玉書，歎道：「明明可以靠臉吃飯，他卻偏靠實力。」

「誰？」

「陳楓，唉，可惜這裡不能押賭，否則我一定押他勝。」

「押也要押長生，那關係到我們的生計大事。」

沈玉書說得太認真，蘇唯不由得看向他，很想說你頂著這麼一張酷似明星的臉，就不能說點有內涵的話嗎？為什麼三句不離柴米油鹽？

「但我還是希望冠軍得主是陳楓，這果然是個看臉的時代啊！」

「有嗎？長得還不如你好看。」

「真的？」

冷不防被稱讚了，蘇唯很意外，不由得翹起二郎腿，沾沾自喜，小聲說：「不要迷戀哥，哥可是直的，直得不能再直了。」

「直？」

「就是那種……」蘇唯做了個曖昧的手勢。

誰知沈玉書輕描淡寫地說：「掰彎就行了。」

「噗！」

某人的發言太現代風，蘇唯直接把剛喝進口的茶噴了出來，他的唐突行為惹來周圍客人的白眼，連隔桌而坐的端木衡也看了過來。

蘇唯急忙做出陪不是的動作，又伸手去抹濺在嘴邊跟身上的茶水，沈玉書笑吟吟地看著他出醜，覺得總算出了口惡氣，這才掏出手絹遞給他。

其實他是故意的。

因為蘇唯一直以來的諸多隱瞞，他不高興了，他不是一定要彼此凡事坦誠，但也不喜歡大家同住一個屋簷下，對方卻總是藏著掖著，尤其是有時候有些祕密只有蘇唯跟長生知道，而他不知道。

這種感覺很不好。

但他並不想多問，他希望蘇唯可以主動地把心裡的祕密說出來，有關他的來歷背景、有關他的懷錶、有關他的目的，還有他對虎符令以及地圖的瞭解。

這一切的一切，他希望蘇唯都坦誠布公地告訴自己。

想到這裡，昨晚跟端木衡的對話劃過沈玉書的腦海。

對於他的拜託，端木衡很爽快地答應了，卻提出一個條件。

「我要那張機關圖，別裝糊塗，你知道我指的是什麼。」

「你可以複製出惟妙惟肖的機關圖騙過吳媚，證明你早有備份，就算沒有，身為神偷大盜，你還找不到我們家的一份圖紙嗎？」沈玉書反駁。

「不不不，盜亦有道，我不對朋友下手的，如果你心甘情願地相讓，我會很開心。」

「那你只好死心了。」

「那如果是虎符令呢？」

「那我就更沒有了，你該去找青花。」

「可惜她對虎符令一知半解，所以我想，即使虎符令不在你手中，靠你的智慧，也早晚可以拿到。」

「呵，謝謝你這麼抬舉我。」

「玉書你要知道，匹夫無罪懷璧其罪，機關圖也好，虎符令也罷，在你手中，除了給你帶來危險外，一點用處都沒有，如果你想過平安的生活，就把你知道的祕密告訴我，好好想一想，我等你的回信。」

其實沈玉書不是不想告訴端木衡，而是他真的不知道。

虎符令一案後，他們的生活重新回歸平靜，暴風雨來得急去得也快，那些殺手消失了，弗蘭克因為身分特殊，最終只被勒令回國，青花也只被判了兩年，由於女子監獄人滿為患，她到現在還被關押在霞飛巡捕房。

青花屬於從犯，罪名不重，而且她家境富庶，完全可以巧立名目，出保釋金獲得自由，沈玉書猜想她是故意不那樣做的——虎符令的祕密公開後，她擔心自己也成為目標，索性便選擇蹲監，這可比她在外面安全多了。

所以端木衡沒有危言聳聽，現在最危險的可能就是他跟蘇唯。

偵探社之後再沒進過盜賊，不過直覺告訴沈玉書，這只是暴風雨前的寧靜，為了安全，跟端木衡合作是聰明的選擇。但，要跟一隻豺狼合作，沒有相當有價值的底牌，也是不行的。

周圍傳來嘈雜聲，打斷了沈玉書的神遊，他回過神，發現在自己走神的這幾分鐘裡，場上戰局一轉，竟然到了決勝關頭。

這也是看客們會忍不住驚訝出聲的原因。

陳楓跟謝天鑠對弈的精彩程度早在大家的意料之中，然而長生跟龐貴的博弈卻讓眾人跌破眼鏡。

雖然大家有猜到這孩子可以參加決賽，應該是有點本事的，但誰也沒想到才不過走了十幾步，他的兵馬卒就都已兵臨城下，悄無聲息地攻占了龐貴那邊的局勢。

沈玉書的棋藝平平，看棋局覺得並沒有很凶險，但龐貴的表情揭露了一切，豆大的冷汗順著他的額前滑落，他顧不得品茶了，認真注視棋盤，思索破解的方法。

可以進入決賽，就證明龐貴的棋藝非同等閒，但架不住長生出子的路數太古怪，可以說是步步占盡了先機，龐貴沒下過這樣的棋，就變得很被動了。

可以說龐貴是輸在了措手不及上。

這只能怪他的運氣不好，蘇唯猜想長生以前在現代社會，一定常跟智慧象棋玩，也就是說長生的棋藝未必很好，但他有個超強的大腦，他記住了各種棋路的演變跟走法，然後根據情況照棋路走下來。

端木衡說得沒錯，這孩子是個天才。

所以他一直想不起以往的經歷，只有一種解釋——他拒絕想起。

棋局進入了後半場，陳楓跟謝天鑠那邊走得慢，龐貴這邊走得更慢，過了一刻鐘，龐貴還是沒落子，看客們都有些不耐煩，開始交頭接耳。

最後還是長生忍不住了，說：「花生醬……喔不，我餓了，我們可以早點結束嗎？」

龐貴不說話，抬起頭，不快地瞪他。

小松鼠在長生口袋裡待煩了，不斷地挪動想出來，長生只好用力按住牠，對龐貴說：「你要馬六退五，那我車一平四，你將四進一，我馬六平八，再馬八退六……」

長生越說越快，蘇唯一開始還聽得懂，到後來他完全跟不上了，往沈玉書那邊湊湊，問：「明白嗎？」

「不明白，不過龐貴好像很明白。」

因為隨著長生的描述，龐貴的臉逐漸失去顏色，最後站了起來，沉聲說：「我認輸。」

「謝謝！」

長生立刻跳下椅子，想帶他的小寵物出去，龐貴一把將他拉住，問：「你到底叫什麼，師從何派？」

「我就叫長生啊，師門……嗯，不記得了。」

長生歪歪頭，一臉迷惑的表情，蘇唯跟沈玉書都知道長生不是故意不告知，而是他真的不記得，龐貴卻不這麼認為，見他這樣回答，斷定他是沒把自己放在眼中，氣道：「你是不是覺得我是手下敗將，不配多問？」

「不是啊，你讓了我三個子，其實已經很厲害了。」

長生畢竟還是孩子，童聲童語毫無忌諱，聽在龐貴耳中，更覺得他在羞辱自己，正要發怒，長生看到小松鼠從口袋裡冒出了頭，他顧不得再跟龐貴說話，捂著口袋跑了出去。

龐貴臉色鐵青，一拂袖，就要揚長而去，柳長春及時上前攔住他。

蘇唯聽不到他們說了什麼，就見柳長春安慰了一會兒，龐貴的臉色總算好轉，隨他一起坐下，作為看客在臺下觀棋。

沒多久，陳楓跟謝天鑠的博弈也有了結果，陳楓以一子險勝，不過謝天鑠的氣度比龐貴要好得多，他完全沒介懷自己的輸局，反而向陳楓祝賀。

於是最終對弈的兩位棋手便成了陳楓跟長生。

此時時間已經到了晌午，柳長春請大家暫作休息，等午休過後，再繼續觀賞第二輪的博弈。

【第二章】

意外還是謀殺？

「你放心，不管凶手是誰，我一定會把他找出來。」

「可是現在什麼線索都沒有。」蘇唯惋惜地說：「如果在我那個時代，要找出誰是凶手，是件很簡單的事。」

「你那個時代？」

「呃……我是說我的家鄉。」

「你的家鄉真是個神奇的地方，如果有機會，我想去看看。」

「如果真有那麼一天，我很樂意為你做嚮導。」

午飯大家是在棋館對面的粵式餐館享用的，由端木衡做東，沈玉書本來不想跟他共餐，但無奈這次多虧了他的幫忙，長生的衣服也是他一手打點的，再加上小表弟洛逍遙不斷用眼神懇求他一起去，最後他只好答應了。

席間，端木衡給長生挾菜，對他的棋藝讚不絕口，進而問起他的師承，看到長生眼露惶惑，蘇唯擔心刺激到他，急忙打斷了端木衡的詢問。

「長生的頭部受過傷，以前的事想不起來了，你就不要多問了。」

「真可惜，這孩子天生聰穎，簡簡單單就把對手打敗了，是棵好苗子。」

洛逍遙忍不住敲敲他的碗，譏諷道：「說得你好像多會下棋似的。」

「小表弟，我其實比較精通國際象棋。」端木衡鳳眸流動，看向洛逍遙。

洛逍遙不由得一抖，突然有種被野獸盯住的小動物的感覺，他不敢再多說，低頭撥飯。

雲飛揚也好奇地看長生，問：「長生，回頭我可以為你做專訪嗎？」

「可是我還沒有贏啊。」

「我對你有信心，你一定可以贏的！」

「我也對你有信心，」端木衡摸摸長生的頭，「天才總是一通百通的，你的鋼琴彈得那麼好，我相信你的棋藝一樣高超。」

鋼琴？蘇唯心中微微一動，總覺得有人曾提到過這個字眼，不是普通的彈鋼琴，而是關係到一件非常重要的事……

對，這兩個字很關鍵，可是真要努力去想的時候，他卻什麼都想不起來，靈感一晃就過去了，再也無從抓起。

沈玉書注意到蘇唯微妙的表情變化，挾起一個雞腿放進他碗裡，示意他專心吃飯，又將另一個雞腿給了長生，說：「我也對你有信心。」

被大家殷切的眼神關注，長生有點害羞，抓住小松鼠的一隻爪子舉起，做出勝利的姿勢，脆生生地說：「明白了，我一定要奪冠軍，賺到那一千個大洋！」

午休過後，大家返回長春館。

長生是小孩子習性，對老棋館的裝潢設施充滿好奇，他跟沈玉書打了招呼，帶著松鼠小寵物出去玩。

長生跑得太快，在門口差點跟柳長春撞到，他說了聲對不起就跑走了，沈玉書提醒他不要忘了下午的棋賽，就聽到走廊上傳來他響亮的回應聲跟跑遠的腳步聲。

端木衡上前跟柳長春道歉，柳長春撣撣衣襟，搖頭笑道：「館裡平時都是中老年人居多，難得看到這麼活潑伶俐的孩子，感覺自己的精神勁兒也回來了，這兩位是……」

他的目光轉向蘇唯跟沈玉書，端木衡說了他們的名字，道：「他們在貝勒路開了家偵探社，是上海灘大名鼎鼎的神探，長生就住在他們家，所以我就請他們過來觀戰了。」

「偵探？」柳長春很驚異，認真地打量他們兩人。

蘇唯自謙道：「說是偵探，其實就是幫人捉捉貓狗什麼的，混口飯吃、混口飯吃。」

「失敬失敬。」

柳長春拱手見禮，蘇唯回了禮，沈玉書卻伸過手來，柳長春愣了一下，又跟他握了手。

端木衡在旁邊笑道：「在柳館主面前，你們就不要自謙了，柳館主我跟你講，這兩位可都是留過洋，喝過洋墨水的人，尤其這位沈兄，更是出身醫學世家，學貫中西，可謂天之驕子啊。」

沈玉書跟蘇唯一齊轉頭看向他。

說大話的人他們見得多了，可以把大話說得如此坦然自若的還真是稀少——會點醫術就是天之驕子，那這位兄台身為太醫院院判之子，還文武雙全，那豈不是神人了？

柳長春沒注意到他們的反應，頗感興趣地看向沈玉書，「真是年少有為啊，只是不知沈先生既然自幼學醫，為何又半路改行來開偵探社呢？」

「主要是比較喜歡跟死人……」

「嗯！哼！」蘇唯發出很大的咳嗽聲，蓋住了沈玉書的解釋。

這傢伙偶爾腦筋少根弦，再放任他說下去，還不知道他會說出什麼驚世駭俗的話來。

蘇唯一伸手，把沈玉書推去一邊，又遞上名片，笑嘻嘻地對柳長春說：「今後如有差遣，請聯絡我們，絕對隨傳隨到。」

「好說好說。」

柳長春道謝接了名片，又讓僕人去準備茶水，請他們落座品茶。

沈玉書回絕了，他不想跟端木衡多接觸，找藉口說難得來一次，想在館裡遊覽一下。

柳長春爽快地答應，還準備親自帶他們觀賞，但不湊巧的是有位客人過來跟他打招呼，端木衡又對這裡不熟，於是帶他們遊覽的人就換成了雲飛揚。

洛逍遙也想跟隨，被端木衡攔住，讓他留在客廳保護客人。

「這是棋館，不是武館，是要我保護誰啊？」

「保護我啊，我的身分特殊，我覺得一定有很多人想對我不利。」

「是有人要為民除害了嗎？那我可真要謝謝他了。」

「小表弟，你小心這樣說話，我可以一句話讓你丟飯碗喔。」

「我呸，大尾巴狼，你以為我怕你啊！」

趁著他們爭吵，其他三人加快腳步離開了，走出好遠，還聽到洛逍遙他們的鬥嘴聲遙遙傳來。

雲飛揚搖頭歎道：「也不知道他們的關係到底是好還是差，每次見了面都吵個不停，卻又總喜歡湊到一起。」

棋館面積頗大，前面的樓棟供棋友下棋消遣，穿過走廊，就是柳家的後院，院子裡栽種著時令花草，清雅別致。

連著後院的還有幾棟閣樓，雖然外觀有些舊了，但雕梁畫棟，還是很氣派，雲飛揚說他父親也喜歡下棋，以前常來跟柳長春對弈，不過近年來工作太忙，就很少登門了。

沈玉書問：「你父親跟柳先生很熟嗎？」

「應該說是棋友吧，不過家父現在忙著賺錢，這些雅事不適合他了，柳伯伯半年前遭遇綁票，受了驚，也很少下棋了，凡事都讓隨從去處理，這次他會親自主持棋賽，真的很難得。」

「被綁票？」

「是啊，他是在去廟裡上香的時候被綁的，綁匪對他的日程行蹤瞭若指掌，大家都說是內外勾結作案，還好後來破財免災，柳伯伯也沒報警，只是把以前的夥計們都辭掉了事，結果導致人手不夠，長春館的生意也縮小了。」

「他會些拳腳功夫吧？」

「對，他挺喜歡打太極的。」

雲飛揚說完，慢慢發現不對勁了，停下腳步，轉頭看沈玉書。

「神探，你不是要看庭院嗎？怎麼我感覺你對庭院的主人更感興趣？」

「隨便問問，你想多了。」

這不叫隨便問吧，這根本就是審賊啊。

蘇唯吐槽道：「大偵探，你怎麼知道人家會拳腳的？」

「剛才握手的時候，我發現他手上的老繭很多，但不是摸棋的繭子，所以就好奇問一下。」

「你的好奇心應該留在怎麼賺錢上。」

三人邊走邊聊，很快把後院轉完了，看看時間不早，蘇唯正要提出返回，對面閣樓上突然傳來響聲，像是有人在爭吵。

接著，房門被撞開，一個剃平頭的男人踉蹌著跌到走廊上，他扶住欄杆，轉頭正要叫罵，卻看到樓下有人，急忙站穩身子，向他們點頭見禮。

他長得五大三粗，一身傭人的打扮，看面相憨憨的，不大機靈。

雲飛揚小聲說：「他叫柳二，是柳伯伯的隨從，現在館裡的事務都是他在打理。」

「一個傭人居然在主人的房間裡跟人爭吵，有點奇怪。」

「是啊，我有點好奇另一位爭吵者是誰了，要賭一下嗎神探？」

蘇唯興致勃勃地仰頭看去，但另一人沒有出來，隨後柳二也回到房間，把門關上了。

沈玉書問：「柳先生有其他家眷吧？」

「以前有位姨太太，過世了，孩子就不知道了，柳伯伯沒有提過……比賽時間快到了，我們回去吧。」

生怕他們去樓上刨根問柢，雲飛揚不由分說，拉住他們就走。

蘇唯遺憾地說：「真可惜，沒辦法打賭了。」

「以後再打吧，現在我們的首要任務是支持長生勝利！」

沈玉書被雲飛揚一路拉著走遠，直到拐角處才有機會轉頭去看，就見那道房門緊閉，不知道裡面的人是不是正透過窗簾在觀察他們。

回到大廳花了三人一點時間，因為是由蘇唯帶路的，偏偏這位先生又是個路癡，導致轉了個大彎才轉回去。

等他們回去時，棋手跟客人們差不多都到齊了，龐貴跟謝天鑠坐在觀眾席上品茶，陳楓坐在當中的棋桌一邊，目觀鼻鼻觀心，宛如老僧坐定的樣子。

「這不關我的事，誰讓你們要我帶路的。」

被大家的目光齊齊看著，蘇唯有些心虛，快步走向座位，小聲說。

雲飛揚搖頭道：「我沒想到你的路癡竟然病入膏肓了。」

「那是因為你們這些老古董沒有用過蘋果地圖。」

「蘋果？你還能在蘋果上畫地圖？」

雲飛揚聽不懂了，沈玉書也不懂，這世上大概只有長生才能懂蘇唯這些稀奇古怪的語言。

說到長生，他發現長生還沒回來。

洛逍遙就在附近轉悠，沈玉書過去問他，他說沒見到長生，大概是小孩貪玩，忘了時間。

蘇唯提醒道：「這房子挺大的，說不定他也迷路了。」

「那我去找一下。」

洛逍遙去了沒多久就回來了，但他的表情就知道沒找到，又叫了兩個兄弟一起去找。

蘇唯看看時間，說：「小盆友不知去哪裡瘋了，早知道就不該讓他帶花生醬。」

「希望他可以在時間內回來，否則……」

「否則很有可能被取消參賽資格……」

關係到今後的生計問題，蘇唯坐不住了，跳起來也要去找，沈玉書伸手按住他。

「你就不要動了，我怕到時連你一起丟了。」

說著話，時鐘又轉了半圈，比賽時間已經過了，周圍的人開始議論紛紛，蘇唯也發現不對頭了——平時長生貪玩歸貪玩，但不會這麼不知分寸，尤其是在這種重要場合裡。

柳長春也派了館裡的夥計去尋找，但蘇唯還是不放心，也跑了出去，這次沈玉書沒阻止他，而是陪他一起。

大家分頭行動，把棋館裡裡外外找了個遍，卻仍舊找不到人，就在他們束手無策的時候，走廊上突然傳來吱吱聲，蘇唯回頭一看，就見小松鼠沿著走廊飛快地跑過來，一直跑到他們面前。

牠好像受到了驚嚇，大尾巴上的毛都炸開了，尾巴尖上透著異樣的暗紅，沈玉書正要仔細看，牠豎起身子叫了兩聲，又迅速掉頭跑開。

蘇唯的心提了起來，長年在危險邊緣行走，他的直覺遠比常人要敏銳得多，拔腿去追花生，就見牠拐過走廊，一路跑到後院，再穿過後院的月門，來到一個僻靜的院落裡。

這裡平時應該無人出入，閣樓外牆上爬滿了青藤，窗戶紙也都破了，甬道兩邊雜草叢生，由於樹蔭過多，即使是白天，周圍也透著涼意，如果是深夜過來，這裡絕對是試膽的好場所。

花生跑進來後，一路衝到樓梯後面，發出尖銳的叫聲。

蘇唯跑到樓梯口，先看到旁邊石頭上沾著的血跡，他再拐到後面，就見後面都是雜草跟石塊，長生蜷縮在當中，滿臉是血。

洛逍遙緊跟在後面，看到長生，他驚叫出聲，衝過去跟雲飛揚一起想抱他出來，被沈玉書攔住了。

「不要動他，我先看一下他的傷勢。」

沈玉書先試了長生的鼻息跟脈搏，長生的氣息微弱，頭部有兩處傷口，出血過多，對於他的呼喚毫無反應。

沈玉書又觸摸他的頭骨跟頸骨，避開容易受創的部位，小心將他抱了出來，放在平地上，讓洛逍遙照看。

其他人也隨後趕到了，柳長春看到這一幕，不由得呆住了，愣了半晌才回過神，馬上對柳二吩咐道：「快去叫救護車，趕緊救人……」

端木衡叫住了他，對柳長春說：「我已經派人去叫救護車了，這附近就是教會醫院，救護車應該很快就會到。」

柳二看看他，又看看柳長春，看起來不知道該怎麼辦。

沈玉書說：「柳館主，你派人守住出口，防止所有人進出。」

蘇唯配合他，接著說：「還有，報警。」

「這……」柳長春面露難色，小心地瞥了瞥後面的客人，躊躇道：「這恐怕不方便吧……」能來這裡的客人都是有頭有臉有點家底的，柳長春顯然是不想得罪人，試圖解釋道：「小孩子頑皮，大概是失足從上面摔下來，就因為這個理由就報警，還要限制大家的自由，我怕……」

「這不是事故，是謀殺，如果你明知是謀殺還不配合調查，那就是包庇罪犯。」

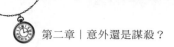

沈玉書面沉似水，反問：「柳館主，包庇罪犯這罪名你可擔不起吧？」

「這……這怎麼就成謀殺了？」

柳長春一聽臉色就白了，那些客人更是驚訝，大家開始議論紛紛，但沈玉書此刻的氣勢太強，一時間竟沒人敢開口發問。

「如果只是失足滾下，怎麼可能滾到樓梯後面去？這明顯是有人為了防止他被發現，特意把他塞去後面，這裡牆垣高築，普通人進不來，所以動手的只有館裡的人。」

沈玉書說完，目光落在不遠處的眾位客人身上，大聲說：「既然這是謀殺案，那為了證明自身的清白，在弄清真相之前，還請大家給與方便，這位受傷的孩子是端木先生家的客人，大家跟端木先生都是舊友新交，也不希望因為這件事讓朋友頭痛吧？」

什麼不希望朋友頭痛，這根本是把端木家的牌子打出來，讓大家不至於不給面子。

蘇唯的目光掃過端木衡，端木衡臉色不大好看。

的確，被當眾打了個措手不及，處於被動的位置上，任誰的臉色都不會好的。

不過事已至此，端木衡又不得不配合，向眾人拱手行禮，做出拜託的樣子。

這一來，客人中就算是有人心存不滿，也無法直接講出來，他們不在意會不會被懷疑，卻不想為了這點事去得罪端木家的人。

場面暫時鎮住，救護車也到了，沈玉書想抱起長生，被蘇唯攔住，低聲對他說：「長生我來照顧，你留下來勘查現場。」

「勘查……現場？」

「對，保護好現場，找出罪證，這是你的強項，好好做，一定要找出凶手。」

蘇唯拍了拍沈玉書的肩膀，又給洛逍遙使了個眼色。

洛逍遙也學過醫，照沈玉書的交代抱起長生，跟隨蘇唯離開。

小松鼠花生也想跟著，被蘇唯制止了，塞給牠幾顆榛子，說：「寵物不能進醫院，你留在這兒，也許可以幫到萬能。」

花生眼巴巴地盯著長生，長生還是昏迷不醒的狀態，牠似乎聽懂了，把榛子飛快地塞進嘴裡，甩著尾巴，竄到沈玉書的肩膀上。

蘇唯帶長生走後，柳長春又極力安撫客人，請他們回客廳就坐。

這次要感謝麥蘭巡捕房總探長方醒笙的好大喜功，這次的象棋比賽中，他為了顯示自己的能力，派了很多巡捕過來幫忙維持秩序，現在剛好派上用場。

巡捕們照沈玉書的交代分別給大家錄口供，端木衡自己也帶了親隨，他讓親隨幫忙，自己則陪沈玉書留在廢園裡檢查現場。

雲飛揚剛才趁著狀況混亂，偷偷拿出照相機拍了一些照片，現在看到大家都走了，他索性正大光明地拍了起來。

考慮到他的相片在今後的搜查中會起作用，沈玉書沒有阻攔他，開始仔細檢查剛才長生蜷縮的地方。

那裡的石塊跟雜草上都沾了血跡，地面上也有不少飛濺的血點，他躬起身，撥開雜草鑽了進去。

長生是在樓梯後面被發現的，草叢裡有什麼好找的？

端木衡抱了好奇的心態想跟進，但那裡太窄，他走了幾步就放棄，站在原地等了一會兒，就見沈玉書返回來，手裡平放著手帕，手帕上有一塊香瓜大小的石頭，石頭尖銳，棱角處沾了很多血跡。

端木衡奇怪地問：「這是……」

「這是凶器，是證明有人想殺害長生的第二個證據。」

沈玉書指指石頭棱角的位置，又帶端木衡去樓梯口，讓他觀察。

同時分析道：「長生頭上有兩處傷口，一處出血很多，看傷口撕裂的程度，應該是尖銳物體的撞擊導致的，裂口周圍的頭髮上還沾了一些小沙石，可是樓下沒有突起的地方，並且是土路，沒有砂礫，你再看這裡，這裡的草有被抓過的痕跡，證明是長生被攻擊時，掙扎抓住的。」

照著沈玉書的解釋，端木衡逐一看了現場，正如沈玉書所說的，樓梯口旁邊的雜草彎下來，地上有一些抓斷的細碎草葉。

這一切都證明了當時長生就是在這裡受到攻擊。

「你的意思是有人從上面把長生推下來，還擔心他不死，又用石頭砸他，接著將凶器丟進了草叢裡，掩人耳目？」

「是的。」

「凶手為什麼這麼做？」

端木衡出身世家，從小又出入宮廷，看多了你死我活的詭譎事情，但即使這樣，他還是無法理解眼下的突然變故。

「長生只是個孩子，絕對不可能跟人結仇，如果說是為了那一千個大洋殺人，但下午的棋局還沒開始，誰知道陳楓跟長生對弈結果如何，為了未知的結果而殺人，凶手也太蠢了。」

「別用你的智商去估計凶手的想法，如果凶手殺人都是計劃周詳的話，這世上就不會有這麼多凶殺案了。」

沈玉書把石塊交給旁邊的巡捕，讓他保存證物，他看完下面的現場後，又走上樓梯，順著樓房外面的走廊繼續檢查。

這棟房子應該很久都沒住人了，房門上的鎖頭生了一層鐵銹，透過斑駁的窗戶紙往裡看，屋子裡擺放著桌椅跟棋盤，還有放置很多書籍的書架，牆上還掛著幾幅殘局棋譜。

沈玉書不懂棋譜，只看到牆角跟桌椅上都結了蜘蛛網，再去隔壁房間看，裡面的狀況類似。

隨著他的走動，腳下的木板發出吱呀吱呀的呻吟聲，這裡除了腐朽陳舊外，沒有值得注意的地方。

兩人順著走廊走了一圈，又轉回到樓梯口。

端木衡問：「長生為什麼要到這種地方來？」

「可能是有人約他來的，也可能是他追花生，誤闖進來的。」

沈玉書看看蹲在自己肩頭的松鼠，他猜想後者的可能性更大，長生做事很有分寸，如果是不熟悉的人約他來這種偏僻的地方，他不會連個招呼都不打就跑過來。

彷彿知道是自己錯了，花生蹲在沈玉書的肩上一動不動，只偶爾才甩甩牠的尾巴。

「玉書，你的衣服！」

看到了沈玉書的衣服前襟跟手臂上沾了類似血跡的紅點，端木衡急忙提醒他。

沈玉書也看到了，他抓住小松鼠的尾巴，尾巴尖上果然沾了血跡，應該是牠在發現長生受傷時碰到的。

「凶手身上也有可能沾到了血跡！」

在端木衡說的同時，沈玉書也說出了同樣的話，他轉身匆匆向前院跑去。

端木衡跟在後面，看著他的背影，不由得搖頭歎息。

「可以臨時客串一下蘇唯的角色，突然感到有點榮幸。」

調查血跡要比想像中的簡單得多，這要歸功於某位中年婦人的一驚一乍，就在巡捕照沈玉書的吩咐，暗中挨個檢查的時候，她突然指著某個人叫了起來，大家跑過去一看，就見那人右手肘上有血跡。

巡捕壓住他仔細一搜，發現他腰上也蹭了兩塊血跡，由於他穿了深色衣服，不顯眼，要不是那個女人無意中撞到他，注意到他身上有血，說不定就給他渾水摸魚過去了。

「你可以解釋一下這是怎麼回事嗎？」

把嫌疑人帶到隔壁作為臨時審訊室的房間，沈玉書問他。

嫌疑人，也就是上午敗在長生手下的棋手龐貴，他從被押進房間，就一直在掙扎喊冤，要不是外面還沒有全部檢查完，那些巡捕絕對會直接把他打暈，拖去巡捕房。

聽了沈玉書的問話，龐貴掙扎得更厲害了，叫道：「不關我的事，我什麼都不知道！」

「不關你事關誰的事？今天上午的比賽大家可都看到了，聽說你號稱是國手啊，當眾輸給了一個小孩子，一定懷恨在心，所以就趁著他落單時害他對不對？」其中一位巡捕搶著說。

不過了。

其他巡捕，包括柳長春以及端木衡跟他的手下也一齊點頭，都覺得這個理由再充分

龐貴氣得雙手握拳，用力捶桌子。

「當然不是，這種事誰輸了都不會開心吧，不過再不開心，也不至於因為輸了一盤棋就殺人，再說我是第一次來這裡，哪裡會知道去後院的路？」

「那你從午飯後到比賽之前都在哪裡？」

「我輸了棋，心裡不舒服，吃飯時喝了點酒，就找了個僻靜的地方睡覺，一覺醒來，我發現快到比賽時間了，就趕緊起來，匆匆趕回賽場。」

「有人證明嗎？」

「我睡覺的時候，不知道有沒有人經過。」

龐貴說了他睡覺的地方，是在後院的涼亭裡，涼亭建在水池當中，周圍又有不少花草樹木，所以就算有人經過，也很難注意到裡面有沒有人。

看到大家不信的表情，龐貴急了。

「我真的沒殺人，柳館主勸我留下來觀戰，我還想看看那小孩子跟陳楓的戰局如何呢，如果他贏了陳楓，那證明他的確是有實力，假如他輸了，那就證明我不是陳楓的對手，我也輸得心服口服，所以不管怎樣，比起殺人來，我更想知道比賽的結果啊！」

端木衡說：「這些都是你自己的想法，沒人能證明。」

「啊我想起來了，我醒來後，匆匆趕去大廳，半路跟人撞到一起，對對對，那個人肯定就是凶手，他碰到我的時候，把血蹭在了我身上！」

「你有看到他的長相嗎？」

「他低著頭，我當時剛起來，睡得迷迷糊糊，就沒留意。」

「那他的衣著跟身高呢？或是有什麼特別的特徵？」

沈玉書問一句，龐貴就搖一下頭，問到最後，他唯一能肯定的就是那人是個男人。

見問不出什麼結果，端木衡便讓人先押龐貴去巡捕房，龐貴被押走時還大呼小叫的，堅持說他沒殺人，他是冤枉的。

外面的客人也都陸續詢問完畢了，幾乎所有人在事發的時候都有人證，而且除了龐貴外，其他人的衣服上都沒有沾到血跡、塵土或碎草。

這些人都是有點身分的，不能一直扣著他們，端木衡跟沈玉書商議後，出面向大家道了歉，請柳長春送他們離開，最後棋館裡只剩下與案子相關的人員，柳家的幾位夥計以及兩位棋手。

可以瞭解柳家的庭院構造，在作案後神不知鬼不覺地混進賓客當中，勢必對棋館很瞭解，而且這個案子是在比賽當中發生的，也可能跟棋局有關，所以沈玉書請兩位棋手留了下來。

謝天鑠跟陳楓都很配合，他們回答了沈玉書的各種提問，有關時間證人方面，謝天鑠午休的時候一直在大廳隔壁的房間研究殘局棋譜，那個房間掛了很多古棋譜，一起參研的還有兩位棋友，這部分已經得到了證實。

而陳楓午後最初在跟柳長春談棋，後來柳長春去了客廳，他就去了隔壁的棋譜室，這一點謝天鑠可以作證，所以他也沒有作案的時間。

沈玉書在詢問的過程中一直留意兩人的衣著跟神態，沒有發現可疑的地方，他便請柳長春將柳二叫來，問他午後跟人爭吵的事。

被問到，柳二臉色驚慌，囁嚅著不答，又不時地看向柳長春，一副不知該如何是好的樣子。

沈玉書看向柳長春，說：「看來是另有隱情啊。」

「不是的，我只是……」

柳二回答不上來，急得脖子都紅了，最後還是柳長春把他攔住，對沈玉書說：「當時在房間裡的人是我。」

「柳伯伯是你？」雲飛揚很驚訝地說：「我記得我們從大廳離開時，你還在跟客人聊天啊。」

「是的，不過聊了幾句後，我就回房間了，正屋這邊有一條回後院的捷徑，外人不知道。」

「原來如此，嗯嗯。」雲飛揚點點頭，表示理解了。

柳長春又道：「我匆匆回去，是因為想到忘了準備那一千大洋的莊票，我本來是打算等比賽結束後，就直接把莊票贈給得勝的棋手，可是怎麼找都找不到那張莊票，我把柳二叫來一問才知道，原來是這傢伙賭錢，沒錢還帳，就擅自把莊票兌了錢還帳了。」

說到這裡，柳長春面露愧色，連連嘆氣。

柳二耷拉著腦袋，看他粗壯高大的體格，站在主人面前，卻大氣都不敢吭一聲，本來還想跪下求饒，被柳長春呵斥了兩句，把他趕出門外。

「家醜不可外揚，這件事我本來不想聲張，我原本是想讓柳二下午去銀行取錢，沒想到現在竟出了人命案，唉。」

柳長春說完，又止不住地嘆氣，雲飛揚聽著，覺得很不可思議。

「一千大洋不是個小數目，柳伯伯你不僅沒打算報警，還準備再派柳二去取錢，你不擔心他趁機偷溜嗎？」

「那倒不會，柳二跟了我很久了，他本性不壞，就是有點好賭，我已經罵過他了，錢也沒打算讓他還，也請兩位大人高抬貴手，別再難為他了。」

柳長春衝端木衡跟沈玉書拱拱手，懇求之情溢於言表。

既然當事人都這樣說了，端木衡也樂得做順水人情，暗中給沈玉書遞了個眼色。

沈玉書會意，問柳長春：「現在出了這樣的事，比賽是否要中止？」

柳長春沒有馬上回答，轉頭看向謝天鑠跟陳楓。

謝天鑠說：「我已經被淘汰下來了，倒沒什麼的，不過比賽就這麼中止，恐怕對柳館主的名譽不大好，說不定會有人認為這是柳館主故意弄出事端，藉此不付獎金。」

「不過是一千大洋而已，我柳長春是那種人嗎！」

「我是就事論事，請柳館主不要介懷。」

「作為參加決賽的棋手之一，我也不主張中止比賽。」

陳楓插入他們的對話，說道：「錢的方面我不在意，我這次千里迢迢來到上海，只想跟柳館主對弈一局，也算是了卻心願，所以不管怎樣，我希望比賽繼續下去，至少我要跟柳館主下一盤才算數。」

柳長春不說話了，看著沈玉書跟端木衡，意思是——你們看到了，不是我不想中止，而是現在這種情況無法中止啊。

「這樣好了，你們商議一下接下來比賽的具體情況，我再跟探長打個招呼，加強這裡的安全措施。」

端木衡說完，雲飛揚馬上問：「凶手不就是龐貴嗎？他已經被抓了，接下來不會有事了吧？」

沈玉書說：「暫時還沒有確鑿的證據證明龐貴就是凶手，他只是嫌疑比較大而已，所以如果你們堅持繼續比賽，增派人手是很有必要的。」

他說著話，特別觀察了眾人的反應，不過大家或是驚訝或是迷惑或是不以為然，並沒有異樣的表現。

交代完畢後，端木衡跟沈玉書從長春館裡出來，沈玉書擔心長生的傷勢，端木衡便讓巡捕先回去跟總探長彙報案情，他開車送沈玉書去醫院，雲飛揚也蹭了個順風車，坐在車後座上。

端木衡開著車，對沈玉書說：「今天跟著你查案子，我幾乎以為自己也是偵探了。」

沈玉書沒有回應他，眼簾垂下，沉浸在自己的世界裡。

端木衡看了他一眼，又說：「不用想了，凶手肯定是龐貴。」

「怎麼說？」

「因為他的動機跟作案時間都有了，沒有人證明他一直在睡覺，可是有不少人證明他是最後到大廳的，他比你們回來得還要晚。」

「可是我有一點不明白。」

「什麼？」

「從現場狀況來看，凶手蓄意殺人的可能性很大，但我問過那些棋友，龐貴是蘇州人，這是他第一次來長春館，他對棋館裡的格局並不瞭解，他為什麼要在館裡殺人？另外，既然龐貴有充足的時間殺人，那他為什麼又半路停下，改為把長生藏起來？」

「可能是他在無所事事溜達的時候看到了長生跟花生醬戲耍，就跟了過去，進而想到因為長生，他才會被人笑話，一時怒火攻心，就動了手，但是在看到血後他馬上就感到了害怕，便跑去涼亭裝睡，卻因為驚慌失措，沒留意到衣服上沾了血跡。」

沈玉書沒再回應，低著頭不知在想什麼。

端木衡安慰道：「玉書，別把凶手都想得那麼聰明，許多人殺人時都不會想太多的，更有很多人，一開始叫得狠，真的看到了血就傻掉了，這兩種人我都見過，龐貴就是這樣的人。」

端木衡說得不是沒道理，但是直覺告訴沈玉書，事情沒那麼簡單，不過現在他們手頭上沒有太多的線索，所以他沒再堅持自己的觀點，對雲飛揚說：「照片洗出來後，記得給我們一份。」

「好嘞！」

三人來到醫院，長生已經接受完急救，轉去病房。

蘇唯要了間單人病房，他們過去的時候，蘇唯正在走廊上來回轉圈子，看起來心浮氣躁。

看到他們，蘇唯立刻跑了過來，問：「怎麼樣了？」

沒想到沈玉書也在同一時間問他：「怎麼樣了？」

端木衡在旁邊看到他們的互動，忍不住說：「凶手跑不了的，現在最重要的是長生的傷勢。」

聽了他的話，蘇唯胡亂搓了搓垂在額前的頭髮，說：「醫生說長生命大，他腦袋上的傷口再深一點，可能就會很危險了，不過他現在的狀況也不樂觀，他從高處墜落，會有腦震盪反應，外加失血過多，大概要昏迷很久。」

透過玻璃窗，大家看到躺在病房裡接受輸血的孩子。

長生的頭髮都剃掉了，傷處經過縫線跟包紮，紗布上隱約透出血色，他還處於昏迷狀態，臉色蒼白，光是看那一大袋的血漿，就讓人感到害怕。

雲飛揚忍不住咬咬指頭，他不敢多看，把眼神瞥開了，問：「他傷得這麼重，會不會一直醒不過來啊？」

這句話引來眾人的怒瞪，雲飛揚自己也發覺失言，慌忙說：「我的意思是擔心他人這麼小，會不會撐不住……不，我是希望他撐住，但又擔心……」

「你閉上嘴，沒人把你當啞巴。」

蘇唯按住雲飛揚的頭，把他推到一邊，小松鼠從沈玉書的口袋裡偷偷鑽出來，往病房裡張望，也被蘇唯一把按了回去，「你也給我老實點，就是因為你亂跑，長生才會被壞人害到，你再胡鬧，立刻放生你。」

不知道花生有沒有聽懂蘇唯的話，但屬於動物的自我保護本能告訴牠蘇唯現在很不高興，老老實實點沒壞處，所以牠縮回沈玉書的口袋裡，不再亂動了。

為了不打擾長生休息，大家看望他後，就去了附近休息的地方。

沈玉書把他們在棋館的發現說了一遍，蘇唯摸著下巴聽完，說：「我讓逍遙回巡捕房了，希望他能儘快找到線索。」

他說著話，看向端木衡。

端木衡說：「放心吧，我會跟總探長還有裴探員打招呼，讓他們盯緊點。」

「我不是擔心這件事，我是擔心小姨跟洛叔那邊。」

經蘇唯提醒，大家這才想起這件重要的事。長生住在洛家，早上出來時還好好的一個人，沒幾個小時就昏迷不醒了，照洛正夫婦對他的喜愛，不知該怎麼心疼了，而且這麼大的事又瞞不過去……

端木衡很聰明，一聽蘇唯的上文，就知道他的意思，「你是不是希望由我去報這個信兒？」

「除了你，再沒有更合適的人選了，端木公子，你不介意幫這個忙嗎？」

「當然不會。」

端木衡看看沈玉書，說：「辦案子這種事我不擅長，跑個腿兒什麼的倒是沒問題，我會想辦法穩住伯父、伯母的。」

「那就謝了。」

蘇唯堆起一臉虛偽的笑，向端木衡道了謝，雲飛揚忙著去洗照片，見端木衡要離開，他為了搭順風車，提出一起走。

沈玉書把他叫住，低聲說：「你讓那些包打聽去查查陳楓跟謝天鑠的底細，看他們是什麼來頭。」

「神探，難道你懷疑他們？」

「只是想多瞭解一些情況。」

「那好，我馬上去問，一有消息就跟你聯絡。」

雲飛揚衝他們擺擺手，跟隨端木衡離開了。

看著他們走遠了，蘇唯收起笑容，靠著旁邊的長椅坐了下來。

沈玉書坐到他身旁。

走廊上一個人都沒有，靜得讓人心慌，沉默了一會兒，沈玉書才開口問道：「你剛才是不是有話要跟我說？」

「沒什麼，就是覺得端木不地道，長生只是個孩子，要說龐貴是因為輸了棋就傷人，這個理由總覺得有些勉強。」

「所以你懷疑是有人藉傷害長生來對付阿衡？」

「也可能是有人想對付我們，長生只是受了我們的連累，你看，這些都是他流的血，他只是個小孩子，真不知道到底是誰這麼忍心，下這麼狠的手。」

蘇唯指指沾在自己衣服上的血跡。

身為國際通緝排名榜上的盜賊，蘇唯見過的血腥事件不計其數，經歷得多了，也變得麻木了。

他還以為自己早就適應了這樣的世界，但是當相同的事件發生在自己身上時，那種感覺就完全不同了，尤其受傷害的是一個孩子，他不僅無法接受，更加無法容忍！

感覺到他情緒的波動，沈玉書拍了拍他的手，以示安慰。

「你放心，不管凶手是誰，我一定會把他找出來，不讓長生白白受傷。」

「可是現在什麼線索都沒有，我們甚至不知道凶手傷害長生的原因是什麼。」

聽著他們的對話，小松鼠又不甘寂寞地探出頭來左右張望，蘇唯看到了，摸摸牠的頭，說：「如果你有發現什麼就好了。」

小松鼠聽不懂，衝他歪了歪腦袋。

蘇唯啞然失笑——長生受傷的時候花生應該不在場，否則以牠的靈敏，一定會攻擊凶手，至少可以嗅到凶手身上的氣味。

只可惜，今天參加的貴客太多，女人噴香水，男人抽雪茄，在這種環境下，就算是嗅覺靈敏的松鼠，鼻子大概也失靈了。他惋惜地說：「如果龐貴不是凶手的話，那凶手一定還混在那些人中間。」

「我也是這樣想，但沒有證據，無法一直不讓他們離開，凶手很狡猾，將沾血的地方都清洗掉了。」

「如果在我那個時代，要找出誰是凶手，是件很簡單的事。」

「你那個時代？」

「呃……」發現自己走神說溜了嘴，蘇唯急忙坐正身子，解釋道：「我是說我的家鄉，只要用某種試劑，就算凶手把手洗乾淨了，也還是可以查出來的，再進行DNA檢測，就會成為決定性證據。」

「你是說魯米諾？」

沒想到沈玉書居然知道這個詞，蘇唯很驚訝，但他很快就洩了氣，因為客人全都放走了，現在想要再一個個召集起來檢查可不是件簡單的事，大概就算是端木衡親自出面，那些人也未必肯給面子。

而且這個年代即使有魯米諾檢驗血液反應，卻還沒有DNA檢測，所以魯米諾最多是測試出誰的手上有疑似血液的成分。

但要證明那是否是受害者的血液，還要進行更多的檢測，他們沒有那麼多的技術跟人力，在這麼短的時間裡把每個人都調查一遍。

沈玉書明白他的想法，說：「明天還有一場比賽，應該有不少人去觀看，凶手去的可能性很大，我們可以找機會做魯米諾測試。」

「你確定凶手一定會去？」

「會的，這是最簡單的犯罪心理——一方面想欣賞自己的傑作，一方面又急切地關注事態的發展，所以他一定會去的，不過在此之前，我要先給龐貴做鑑定。」

沈玉書起身要離開，走了兩步又轉身看向蘇唯。

「你的家鄉真是個神奇的地方，如果有機會，我想去看看。」

看著他認真的表情，蘇唯的心情有些複雜，想了想，說：「如果真有那麼一天，我很樂意為你做嚮導。」

【第三章】

疑點重重

蘇唯默默喝著水，沈玉書說：「我突然發現，你跟我最初認識的時候一點都不一樣。剛認識你的時候，我覺得你很狡猾世故，也很冷血自私，但後來接觸得多了，就發現你其實很在意朋友。」

「你想多了。」蘇唯把頭轉去一邊，因為沈玉書的這番話戳到了他的痛處。

他這輩子犯的最大的錯誤就是太相信朋友，否則他的索繩怎麼會在關鍵時刻斷掉，而導致他穿越到九十年前的上海灘？

到傍晚長生還沒有醒來，反倒是洛正夫婦從端木衡那裡得到消息後，匆忙地趕過來。看到長生的狀況後，謝文芳馬上哭出了聲，洛正也氣得連連捶拳頭，沈玉書去警局了，蘇唯只好一個人努力安慰二老，又說他們現在正在努力查找凶手，讓他們不要擔心。

「我不管凶手怎樣，我只求長生早點醒過來，這麼機靈可愛的孩子，怎麼有人捨得下這麼狠的手。」

「小姨妳別擔心，長生命大福大，一定會沒事的，要不妳回去給菩薩上上香，求菩薩保佑他？」

蘇唯的提醒起到了作用，謝文芳終於停止哭泣，拉著洛正要去廟裡為長生祈禱，順便幫他準備換洗的衣服。

蘇唯暗地裡鬆了口氣，他把二老送走，正要回病房，走廊對面有人匆匆走過來，差點撞到他身上。

「閻東山？」

閻東山是霞飛路巡捕房的巡捕，在虎符令一案中，他曾協助過他們追查凶手，所以蘇唯跟他還算熟，見到是他，便問：「你來看病？」

「原來是蘇先生啊。」

閻東山向蘇唯拱拱手，自嘲道：「您說笑了，我們這種人怎麼捨得來這種地方看病，我是被派來保護病人的。」

「保護病人？」

閻東山穿了一身便衣，再配上一張世故圓滑的臉，完全看不出他是巡捕。

被蘇唯問起，閻東山撇撇嘴，「還不是青花那家人，小的關起來了，但老的還在外面啊，上頭說那些歹徒有可能會對老王爺不利，就讓我們輪流來保護，不過這是個閒差，挺好的。」

虎符令一案中，案犯之一的弗蘭克被遣送回國，從犯青花也被關了起來，她父親葉老王爺上了歲數，有些老糊塗，再加上身體不好，最近一直住在醫院裡，由葵叔伺候。

閻東山沒說「上頭」是誰，但既然虎符令關係到定東陵，蘇唯猜想對陵墓陪葬品虎視眈眈的人屈指難數，說是讓巡捕保護王爺，其實根本就是監視，期待從老人身上找到與墓穴藏寶有關的線索。

正說著話，走廊盡頭的一扇門打開了，葵叔推著老王爺從裡面出來，看他們的樣子，應該是要去散步。

看到蘇唯，葵叔的表情立刻繃緊，用充滿敵意的目光瞪向他。

蘇唯也不介意，等他們走近了，他主動跟老王爺打招呼，但老王爺正低頭玩著衣服上的盤扣，嘴裡哼著京戲，沒有理他。

輪椅經過他們，蘇唯看到老王爺的辮子有些亂，辮梢上繫的帶子扣結開了，衣服也穿得不周正——這也難怪，葵叔畢竟上了年紀，他照顧老王爺當然不能像青花那麼仔細。

發現他的注視，葵叔狠狠地瞪了他一眼，粗聲粗氣地說：「看到你准沒好事。」

「很多人都這樣說，好久不見了，你們小姐跟王爺還好吧？」

「託你的福，都還活著呢。」

蘇唯伸手想幫老王爺把辮梢上的繫繩繫上，被葵叔一巴掌拍開了，推著輪椅頭也不回地去對面的電梯。

閻東山急忙跟蘇唯擺擺手，小聲說：「我也要去幹活了，回頭見。」

說罷便追著葵叔跑進了電梯，蘇唯看著他們的背影，冷不防身後有人問道：「你又偷什麼了？」

蘇唯嚇了一跳，轉過頭，就見沈玉書不知什麼時候回來了，話聲硬邦邦的，像是在冰箱裡冰過。

「人嚇人嚇死人，拜託你不要總站在我背後說話。」

「你做了虧心事，才會害怕，偷了什麼？」

「沒有。」

「拿了什麼？」

好吧，這次沈玉書說對了，蘇唯只好把手伸出來。

他的掌心上放了一個鼻煙壺，鼻煙壺的玉質上乘，做工精巧，底座刻了個「忠」字。

不悅的目光看向他，蘇唯有些心虛，小聲說：「我真不是故意的，這不就是順手了嘛，誰讓葵叔靠得那麼近。」

所以他就習慣成自然了，等發現自己順手牽羊的時候，東西已經在他手裡了。

「這應該是老王爺的吧？不過他那個樣子還能吸鼻煙，挺神奇的。」

「你管人家做什麼，趕緊還回去。」

沈玉書的臉色不大好，蘇唯也不想在這時候節外生枝，他跑去護士臺，杜撰了一個撿到失物的藉口，請她們還給葵叔。

等他轉回來，沈玉書已經進病房裡，站在床邊注視長生。

長生接受完輸血，正在輸其他的藥液，他的臉色還是很蒼白，不過睡得還算平靜，偶爾眉頭皺皺，不知是不是在夢中看到了可怕的景象。

「巡捕房那邊有進展嗎？」

「有，不過不是你想要的那種。」

法醫對凶器石塊做了鑑定，但因為石塊的棱角跟碎屑太多，很難提取到指紋，只能根據上面的血跡推測長生是被石塊砸傷的。

沈玉書也對龐貴進行了魯米諾測試，得出的結果是龐貴的雙手沒有血液反應，於是龐貴不是凶手的可能性更大了，但是為了不打草驚蛇，他們決定繼續關押龐貴一段時間。

雲飛揚把照片也洗好了，分成兩份，一份給巡捕房，另一份給了沈玉書，沈玉書看了一遍，沒發現有問題的地方。

沈玉書說完，把那疊照片拿給蘇唯，蘇唯翻看著，說：「看來我們猜測得沒錯，龐貴是替罪羊，真正的凶手還在棋館裡，既然排除了仇殺，也不可能是情殺，那只有最後一條了——為錢。」

「我曾懷疑過陳楓，可是那些包打聽查到了陳楓的背景，我發現他也不可能。」

「他很有錢？」

「對，很有錢。他是山西人，家裡開礦，父親早逝，但他叔叔是當地有名的富紳，據說跟各路軍閥的關係都不錯，他這次來上海也是為了幫叔叔跟幾位政府要員聯絡感情的，他在棋局比賽開始之前就來了，後來偶然看到比賽，才興起了參賽的念頭。」

蘇唯驚異地看向沈玉書，沒想到短短的時間裡他調查到了這麼多消息。

「這些資料確切嗎？」

「還在確認中，不過陳楓的身分證明都是真的，我讓雲飛揚調查了他來上海後的行蹤，他給那些官員的打點是真的，他的住行花銷也很大，所以至少證明他不缺錢。」

蘇唯不死心，問：「那另一個棋手呢？叫謝天鑠的那個。」

「他是上海人，在金神父路那邊經營了一家小茶館，生意還過得去。」

就算生意過不去，需要錢，在上午的對決中謝天鑠已經被淘汰了，他沒有為了錢傷害長生的理由。

也就是說謝天鑠跟陳楓既沒有作案時間，也沒有作案動機。

蘇唯覺得頭大了，想來想去想不出個所以然來，他嘆了口氣，道：「三個可能性都被推翻了，難道會是因為那件事……」

沈玉書知道蘇唯指的是哪件事，他說：「明天我再去一次棋館，我總覺得柳長春還有話沒說。」

「我倒希望長生可以早點醒來，」看著在床上沉睡的孩子，蘇唯說：「也許他看到凶手在做什麼勾當，凶手不想暴露，才會殺他滅口。」

這句話說中了沈玉書的心思，看看蘇唯的臉色，他把原本想說的提議又嚥了回去。

沈玉書的計劃沒有成行，到了深夜，就在他決定要出去辦事的時候，長生的狀況突變，大喊大叫個不停，又在床上不斷掙扎，輸液的針頭都被他拽掉了，小護士們按不住他，只好叫他們幫忙。

長生沒有甦醒，但他掙扎的力氣很大，額頭滲出了密密麻麻的汗珠，眼珠在眼皮底下激烈地轉動著，像是在夢中遭遇到了什麼恐怖的事情。

「不要殺我！不要殺我！救命救命！爸爸，不要死！爺爺……」

他叫得很淒慘，護士們都被嚇到了，大家越是用力按他，他就掙扎得越厲害，看來是潛意識地把他們當成是要害自己的壞人了。

沈玉書擔心孩子掙扎得太激烈，再弄破傷口，只好放緩力氣，握住他的手，讓他不至於太害怕。

蘇唯也在旁邊不斷安慰，又掏出手帕幫長生擦汗，兩人安撫了很久，長生才慢慢放鬆下來，抽搭抽搭地哭著，又嘟囔了幾句爸爸跟爺爺後，終於安靜了，抓住蘇唯的小手鬆開，沉沉睡了過去。

蘇唯站在床邊不敢動，直到確定他沒事了，這才放開手，請護士小姐幫忙重新給他打針。

藥液再次輸入長生的靜脈，他的眉頭略微皺了皺，還好沒有過激的反應，護士打完針，離開時又再三交代他們注意看著病人，有什麼事立刻叫她們。

蘇唯道了謝，等護士走後，他站在床邊注視長生，長生還在昏睡，睫毛上墜著淚珠，偶爾扁扁嘴，露出委屈的模樣。

這孩子以前一定遭了很多罪，他平時樂觀活潑，蘇唯有時候會忘記他的身世，現在看著他，才突然想起他才這麼小，跟他同齡的孩子都在無憂無慮地上學，可他卻接二連三遭遇到可怕的事件。

想到這裡，蘇唯有些氣悶，一股無名火從心頭湧上，他情不自禁地握住了拳頭。

思緒被打斷了，沈玉書輕聲說：「他夢到的是認識我們以前的經歷吧？」

「你怎麼知道？」

「直覺，他以前從來沒有提過他父親，也沒有叫過爺爺，聽起來曾經有人要殺他，那他的父親可能……」

後面的話沒有說出來，但兩個人都知道那不是個樂觀的結果。

——有了錢，就可以幫蘇醬交下個月的水電費了，可以給花生醬買好多好多牠喜歡吃的零食了。

童稚的嗓音在耳邊迴蕩，回想跟長生認識後的種種，蘇唯的眼睛瞇了起來，拳頭握得更緊了，突然一言不發，轉身就往外走。

沈玉書叫住他，「你去哪裡？」

「當然是去找凶手！」

「這麼晚了，你去哪裡找凶手？」

「你去哪裡，我就去哪裡。」

看著沈玉書，蘇唯冷笑，「你不要以為我不知道，你今晚原本是打算去長春館的荒園調查的吧？」

被他猜中了，沈玉書沒有反駁。

蘇唯推門就要出去，沈玉書上前抓住他的衣袖，蘇唯有些惱了，伸手想動武，沈玉書說：「我不是要阻攔你去，而是以你現在的情緒，不適合冒險。」

「不……」

「幹你們這行的，應該最懂得這個道理，心浮氣躁的時候，失敗的機率會非常高，廢園就在那裡，跑不了，所以調查不急於一時，等長生的傷勢穩定下來，不用你說，我也會去查的。」

「我是擔心事情拖得太久，凶手會銷毀證據。」

「要銷毀的話，今天一天的時間足夠了。」

沈玉書說完，不管蘇唯的反對，硬是將他拉到旁邊的空床上坐下，又倒了兩杯水，他們一人一杯。

蘇唯默默喝著水，沈玉書說：「我突然發現，你跟我最初認識的時候一點都不一樣。」

「怎麼？」

「剛認識你的時候，我覺得你很狡猾世故，也很冷血自私，但後來接觸得多了，就發現你其實很在意朋友。」

「你想多了。」蘇唯把頭轉去一邊，因為沈玉書的這番話戳到了他的痛處。

他這輩子犯的最大的錯誤就是太相信朋友，否則他的索繩怎麼會在關鍵時刻斷掉，而導致他穿越到九十年前的上海灘？

「我不知道你以前經歷過什麼，但我相信不是每個朋友都會去算計別人的。」

「都說你想多了，我會在意長生，是因為他的受傷是因我而起的，如果傷患換了是你，我早就捲款跑路了。」

「是嗎？」

「是的。」

「呵呵。」

「你這是什麼反應啊？」

「反應就是——你在撒謊。你現在心裡想的明明就是——這次是我的錯，如果我不讓長生去參加比賽，他就不會變成這樣了，他以前一定受過很大的打擊，可是我完全沒有考慮他的心情，為了一點錢就讓他去拚命……」

「沈萬能我警告你，少用你那些三腳貓的心理演繹法來演繹我的想法！」

蘇唯提高了嗓音，但他氣急敗壞的反應恰恰證實了沈玉書說的話。

沈玉書伸手比在唇上，示意他小聲，又道：「我理解你的想法，但是為既定的事實而懊惱，那是蠢人做的事。」

「呵，我知道你是聰明人，你不用間接地誇讚自己。」

「不，我如果聰明，當初就不會同意你的建議了，我們都沒想到這個結果，可是既然已經發生了，那現在再多說什麼也是於事無補，我們現在最應該做的是照顧好長生，找出凶手。」

蘇唯沉默不語，不過聽著沈玉書的話，他心中那股懊惱之火慢慢消滅下去，微笑說：

「你說了這麼多廢話，只有一句說對了。」
「是不是廢話，端看有沒有人喜歡聽。」
「哼哼。」
「放心吧，長生不會有事的，他會作噩夢，反應這麼大，就證明他的意識在恢復，也許明天一早，他就醒過來了。」
「希望如此。」
第二天長生沒有如他們期待地甦醒，但好在經過昨晚之後，他的氣息平穩了很多，表情也不像昨天那麼痛苦，呼吸均勻，臉色也變紅潤了。
早上洛正夫婦來看望長生，謝文芳把從廟裡求來的護身符香囊塞給長生，他也像是知道似地，緊緊握住了。
端木衡跟洛逍遙沒過來，不過端木衡特意派人送來時令瓜果跟營養食品，說是聊表心意，謝文芳讚他懂禮，把他好一頓地誇獎，蘇唯跟沈玉書聽得眼對眼，努力忍住了，沒去揭穿端木衡的真面目。
他們趕著去棋館觀戰，把照顧長生的工作轉給了謝文芳，吃了早飯後就跟洛正一起離開醫院。
小松鼠還想留下來陪長生，被蘇唯揪著尾巴帶走了。
「你跟我們去棋館，將功贖罪。」

兩人來到長春館，出乎他們的意料，今天來觀戰的客人竟然比昨天還多，大廳的座位幾乎都坐滿了，而且跟前幾天不同的是，館裡允許記者進入。

這些記者的消息都很靈通，聽說了昨天發生的事件，都一窩蜂地跑了過來，希望能報導到更多更吸引人的新聞。

為了保證大家的安全，棋館內外也加強了戒備，柳長春還請總探長多派了巡捕過來幫忙，等所有人都到齊後，他就吩咐夥計將門窗都關閉，防止對賽過程中有人隨意出入。

看到這沸騰的場面，蘇唯震驚了，再看看對面布置得相當華麗的棋桌，他忍不住說：

「哇塞，沒想到不管到了哪個時代，大家喜歡八卦的心態都沒有改變啊！」

「就是爆料嗎？」

「對的，我以為發生了血腥事件，今天會很冷場，沒想到居然大熱門。」

蘇唯跟沈玉書的座位還是在前頭第一排，他坐下後左右看看，雲飛揚已經來了，跟上次一樣坐在他們對面，跟他們招手，不同的是今天他的相機明目張膽地拿在手裡，做好了隨時拍照的準備。

洛逍遙跟其他巡捕都穿著便衣，負責維持現場秩序，看起來很忙，所以早上沒時間去探望長生。

端木衡坐在他們鄰桌的鄰桌，向他們點頭示意，蘇唯也堆起一臉的笑回應過去，沈玉書配合著他，又在口中吐字道：「你可以不要笑得這麼假嗎？」

「這叫社交禮貌，面癱的你是不會懂的。」

「我懂怎麼抓凶手，魯米諾收好了嗎？」

「收好了，不過人數超出了我的想像，我擔心不夠用。」

「重點先放在相關人員身上，中場休息時就開始做。」

「聽你的意思，不會是讓我來操刀吧？」

沈玉書回道：「難不成是我？我又不會你那些偷摸……神奇的本領，我負責觀察留意他們的行動。」

「那……好吧。」

老實說，這種事交給沈玉書做，他還有點不放心呢。

摸著口袋裡的藥瓶，蘇唯不無感歎地想——這如果是噴劑就方便多了。

兩位棋手很快就上場了，今天柳長春穿了一件青色長袍，袖子挽起來，舉手投足中帶著儒雅風範，陳楓則穿著筆挺的西裝，頭髮上打著髮蠟，眉宇間意氣風發。

他看錶時蘇唯注意到了，他戴的那塊金錶是洋貨，價值不菲。

這個人的確不大可能為了錢殺人，那麼會不會是為了名？要知道贏得象棋國手的話，他的大名將會一夜之間盡人皆知。

就在蘇唯胡思亂想的時候，柳長春跟陳楓抱拳見禮，然後坐到了棋桌兩邊，夥計將泡好的上等香茶分別放於雙方的右側，躬身退下。

陳楓執紅子先走，柳長春為後手，兩人都屬於棋路穩健的那種，所以最初的幾步棋走得平淡無奇，至少蘇唯看不出有什麼妙招，他品著茶看著棋，覺得好無聊，小聲說：「這裡應該提供瓜子服務的。」

「這裡是棋館，不是電影院，蘇先生。」

話雖這樣說，沈玉書還是抓了一小把葵花子遞給蘇唯，蘇唯伸手想接，看看巴在口袋上注視他的小松鼠，他只好把手縮了回去。

他怎麼著也不能跟個寵物爭食吃啊。

一盞茶的工夫，棋手雙方又連下數步，對弈速度開始慢了下來。

蘇唯第二杯茶也喝完了，看看錶，離中場休息還有很長的時間，他開始托著脖子來回扭動。

沈玉書在桌下踢了他一腳。

「抽風？」

「落枕。」

昨晚為了照顧長生，他們兩個一百八十多公分高的的大男人擠在一張小床上睡覺，豈止落枕，全身都在痛，蘇唯心裡萬分後悔，早知道他就該睡繩子或木板，都比跟沈玉書同床異夢要好。

後面傳來咳嗽聲，蘇唯大幅度的動作影響了其他看客，他只好停止揉脖子，對沈玉書說：「我出去溜溜彎兒，這裡你盯著。」

沈玉書點點頭，趁著大家不注意，把花生也塞給了他，讓他順便溜溜松鼠。

蘇唯站起來，彎著腰走到靠邊的走廊上，這才直起腰板溜達著往外走，附近的客人都在用心看棋，沒人留意他。

不過蘇唯卻很留意這些客人。

要知道身為一名國際神偷，可不是只有在偷東西時才會去尋找獵物的，而是隨時隨地都不忘觀察目標，這對蘇唯來說就是最有效的遛彎兒了。

所以他走得很慢，目光不經意地掠過周圍的看客，從對方的衣著氣質還有佩戴的首飾上來猜測他的身分。

正觀察著，蘇唯忽然感覺有道淩厲的目光向他射來。

目光的主人是個乾瘦的老人，他穿著土黃色的長袍馬褂，馬褂的扣結上墜著一塊美玉，頭髮有些稀疏，整體向後梳攏。

看他的身板，個頭應該不高，臉龐也很削瘦，兩邊顴骨突出，眼瞳黝黑，透著不屬於他這個年紀的精明跟鋒利，坐在那裡不怒自威，身上散發出貴氣，讓人不敢直視。

不過蘇唯還是情不自禁地放慢了腳步，因為他被老人手裡的懷錶吸引住了。

老人剛看完時間，合上錶蓋，所以懷錶的造型做工還有上面的紋路都落在了蘇唯的眼中，他對這塊懷錶再熟悉不過了，首先的想法就是自己的懷錶被偷了！

當然，這是不可能的。

沒人可以從國際神偷身上偷走東西，蘇唯下意識地按按胸前，衣服下硬邦邦的錶殼讓他確定了一件事——這位老人有一塊跟他一模一樣的懷錶！

旁邊傳來不善的氣息，卻是老者的兩位隨從看到蘇唯的舉動，向他逼近過來，那兩人都長得膀大腰圓，比蘇唯還要高出一截，往他面前一站，帶給他很強烈的壓迫氣勢。

還好蘇唯見慣了大場面，他臨危不亂，笑嘻嘻地向老者伸過手去，說：「我是麥蘭巡捕房的，看這位老先生有點面熟，好像是在哪裡見過。」

老者無視了他伸過去的手，放好懷錶，把手按在手杖上，慢條斯理地說：「你不是巡捕房的，年輕人，你的氣質不像。」

一眼就被看穿了，這老人的眼睛好毒。

蘇唯摸摸鼻子，不動聲色地回道：「我還沒說完呢，我是說我是麥蘭巡捕房特聘的顧問。」

老人眉頭微皺，目光掃過兩位手下，手下也面面相覷，表情像是在說——顧問？這啥鬼？

「咳咳，特聘顧問簡單來說就是在破案方面我是專業人士，所以他們都相信我，花錢請我提供建議，我的真正身分是這個。」

蘇唯掏出萬能偵探社的名片，遞上前去。

老人瞟了一眼，那不屑的表情讓蘇唯以為他不會接，但他居然接了過去。

對蘇唯來說，對方伸手的時候是竊物的最佳良機，那一瞬間他幾乎要動手了，但是對危險的本能感知讓他臨時停了下來。

這個老人不簡單，在不瞭解對方的來頭之前，他不能輕舉妄動。

對面傳來腳步聲，卻是洛逍遙看到蘇唯遇到麻煩，跑來幫他解圍。

「我是麥蘭巡捕房的，請問有什麼事需要我幫忙的嗎？」

洛逍遙點頭哈腰地問老者，老者一言不發，伸手敲了敲桌上空下來的茶杯。

洛逍遙一開始沒懂，旁邊的隨從道：「你不是要幫忙嗎？我家老爺讓你倒茶。」

「啊……哈……」洛逍遙臉上的笑容有點僵，身為巡捕，卻被指使去倒茶，他面子上過不去，不過他很機靈，什麼都沒說，拿起茶壺，又偷偷給蘇唯使眼色，讓他小心行事。

洛逍遙前腳剛走，老者就將名片丟在桌子上，名片剛好落在桌上的茶漬上面。

這個小動作充分顯示出他對蘇唯的不屑，蘇唯在心裡罵了句髒話，臉上卻依然保持服務性的微笑，說：「小本生意，如果您有什麼困難或麻煩，只要我們能做的，都可以做，還請多多提攜。」

「我從來不信這種洋玩意兒……」老人說完，又看看蘇唯，「不過看你這小子挺機靈的，如果有生意，我會記得關照你。」

「謝謝您了，不知您老怎麼稱呼？」

「敝姓徐，在本地做點小買賣。」

「看您老一身貴氣，做的可不止是小買賣吧？」

蘇唯恭維得恰到好處，老人轉了轉大拇指上的玉扳指，說：「酒販子而已，餓不死也撐不著。」

「說到酒，我也算是略懂一二，不知徐老闆經營的是本地產的米酒，還是洋酒？」

其實蘇唯對老者本人一點興趣都沒有，但他對那塊懷錶實在太有興趣了，所以千方百計地想多套點話出來。

自從來到這個時代，懷錶就跟蘇唯形影不離，他幾乎每晚睡覺前都會把玩一番，所以剛才雖然只是一瞬間，他也敢確定老者的懷錶跟自己的同出一轍，只要可以從對方身上問到線索，對方那些無禮舉止什麼的，他根本不會放在心上。

說著話，洛逍遙的茶也端來了，恭恭敬敬地放在了老者的面前，做了個請用茶的手勢。

老者端起茶杯正要喝，前方突然一亮，蘇唯轉過頭，就見鎂光燈的光亮閃過，他不由自主地眯起了眼睛，還沒等明白發生了什麼事，一陣嘈雜聲響起，接著是棋子落地聲跟椅子滑過地板發出的摩擦聲。

前面的客人紛紛站了起來，女人開始尖叫，其中還夾雜著驚呼跟求救。

「啊啊！救命……」

「怎麼回事！這水……」

「有人中毒了！是茶……茶水嗎？」

現場因為突發狀況亂成一團，蘇唯的反應最快，看到老者手裡還端著茶杯，他一巴掌打翻了。

那兩個隨從見他動粗，上前就要反擊，被老者制止了，問：「難道這杯茶有毒？」

「不知道，不過小心點總是沒壞處的。」

蘇唯沒時間多加解釋，他大踏步跑回大廳正中，洛逍遙跟在他後面，推開圍在前面的人群，擠了進去。

大廳當中已經亂作一團了，因為驚訝跟恐慌，大家都站了起來，有人向後退，有人往前擠，等蘇唯跑過去時，沈玉書跟端木衡等人都已經在棋桌旁邊。

原本端端正正放在當中的棋桌此刻歪在一邊，棋盤上一片凌亂，棋子滾得到處都是，有些落在地上，浸在茶漬當中。

柳長春蜷倒在地，身體像是蝦米似地曲到一起，他的四肢發出劇烈的痙攣，一隻手緊緊抓住棋桌的桌腿，棋桌在他的顫抖下也被帶著不斷晃動，他的另一隻手掐住脖子，嘴巴大張，舌頭半吐出來，因為痛苦跟驚恐，眼睛瞪得滾圓，發出難受的咳咳聲。

「這……這是怎麼回事？」

洛逍遙被這場面震得呆住了，冷不防後面的人撞過來，他往前一撲，匆忙中伸手抓住蘇唯。

蘇唯被他帶著向前趔趄，還好及時剎住腳步，腳尖卻踹到了一個東西，他低頭一看，卻是茶杯，茶杯的把手摔斷了，裡面的香茶灑了一地，負責斟茶的夥計嚇得臉色土黃，不斷地連連擺手。

「不是我，我什麼都不知道！」

蘇唯看向對面。

陳楓的反應跟夥計類似，過度驚訝之下，他像是被人施了定身術，呆呆地站在棋桌的另一邊，既不說話，也沒有其他反應。

還是端木衡的反應最快，喚人去叫救護車，雲飛揚也忙著抓拍現場照片。

沈玉書上前將柳長春扶起來，讓柳二取來一個湯匙，他觀察著柳長春的狀況，掐住他的嘴巴，將湯匙伸進去按壓他的喉嚨。

一陣乾嘔的聲音傳來，柳長春的口中噴出了很多嘔吐物，身體再次發出抽搐，不過抽得不像剛才那麼驚悚了。

連吐幾口後，他發出類似打嗝的聲音，地板上滿是嘔吐出來的液體，刺鼻的臭氣瀰漫了廳堂，惹得那些在周圍看熱鬧的客人皺起眉頭，紛紛往後躲。

沈玉書卻面不改色，檢查了柳長春的嘔吐物，又讓柳二倒了碗鹽水出來，給柳長春灌下去，再將湯匙伸入他的口中繼續催吐，如此來回做了幾次，並拍打著柳長春的後背，輕聲呼喚：「柳館主，能聽到我說話嗎？聽到的話，點點頭。」

柳長春的面部肌肉抽搐，說不了話，但看起來還有意識，微微點了點頭。

看到這一幕，雲飛揚放下手裡的相機，贊道：「神探好厲害啊，這麼恐怖的場面，他居然面不改色心不跳。」

——那是因為更糟糕的場面他也見過了。

蘇唯吐槽的時候，救護人員趕到了，沈玉書配合他們將柳長春抬上擔架，蘇唯在旁邊檢查地上的茶杯，聽他跟救護人員耳語了幾句，依稀有氰化物的字眼。

救護人員前腳剛走，巡捕房的人馬上就趕到了。

連著兩天出了兩起命案，並且這次還是社會名流出事，麥蘭巡捕房的總探長方醒笙親自上陣，他在接到報案後，率領手下趕了過來，吩咐大家保護客人的安全，兼聽取證詞、調查現場。

趁著他們忙活，蘇唯悄悄湊到沈玉書身旁，小聲地問道：「看柳長春的反應，像是中了氰化物？」

「對，他的呼吸跟嘔吐物都有苦杏仁的氣味，還好服下得不多，否則……」

說到這裡，沈玉書看了看托在蘇唯手中的茶杯。

為了避免蹭掉指紋，蘇唯在杯子下面墊了手絹，沈玉書低頭嗅了嗅，杯中還留著鐵觀音的香氣，掩飾了氰化物的氣味。

他接著又去查看棋桌。

棋子滾落一桌，已經看不出棋局原有的模樣，柳長春坐的那邊的桌角有一灘茶水，應該是柳長春中毒後，失手將茶杯打翻導致的。

沈玉書拿起旁邊一顆棋子，棋子下面沾了一點白色晶體，他叫來巡捕，讓他將證物收好。

蘇唯歎道：「早知如此，我們該走到哪兒都隨身攜帶道具箱的。」

「這是個好建議，下次採用。」

「不，您還是別採用了。」

為了不讓吐槽成為現實，蘇唯閉了嘴，他可不想被人當移動死神看待。

端木衡在協助方醒笙處理完混亂的場面後，返回來，聽了他們的對話，皺眉問：「柳長春真的是中毒？」

沈玉書點點頭，端木衡馬上又問：「是誰下的毒？為什麼要毒害他？」

突發狀況後，雲飛揚就一直在拍照，聽了端木衡的詢問，他轉頭看向陳楓，被他的目光帶動著，端木衡也看了過去。

陳楓還站在原地，一副失魂落魄的樣子，發覺大家的注視，他回過神，立刻舉手亂搖。

「不關我的事，我什麼都不知道！」

「不是你？不是你是誰？」

總探長方醒笙在現場轉了一圈，安撫完客人後，走過來，剛好聽到陳楓的辯解，他用菸斗指著陳楓，「昨天你把長生推下樓，今天你又給柳館主下毒，連著兩個跟你對弈的棋手受害，所以凶手一定是你，來人，把他帶回去審訊！」

「荒唐！」被無端指責，陳楓的臉脹得通紅，叫道：「不要以為我是外鄉人就好欺負，這裡我也是認識人的！」

「你認識誰？街頭王二麻子嗎？」

「警察廳副廳長算不算？是要我給他打電話，讓他出面保人嗎？」

一聽那頭銜，方醒笙不說話了，吧嗒吧嗒抽著菸斗，把目光轉去洛逍遙那邊。

洛逍遙有苦說不出，總探長都不敢惹的人，他一個小探員，怎麼敢多嘴？只好又去看沈玉書，可惜沈玉書還在跟其他巡捕一起檢查現場，沒有留意他們這邊的情況。

沒辦法，洛逍遙又轉向跟端木衡求救，端木衡卻笑嘻嘻地衝他眨眼，卻不做聲，故意看他的笑話。

關鍵時刻，還是蘇唯伸出了援手，走過去對陳楓說：「陳先生，大家都是明事理的人，現在出了這種事，不管他們被害是不是跟你有關，為了證明你自己的清白，你也該協助警方破案。」

「我……」

「這事鬧得這麼大，轉頭就見報了，你也不想到時鬧得滿城風雨，給警察廳廳長面子上抹黑吧，真要鬧到那一步了，只怕你還是要配合，所以不如我們就少兜個圈子，儘快解決問題，你好我好大家好。」

遠處那些記者還在爭相拍照，巴不得多弄到點消息，陳楓的眼睛被光亮閃到了，他急忙低頭躲閃。

被蘇唯一番話說下來，他也不像剛才那麼有氣勢了，但還是堅持道：「可是我沒殺柳長春！」

「沒人說你殺了啊，誰說了？誰？」

蘇唯轉頭看去，方醒笙抽著菸斗轉去了一邊，當沒聽到，其他人也紛紛搖頭。

蘇唯說：「你看，沒有吧？」

「就算沒有，你們也是在懷疑我，但要說有嫌疑，那些僕人的嫌疑更大，茶是他們倒的！」

「豈止如此，我們在場的每個人都有嫌疑，所以每個人都要查，只是有個先後順序，你要想排在最後查，我們也沒意見的。」

蘇唯一邊說著，一邊給雲飛揚使眼色，雲飛揚會意，立刻舉起照相機對準陳楓。

陳楓慌張地伸手遮臉，低聲說：「那我先來好了，不過先說明，我沒殺柳長春，我沒有毒藥。」

「不用急著解釋，事實真相早晚會水落石出的，來，這邊請。」

蘇唯把陳楓帶去了隔壁的房間，也就是昨天審問過龐貴的房間——棋館變成了臨時巡捕房，這是所有人都始料未及的。

由洛逍遙負責詢問，蘇唯暫時幫他做記錄，其他人在旁邊觀望，沒多久，沈玉書也進來了，手裡拿著從法醫那裡借來的勘查工具。

蘇唯雖然負責筆錄，但他時不時地插話進來，蘇唯很喜歡笑，而且他的笑容有種安撫情緒的能力，被他插科打諢地聊閒話，陳楓的情緒慢慢穩定下來，把自己今天來棋館後的行蹤說了一遍，

其實這一部分很簡單。

陳楓來了後，先在殘局棋室裡休息兼看棋譜，後來柳二就來請他去比賽的大廳，那時廳堂裡差不多都坐滿了，柳長春比他稍微早到，兩人見面行禮後，就開始棋賽，所以整個過程沒有什麼怪異的地方。

陳楓說完後，馬上又附加一句。

「所以說，凶手根本不是我，我為什麼要害柳長春？我只是想要在棋局上贏過他，殺他對我沒有任何好處，還有昨天長生受傷的時候，我也是有人證的，我一直在棋室裡，凶手肯定是同一個人，所以不是我！」

他說完了，洛逍遙撓撓頭，覺得沒什麼可問的了，用眼神詢問蘇唯，蘇唯在手裡轉著筆，不知在想什麼，沒有馬上搭話。

沈玉書走過去，把勘查工具放在桌上，問：「是不是贏了他對你就有好處了？」

陳楓一愣，馬上反應過來，說：「是啊，如果贏了他，那天下第一國手的名號就是我的了。」

「你很想要天下第一嗎？」

「當然，誰不想要第一？」

「NoNoNo，」聽著他們的對話，蘇唯搖搖頭，低聲自嘆，「做獨孤求敗可是很無趣的啊！」

大家的目光看向他，陳楓問：「獨孤求敗？」

「就是獨孤九劍，唯求一敗。」

陳楓眨眨眼，還是不懂。

沈玉書搖搖頭，說：「他經常亂說話，你當沒聽到就好……你可以配合我們做一些取樣化驗嗎？」

「取樣化驗？」

「簡單來說，就是看你身上是否有沾到毒藥粉末等物質，這種毒藥的毒性非常強，只是沾到也有可能中毒，所以檢測也是為了你自身的安全著想。」

陳楓同意了，照沈玉書說的，坦然地將手伸出來，配合他取樣。

沈玉書拿著小鑷子跟棉棒還有特殊的藥水，開始操作，陳楓好奇地看著，問：「這樣就能知道有沒有毒了？」

蘇唯故意道：「不僅可以知道有沒有中毒，還可以知道中的是什麼毒，毒藥是從何而來的，甚至你的衣服上跟手上如果沾了血跡，同樣也可以查出來。」

陳楓的手微微抖了一下，沈玉書看向他，他轉了轉手錶，苦笑道：「被錶硌著了。」

雲飛揚好奇地問：「血還需要查嗎？一眼就看到了。」

「蘇唯說的是血液清洗過後留下的痕跡，這個痕跡肉眼是看不到的，但是借助某些藥液的話，就可以讓血液重新顯現出來。」

「天底下居然有這麼神奇的東西。」

「有的，但是能不能派上用場就不知道了。」

沈玉書說話的時候特意觀察了陳楓的反應。

陳楓表現得很鎮定，但是在聽到他說血液反應時，眉頭明顯地動了動，手向後縮了一下。

沈玉書裝作沒看到，在做魯米諾實驗時，裝作不經意地握住陳楓的手腕，發現他的脈搏跳動得很激烈。

他在緊張，是跟剛才看到柳長春中毒時不同的緊張。

「這……這就行了？有用嗎？」

沈玉書做完測試，陳楓立刻就把手縮了回去，反覆看自己的手掌，又去看桌上的藥劑試管，強自鎮定地問。

沈玉書還沒回答，周圍突然一暗，卻是蘇唯把旁邊的窗簾拉上了。

看到大家奇怪的目光，蘇唯又拉開了窗簾，笑嘻嘻地說：「我在檢查這窗戶，看凶手會不會從窗外爬進來。」

要爬窗，首先要先翻過外面那堵高牆吧？

數對鄙夷的視線掠過蘇唯，誰也沒發現就在空間暗下來的那一瞬間，沈玉書特別留意了陳楓的手掌。

雖然只有很短的時間，但是他看到了陳楓的右手手指上顯現出藍色螢光，螢光呈一小塊一小塊的斑點狀，正是血液在魯米諾跟激發劑催發後的反應。

但這並不能代表什麼，魯米諾反應有很多偏差，陳楓手上沾的未必就是血液，即便是血液，也不能斷言那就是長生的。

所以沈玉書什麼都沒說，向陳楓道了謝，示意他可以離開了。

蘇唯冷眼旁觀，感覺陳楓在出去時明顯鬆了口氣，他急忙用眼神暗示沈玉書找個藉口扣留他，沈玉書搖搖頭，同樣用眼神回覆他不要輕舉妄動，又招手把洛逍遙叫來，跟他耳語了幾句。

洛逍遙聽完後點點頭，跑了出去。

方醒笙在旁邊看得莫名其妙，問：「這……這就沒事了？那他到底是不是凶手啊？誰能給個提示？」

端木衡聳聳肩。

洛逍遙被派出去了，讓他失去了取樂的對象，不快地看看蘇唯跟沈玉書，說：「提示就不知道了，我只看到有人在那裡眉目傳情。」

「我們那叫心有靈犀。」

蘇唯拍拍沈玉書的肩膀，沈玉書指了一下桌上的工具，說：「提示都在這裡，他是不是凶手，要等化驗結果出來才知道。」

接下來接受詢問的是柳二跟負責端茶的夥計，可是蘇唯打開門，卻看到謝天鑠站在外面探頭探腦，他問：「謝老闆，有事嗎？」

「我已經配合提供口供了，想問問我是不是可以走了？」

「再配合我們做個取樣就能走了。」

沈玉書請他進來坐下，照例行步驟，在他的手上做魯米諾實驗。

看謝天鑠的表情，就知道他完全不理解沈玉書在做什麼，只是照他說的去配合。

沈玉書在取樣的過程中，把剛才對陳楓說的話重新說了一遍，謝天鑠沒有緊張的反應，而是眉頭挑了挑，表現出非常感興趣的樣子。

「用棉棒蹭一蹭，就能知道誰是凶手了？」

「現在只是提取物質纖維，再進行精密測試，就能通過結果找到線索。」

「真厲害啊，還好我不是凶手。」

「那麼你覺得誰可能會是凶手？」

「這我哪知道啊，我要是有那個本事，也開偵探社了，不過……」

「不過？」

「不過長春館會舉行象棋比賽，我挺意外的呢，柳館主半年前被綁匪綁票後，精神差了很多，還多了個頭痛症，幾乎都不下棋了，這次他不僅舉辦棋賽，還親自參加，我還很開心，以為能有機會跟他博弈，沒想到我技不如人，沒能撐到最後，唉……」

「昨天你跟陳楓對弈，你覺得他的棋術如何？」

「很厲害，很難想像他這個年紀，棋術就那麼老到辛辣，大概從小就有接受這方面的薰陶吧，他簡直就是天才……啊不，要說天才，應該是那個孩子吧。」

「你覺得如果長生跟陳楓對弈的話，誰贏的可能性更大？」

「這……我沒跟長生下過，不好說，不過象棋對弈，除了自身的棋藝外，還需要智慧跟運氣，尤其是棋逢對手的時候。」

說到這裡，謝天鑠反應了過來，問沈玉書：「你不會是懷疑陳楓吧？」

沈玉書不答反問：「昨天你曾證明陳楓一直在棋室裡參棋，你確定自己沒記錯？」

謝天鑠沒有馬上回答，而是揉著額頭陷入沉思，半晌才點頭道：「確定，我們還聊了幾句呢，難道他真的是兇手？」

「我們只是例行詢問，請不要多加猜測，有什麼問題，還會再請你配合。」

「沒問題，我家離這兒不遠，隨傳隨到。」

謝天鑠走後，柳二跟端茶的夥計才被叫進來，他們依次接受了取樣，在口供方面，柳二的證詞跟陳楓的吻合，給柳長春倒茶的夥計也證明除了他以外，沒人碰過茶壺。

這名夥計在棋館做了半年多，看起來是個很老實的人，剛才洛逍遙給酒鋪徐老闆送的茶也是他斟的，案發後，蘇唯就讓洛逍遙把徐老闆的茶杯送了過來，初步檢驗證明茶水裡沒有毒。

沈玉書問夥計：「你在這裡做了這麼久，覺得柳館主是個什麼樣的人？」

「老闆人很好，從來不剋扣工錢，過節還發紅包，對我們很照顧的。」

「沒有夥計對他不滿嗎？」

「絕對沒有，他是大好人，我們的活不重，工錢還多，大家都巴不得一輩子在這裡做呢。」

從夥計的對應來看，底下的人因恨投毒的可能性不大。

等他走後，沈玉書又問柳二，柳長春有沒有仇家？最近是否有什麼煩惱的事？柳二連連搖頭，說柳長春的個性比較內向，交往的人原本就不多，近來深居簡出，別說仇家，就連密切交往的朋友也屈指可數。

蘇唯在一旁聽著，不由得歪歪頭。

據他的觀察，柳長春不像是不擅長社交的人，恰恰相反，那個人很有城府，很符合八面玲瓏的商人形象。

「聽說他遭遇綁票後，腦筋差了很多，也不怎麼熱衷下棋了，為什麼他這次會主動舉辦棋賽？」

「這個嘛……」

柳二撓撓頭，猶豫了一會兒，最後還是取來了棋館的帳簿給沈玉書看。

「其實棋館這兩年一直都不賺錢，尤其是今年，根本是入不敷出，所以為了吸引大家的關注，老爺就想到了比賽這個點子，這也是不得已的事。」

正如他所說的，一本帳簿翻下來，上面的赤字比黑字多。

端木衡看得皺起了眉頭，質問他：「既然棋館的經營如此差，你身為親隨，不想辦法為主人排憂解難，還偷拿他的錢，你作何解釋？」

「小人沒話解釋，小人就是一時糊塗，借了高利貸，不及時還上的話，是會被砍死投江的，所以才會生了先挪用的念頭，小人跟隨老爺這麼久了，開口借的話，老爺肯定會借的……」

「那為什麼不開口借？」

「高利貸那幫人逼得緊，我沒時間跟老爺說，而且我也怕老爺知道了會動怒，他都勸過我好幾次戒賭了。」

聽到這裡，方醒笙突然舉起菸斗，指著柳二，叫道：「我明白了，你家老爺屢次斥責你，所以你就懷恨在心，趁機給他下毒，他沒有親人，你又跟隨他多年，如果他死了，家產就都是你的了，對不對？」

柳二嚇得撲通一聲跪在地上，大聲說：「不是的、不是的，我就算再沒良心，也不敢殺人啊，再說我今天壓根兒就沒靠近棋桌，我怎麼下毒？」

方醒笙想了想，也是，下毒很簡單，但只給柳長春一個人的茶杯裡下毒，那只能是他周圍的人，這一點就足以證明投毒事件與柳二無關了。

柳二又說：「要說下毒，那也是陳楓做的，如果我家老爺死了，他就是當今棋壇國手，他才最有嫌疑！」

「誰有嫌疑輪不到你來說，走走走！」見問不出什麼了，方醒笙擺手趕他走。

柳二走到門口時，沈玉書突然說：「既然柳館主是為了宣傳棋館才舉辦棋賽，那為什麼不請記者報導？」

「因為……因為老爺說下棋需要極度的靜心，他不喜歡記者，覺得那些記者都像是無頭蒼蠅，哪裡有料哪裡飛，不學無術。」

蘇唯看向雲飛揚，雲飛揚現在的表情才像是吞了蒼蠅，要不是礙於沈玉書在問案，他一定開口反駁柳二的胡說八道了。

沈玉書繼續追問：「既然柳館主這樣認為，那為什麼他今天又要請記者來？」

「那是陳楓提議的，他認為他可以贏過老爺，所以特意要求請記者，到時他贏得冠軍的新聞就可以第一時間上報了，老爺拗不過他，只好請了，神探先生，你一定要幫我們老爺找出凶手啊，不對，凶手就是陳楓，你們一定要找出證據抓住他，拜託了！」

柳二出去時還囉囉嗦嗦叮囑個不停，他前腳剛走，方醒笙立刻說：「你看大家的證詞，都證明了陳楓有問題。」

沈玉書沉吟不語，蘇唯拍拍方醒笙的肩膀，道：「做事不要這麼急嘛，探長大人，陳楓有沒有問題暫且不知道，但他有背景是毋庸置疑的，一個拿捏不好，有問題的就是我們了。」

「喔，說得也是，那你們趕緊去查，我保證，只要你們順利破案，我一定贈一面神探獎旗給你們，讓你們今後在法租界這一片做起事來暢通無阻！」

蘇唯的眉頭挑了起來。

獎旗而已嘛，又不是獎金，很難激發鬥志，不過呢，有人敢暗算長生，這個仇他是一定要報的！

【第四章】

棋賽中的又一場意外

洛正說：「在治療外傷方面，西醫還是比中醫厲害，再說小孩子恢復快，不用多久頭髮就長出來了，看不到疤的。」

聽了他們的對話，長生立刻眼淚汪汪的。

小孩子也是很愛美的，蘇唯忍著笑，對他說：「長生我跟你說，一個真正帥氣的人適合任何髮型，這種事關鍵是要看臉。」

「那蘇醬你要不要剃光頭啊？」

「這個……」被將了一軍，蘇唯沒話說了，還是沈玉書幫他解了圍。

「蘇唯長得又不好看，你讓他剃光頭，這不是欺負他嗎？」

與本案相關的人士都問得差不多了，蘇唯跟沈玉書來到外面的大廳，他有些心不在焉，一邊走一邊左右張望。

沈玉書發現了，問：「什麼事？」

「好像忘了什麼東西……」

蘇唯拍拍口袋，錢包跟手絹都在，但感覺就是少了某樣東西，卻又想不起來。

大廳的勘查工作已經結束了，現場做了簡單的清理，客人們也在提供了證詞後陸續離開。

洛逍遙看到他們，跑過來報告說他已讓兄弟們去暗中跟蹤陳楓，他把這邊的事情處理完，就過去替班。他報告完畢，又把調查結果跟客人的筆錄交給沈玉書。

沈玉書看的時候，蘇唯在旁邊對洛逍遙小聲說：「以後不要把你們總探長弄來好嗎？他除了幫倒忙外，無法起任何作用。」

「不是的，他還可以幫忙背黑鍋啊。」

「哈，小表弟我不知道你居然這麼壞，你是不是跟著端木……」

「沒有啊，你不要亂說話！」洛逍遙說完，一轉頭，看到端木衡從房間裡走出來，他立刻找了個去做事的藉口跑掉了，速度比兔子還快。

端木衡早看到了，抬步正要去追，被蘇唯一把拉住，說：「你先別急著走，我有事問你。」

「什麼事？」

「那個賣酒的徐老闆是什麼來頭？」

「哪個徐老闆？」

柳長春出事後，現場太混亂，蘇唯忙著找凶手，沒顧得上去理會那位老者，現在再想去找，發現他已經走掉了，只好用手比劃著，形容他的外貌跟氣質。

「他叫徐廣源，家住霞飛路，看地址跟阿衡的公館離得很近。」

沈玉書幫端木衡回答了，他手裡拿著巡捕收集來的客人資料，裡面只有一個人姓徐。

端木衡點點頭，道：「原來你說的是徐老闆啊，我跟他曾有幾面之緣，不過不熟，他經營酒水生意，認識不少名流，所以上海灘很多酒吧跟夜總會的酒水都是由他提供的，很有錢。」

「有你有錢嗎？」

面對蘇唯這個問題，端木衡微微一笑。

「財不露白，這我就不清楚了，不過看他的生意規模，他的富有只在我之上，他跟這個案子有關係嗎？為什麼你對他感興趣？」

——我不是對他感興趣，我是對他的懷錶感興趣。

不過這個祕密不能講出來，所以蘇唯只好說：「剛好碰巧跟他聊了幾句，覺得他談吐不凡，不像是普通的生意人，所以就好奇問問。」

「那我可以幫忙打聽一下，順便再查查陳楓的來頭，等我的好消息。」

「謝了，」蘇唯笑著向他拱拱手，「大恩不言謝，所以小弟就銘記於心了。」

別看端木衡狡猾多端，在面對蘇唯這種綿裡針時，他也是無計可施，搖搖頭，給了沈玉書一個無可奈何的表情，告辭離開。

看著他的背影，蘇唯不爽地問沈玉書：「他為什麼對你眉目傳情？」

沈玉書還在看資料，沒說話。

雲飛揚舉起手，說：「我覺得他只是在表達對你的無奈。」

「其實我也很無奈啊，你要知道總是欠人家的人情債，我的鴨梨也是很大的。」

「不是壓力嗎？」

「我們那裡都喜歡叫鴨梨，這個不重要，我們來談重要的事，我記得在柳長春出事的時候，好像有人打亮了鎂光燈，是你做的？」

「嘿嘿是我，不好意思，都是失誤失誤。」

確切地說，鎂光燈不是在柳長春出事的時候亮起的，而是稍早一些。

從棋賽一開始，雲飛揚就一直在追蹤報導，奈何柳長春不同意記者拍照，所以他連照相機都不敢拿出來，好不容易等到柳長春鬆口，他今天將吃飯的傢伙都帶來了，興沖沖地做好了隨時抓拍的準備。但就是準備工作做得太完美了，才會導致出錯。

賽場上，雲飛揚一直在全神貫注地觀看棋手對弈，棋盤上殺得硝煙瀰漫，他也看得十分緊張，兩隻手下意識地緊握，誰知不小心按到了火石輪的板機，導致鎂粉燃燒，職業病的關係，他就在同時按下了快門。

所以鎂光燈亮起時，剛好是柳長春喝完茶，準備放下茶杯的時候，當看到柳長春突然臉色大變，抓住喉嚨倒在地上，雲飛揚嚇壞了，他還以為柳長春是被鎂光燈突然閃到，導致舊病復發。

直到後來他才發現是出了意外，就趕緊拍了好多照片，其他記者雖然也有拍照，但他們的座位都在後面，能搶拍到的照片不多，所以他既可以做獨家新聞，也能幫沈玉書他們提供現場情報。

「你倒是挺機靈的。」沈玉書看完了記錄，抬頭對他說。

被神探誇讚了，雲飛揚得意地用大拇指搓了下鼻子，「放心吧偶像，我馬上就去洗照片，回頭送一份給你們。」

沈玉書道了謝，等雲飛揚離開後，他趁著方醒笙跟洛逍遙詢問調查結果，對蘇唯說：「這裡除了柳長春用的茶杯被下毒以外，其他人的茶杯裡暫時沒有發現毒素。」

蘇唯接過他手裡的資料，大致看了一下。

這只是法醫臨時在現場寫的檢查結果，上面說檢驗了其他客人的杯盞，均無問題，也就是說同一個茶壺裡倒出來的茶，只有柳長春一個人中標了。

當時洛逍遙還幫徐廣源倒過茶，那杯茶也沒有問題，夥計接著又去給柳長春跟陳楓各自斟了茶，柳長春就是在喝了茶後，出現了中毒反應。

也就是說茶水本身沒問題，整個大廳裡只有柳長春的那杯茶被下毒，而有機會下毒的只有夥計跟離柳長春最近的人，所以夥計跟陳楓兩個人的嫌疑最大。

方醒笙給大家交代完事情，走回來，看到了那份記錄跟資料，一張臉頓時皺得像苦瓜，「唉，一件很簡單的下毒案，至於這麼折騰嗎？每個客人都錄口供，結果都得罪了，你們知不知道這些人都是什麼來頭啊？」

這番抱怨被沈玉書直接無視，說：「總探長，記得多調查一下端茶夥計的家庭背景，另外，柳長春中的很可能是氰化鈉，這種藥不是那麼容易買到的，你再派人去各大醫院問問看，看能不能從處方箋方面查到線索。」

——嗯，整個巡捕房都是他家萬能老闆的手下。

旁觀著沈玉書對方醒笙的指派，蘇唯無比肯定地這樣想。

「欸，你等等。」沈玉書說完就要走，方醒笙急忙拉住他，問：「那夥計不也說柳長春對他們很好嗎？再說那種毒藥他一個下人從哪兒弄來啊？只有有錢人才能搞到手，對，肯定就是陳楓，他是重要嫌疑人，你們幹麼放他走啊？」

「多調查一些與案件有關的人沒有壞處，而且不管你怎麼懷疑陳楓，沒有確鑿的證據，現在抓他，你一定會被警察廳那邊的人警告的。」

被戳到痛處，方醒笙砸吧著菸斗，不說話了。

「所以我才要馬上回去做化驗，看能不能找到更多的線索指證凶手，有消息會馬上跟你聯絡。」

「那你一定要快啊，越快越好。」方醒笙戀戀不捨地看著他們走出棋館，在後面叮囑道。

蘇唯擺擺手，表示他們會盡力的，又轉身去追沈玉書，在快跑到門口時，他腦海中突然靈光一閃——他想起遺忘的東西是什麼了。

應該說不是東西，而是那隻小松鼠花生，在混亂之際，花生不知道什麼時候溜掉了，他完全沒注意到。

「沈玉書！沈玉書！沈萬能！」

發現長生的小寵物沒了，蘇唯不敢怠慢，把沈玉書叫住說明情況，沈玉書一聽就皺起了眉頭。

「牠又跑掉了？」

「這不能怪我，畢竟那是隻動物，還是隻很活潑的動物。」

別的事也罷了，作為跟長生形影不離的寵物，把牠弄丟了可不是件小事，沈玉書只好暫時放棄了往回趕，陪蘇唯跑到院子裡尋找，還好在去後院的路上，他們找到了小松鼠。

牠不知又跑去哪兒玩了，身上蹭了好多雜草跟灰塵，看到蘇唯，一個轉身又想跑掉，蘇唯衝上前，揪住牠的尾巴把牠提了起來，警告道：「大家現在都很忙，沒時間跟你玩，你要是再敢亂跑，我扣你一天的糧餉！」

「吱吱吱！」小松鼠發出叫聲，伸爪子攀到沈玉書的身上，衝蘇唯鼓起嘴巴，像是在說牠不怕，牠有儲備糧。

蘇唯攥起了拳頭，被沈玉書及時攔住了，把松鼠塞進他的口袋裡，說：「你可以不跟一隻松鼠比智商嗎？」

「我不是要跟牠比智商，我是在訓練牠。」

「先解決當下的案子，訓練的事回頭再說。」

沈玉書加快腳步跑出棋館，在街口叫了輛黃包車，坐車往偵探社趕。路上他低著頭陷入沉思，一句話也不說。

蘇唯逗弄了一會兒小松鼠，又看著街道兩邊的風景，有些無聊。

剛來到這個時代時，他對這裡充滿了好奇跟新鮮感，但是現在他已經完全習慣了，習慣真是件可怕的事情，在他慢慢融於這個世界的時候，他幾乎忘了自己是誰、從哪裡來，又該怎麼回去。

直到今天他看到了徐廣源的那塊懷錶。也許那是助他回去的鑰匙，但是要如何取到鑰匙卻不驚動主人，那就不是件容易的事了。

蘇唯胡思亂想了一會兒，發現沈玉書還是不說話，他用手肘拐拐搭檔。

「有線索了嗎？」

「你剛才說的獨孤求敗很出名嗎？」

「哈？」

「需要我把相同的問題再重複一遍嗎？」

面對著沈玉書一本正經的表情，蘇唯震驚了。

「你一直在考慮的不會是這件事吧？」

「不是，但我想知道。」

「嗯，應該說那位獨孤先生是很有名的。」

「喔。」沈玉書又把頭轉過去，不說話了。

蘇唯更震驚了，「這就完了？」

「是啊，我知道答案了。」

「我是說你對案子的見解就這麼完了？」

「那倒沒有，你對徐廣源為什麼那麼感興趣？」

蘇唯翻白眼了，這個問題跟案子也完全沒關係好吧？

「剛才我不是說了嘛，我見他談吐不凡，就想多瞭解一下，你也知道做我們這行的，對有錢有身分的人都會感興趣的。」

「就是這樣？」

「就是這樣，請看我認真的眼神！」

蘇唯眨眨眼睛，做出無比誠懇的表情，沈玉書掃了一眼，把頭轉回去，看樣子不大信，卻沒有再問下去。

蘇唯只好繼續用手肘拐他，「為什麼你對我感興趣的人這麼感興趣？」

「隨便問問。」

「根本不像是隨便問問的樣子。」

「請看我認真的眼神。」

蘇唯第二次翻白眼了，「如果你要模仿我說話，至少要做全套啊，你不把頭轉過來，我怎麼看得到你的眼睛？」

「麻煩。」

為了不導致氣吐血，蘇唯停止了追問。

可是他不問了，沈玉書反而主動回答了，學著他的樣子摸著下巴，沉思道：「我覺得他有點面熟，好像在哪裡見過，但又想不起來是在哪裡。」

這傢伙自從開了偵探社後，看誰都說面熟，上次他去隔壁包子鋪買包子，還說人家包子西施面熟呢，結果呢，只是想讓人家多給兩個包子而已。

蘇唯決定不把生命浪費在這種無聊的問題上，用手肘拐著沈玉書，提醒他，「案子、案子。」

「柳二在撒謊。」

「耶？」

「雖然他做了解釋，但我還是無法理解柳長春的心態，既然柳長春想要做噱頭宣傳自己的棋館，甚至不惜花一千大洋來當獎金，那為什麼不請記者來幫忙宣傳？那豈不是失去了比賽的意義？」

這個時代有「噱頭」這個詞嗎？還是沈玉書是跟他學的？

鑑於沈玉書常常使用他的習慣用語，蘇唯不大敢肯定，摸著下巴說：「天才都是怪才，柳長春身為象棋國手，總有他的底線的。」

沈玉書搖搖頭，表示無法認同。

蘇唯只好說：「這不是重點吧？重點不是查找證據嗎？」

「你說對了，希望可以從取樣裡找到線索。」

下午，化驗結果出來了，柳長春喝過的茶水裡有氰化鈉的成分，使用過的茶杯杯邊上也沾了氰化鈉的粉末，但謝天鑠、柳二，還有端茶夥計的身上跟手上都沒有查出相關成分。所以他們三個人暫時被排除嫌疑了。

反倒是陳楓，在取樣調查中，不僅從他的袖子跟口袋附近發現了氰化鈉的成分，甚至他的手指上也有血液反應，只可惜他們只能查出是血液，而無法證明那是長生的血液。

如果是在現代社會的話，只要通過DNA檢測，就可以輕鬆查到凶手，可惜現在他們明知道凶手是陳楓，卻什麼都做不了。

這個時候，蘇唯最能切身體會到時代的差異，但他沒辦法跟沈玉書解釋，聽他打電話跟方醒笙講了化驗的結果，又聊了一會兒，放下了話筒。

「方醒笙怎麼說？」

「他說這個案子牽扯得較大。」

「怎麼叫牽扯得較大？」

「他們查過了，原來陳楓的叔叔不僅跟警察廳副廳長交好，還跟一些政府要員以及公董局、工部局的人關係密切，陳家有錢嘛，再加上當地軍閥的撐腰，所以那些人都會給他們一些面子。」

「也就是說在沒有確鑿的證據之前，不能隨便動他。」

「是的，所以上頭特別派了裴劍鋒來負責此案，方探長可以高枕無憂了，他現在做裴劍鋒的副手，有什麼事，讓裴劍鋒去頂著就行了。」

「那他們準備怎麼辦？」

「方醒笙說暫時先派巡捕監視陳楓的行動，陳楓有謝天鑠當時間證人，方醒笙懷疑謝天鑠跟他是同黨，看他們會不會聯絡，希望能找到他們的把柄，一網打盡。」

「柳二跟端茶夥計那邊有什麼新情報嗎？」

「這部分逍遙去查了，柳二的確有嗜賭的毛病，他其實跟其他夥計一樣，是半年前才跟隨柳長春的，不過據說他跟柳長春是同鄉，所以柳長春對他很照顧，而且也說不追究他盜用莊票的事，所以他既沒有下毒的動機，也沒有機會。」

「還沒有弄到氰化鈉的能力吧？」

「這也是方醒笙把柳二排除嫌疑的原因之一，端茶夥計的背景跟出身也很普通，要說能弄到氰化鈉，陳楓的可能性最大，而且他跟柳長春下棋，你來我往，在眾目睽睽之下將袖子裡藏的藥粉弄去對方的茶杯，並不困難，我只是想不通理由。」

「管他什麼理由，如果他真是傷害長生的凶手，我一定不饒了他！」

蘇唯痛恨的心情完全表現在了臉上，沈玉書不由得笑了，見慣了嘻皮笑臉沒一句實話的他，偶爾看到他動怒，沈玉書覺得這樣的他才更真實。

「也不是一點好消息都沒有的，首先柳長春沒事了，幸好他喝進去的茶不多，再加上及時嘔吐跟急救，已經脫離了危險期。」

「那都多虧了你這位神醫的幫忙啊！」

「好說好說，多年的醫術總算派上了用場，我也是很開心的。」

「喂，你不會謙虛一下嗎？」

「明明是你在表揚我，為什麼還嫌我不接受，你這人很奇怪啊！」

——奇怪的是你好吧，哪有這樣的人啊，這麼坦然自若地接受讚美。

「不過最讓我開心的是另外一件事，方醒笙說逍遙告訴他長生醒過來了，如果我們想調查案情，可以去問長生，我們去詢問總好過探員去問案。」

蘇唯愣了三秒後，一個箭步衝上前，掐住了沈玉書的脖子。

「這麼重要的事為什麼你不放在一開始說！你是存心吊我的胃口是吧？」

「不是，我覺得好消息放在最後講，才能顯示出它的重要性。」

沈玉書一臉認真的表情，讓蘇唯氣極反笑。這個人的思維回路有問題，是的，所以他不應該跟一個思維不同於正常人的人一般計較。

「沈玉書你去跟屍體結婚吧，正常人的世界不適合你的。」

「如果屍體長得好看的話，我可以考慮……你去哪裡？」

當然是看長生啊，不然呢？

蘇唯頭也不回地走出去，沒好氣地說：「去醫院！」

兩人急匆匆地趕到醫院，路上蘇唯還特意幫長生買了他喜歡的蓮藕糯米粥，但是去了才發現謝文芳跟洛正都在，謝文芳做了好多長生喜歡的菜，洛正正在埋怨她心急，孩子剛醒過來，根本吃不了這些東西。

看到這一幕，蘇唯湊到沈玉書身旁，小聲說：「你看你們一家人都是急脾氣。」

沈玉書的回應是不動聲色地拐了他一手肘。

長生已經醒過來一會兒了，他失血過多，臉色有些蒼白，不過還算有精神，醫生剛才幫他重新做了檢查，說沒有大礙，再觀察一段時間就可以出院，不過他濃密的頭髮都被剃光了，上面包紮了很多紗布，顯得怵目驚心。

長生正靠在床頭，跟洛正夫婦說話，看到沈玉書跟蘇唯，立刻向他們揮手打招呼。

花生本來在蘇唯的口袋裡睡覺，聽到長生的聲音，立刻竄出來，幾下跳到了他身上，速度快得蘇唯抓都抓不住。

沈玉書想把花生揪回來，但是看到長生一下下捋著牠的大尾巴，一臉的開心，他只好忍住了，提醒道：「你的傷還沒好，容易感染，只玩一會兒知道嗎？」

「知道了，謝謝沈哥哥。」

長生很聽話，跟小松鼠玩了一會兒，就把牠還給蘇唯。

沈玉書用消毒水幫長生擦了手，謝文芳在旁邊說：「也不知道西醫的藥怎麼樣？如果不行，就用我們家的藥，傷得這麼重，可千萬不能留疤。」

洛正說：「在治療外傷方面，西醫還是比中醫厲害，再說小孩子恢復快，不用多久頭髮就長出來了，看不到疤的。」
「頭髮都剃掉了，不好看。」
聽了他們的對話，長生立刻眼淚汪汪的，看來對他來說，受傷遠不如變醜帶給他的打擊大。
小孩子也是很愛美的，蘇唯忍著笑，對他說：「這你就不懂了，長生我跟你說，一個真正帥氣的人適合任何髮型，這種事關鍵是要看臉。」
「真的嗎？」
「真的。」
「那蘇醬你要不要剃光頭啊？」
「這個……」
被將了一軍，蘇唯沒話說了，還是沈玉書幫他解了圍。
「蘇唯長得又不好看，你讓他剃光頭，這不是欺負他嗎？」
——誰說我長得不好看，我這長相放在哪個時代都是做明星的料……
蘇唯張嘴要反駁，被沈玉書用眼神制止了，暗示他——你是不是真想剃光頭？
想到那糟糕的光頭形象，蘇唯用手捂住嘴，只好承認自己長得的確不咋地。
大家都笑了，長生也跟著一起笑，看他的情緒逐漸緩和下來，沈玉書在他旁邊坐下，考慮怎麼婉轉地進入正題。

知道他們要談正事，謝文芳叫上洛正離開，臨走時又交代沈玉書不要問太多，讓長生好好休息，他們明天再過來。

他們出去後，門外傳來說話聲，很快的，房門又被推開，雲飛揚從外面跑進來，脖子上還掛著照相機。

「太好了，你們都在這兒，省得我還要再跑一趟偵探社。」

他一進來就大聲嚷嚷，又從包包裡掏出一個松鼠毛皮玩具，遞給長生，說：「送你的，早點好起來，爭當象棋小國手。」

「謝謝飛揚。」

長生還是小孩子，接過玩具來回擺弄著，一副愛不釋手的樣子。

雲飛揚趁機舉起相機想給他拍照，蘇唯伸手擋住了鏡頭，「這裡不能拍。」

「我不是要登報的，我是想幫長生照相留念。」

「他剃光頭呢，有什麼好留念的，你不是去洗照片了嗎？來這裡幹什麼？」

「照片洗完了，我本來想送去給你們的，誰知聽說柳伯伯醒了，就想說看在熟人的面子上，他會不會接受我的採訪，再順便來看看長生，沒想到你們也在。」

「柳長春接受你的採訪了？」

「當然……沒有，他說這不是什麼好事，不希望張揚，我看他精神不大好，就沒敢再打擾他。」

雲飛揚一邊說著，一邊把洗好的照片取出來，交給蘇唯，又乖乖坐到旁邊，做出我在這裡只是當聽眾，你們請繼續的樣子。

蘇唯看看沈玉書，沈玉書也在看他，兩人都不知道該怎麼詢問才能知道真相又不刺激到長生。

長生很聰明，馬上就從大家微妙的表情中猜到了他們的想法，撫摸著玩具，問：「你們是不是想問我是怎麼受傷的啊？」

「是……」

沈玉書剛說出一個字，蘇唯就把他推開了，搶先說：「也沒有了，就是閒聊而已，你要是不想說就算了，我也有很多事是不想提起的，特別是被人追殺啊、陷害啊，還有背叛啊……」

沈玉書用眼神瞪蘇唯──說得這麼欲蓋彌彰，還不如不說。

長生搖搖頭，「沒事的，其實一點都不可怕，就是疼了一下下而已，都是我不好，如果我不是貪玩追著花生醬到處跑，就不會出事了。」

昨天長生飯後回到棋館，為了下午在對弈時小松鼠不搗亂，他就帶著松鼠在館裡隨便溜達，穿過後院時，小松鼠不知道受了什麼刺激，突然從他懷裡竄出去，一溜煙地跑走了。

他只好一路追了過去，來到那個荒掉的院子，發現松鼠不知道跑去哪裡，找不到了。

他順著樓梯上了二樓，二樓的房門都是鎖著的，透過窗紙看進去，也沒發現松鼠的蹤影，他在二樓轉了一圈，準備下樓，就在這時後背被人用力推了一把，他一點防備都沒有，就一頭栽了下去。

長生滾下樓梯時撞到了頭，頭上流血了，暈暈乎乎的什麼都看不清，只隱約覺得面前有道人影，人影衝他舉起手，接著他的頭部就傳來劇烈的疼痛，兩隻耳朵嗡嗡震響，像是有人在對面爭吵，隨著意識逐漸遠去，他就什麼都不知道了。

聽他講完，蘇唯立刻問：「你確定是有人在吵架？」

「不確定，就是耳朵嗡嗡嗡地響，沒等我感到害怕，就暈過去了，等我醒來時，就在這裡了。」

「沒看到凶手的長相？」

「沒有。」

「那有沒有留下什麼特殊的印象？比如凶手是穿長衫的？還是穿西服的？有沒有噴香水？」

「嗯……」長生皺著眉頭想了想，最後還是搖了搖頭。

雲飛揚嘆了口氣，用手托著頭，說：「還以為長生醒了，就能找到凶手了，現在看來希望都打水漂了。」

「也不能說是都打水漂，至少我們知道凶手是有預謀的。」

「有預謀？」雲飛揚還不知道陳楓已經被確定是嫌疑人了，他奇怪地問。

沈玉書沒有解釋，低頭一張張查看照片，雲飛揚還要再問，蘇唯打手勢讓他不要打擾沈玉書的思索。

照片很多，但其中大部分都拍廢了，當時的狀況太突然，雲飛揚在慌亂之下亂拍一氣，許多鏡頭都晃到了。

沈玉書把正常的照片取出來放到一邊，蘇唯在旁邊看著，發現其中一張照片拍到了徐廣源，他把那張照片拿出來。

沈玉書注意到了，說：「你對他真的很感興趣。」

「你不覺得奇怪嗎？這人看起來不像是好奇心強並且喜歡看熱鬧的人，而且他的座位在後面，案發後，他卻站在最前面觀望，他這樣做一定有他的理由。」

蘇唯振振有詞地解釋，至於懷錶的部分，他隻字未提。

還好沈玉書沒多問，說：「這樣說來，昨天長生受傷的時候，他也有去圍觀。」

「有這樣的事？」

「你自己看。」

沈玉書取出隨身帶的照片，這些照片是昨天雲飛揚在長生受傷的地方拍的，蘇唯翻了翻，果然發現其中一張裡面拍到了徐廣源，跟今天一樣，他也是站在人群的最前面，一臉平靜地注視現場。

「這個人看起來有點問題。」

「不是有點問題，是大有問題，」雲飛揚舉起手，自薦道：「交給我吧，我去跟那些包打聽問問看，查查他的來歷。」

沈玉書向他道了謝，蘇唯又仔細翻找昨天的照片，想看看徐廣源還有沒有其他被拍到的部分，但一無所獲。

這個人拿了跟他同樣的懷錶，又跟他出現在同一個地方，總不可能是巧合。

「這裡還有柳館主跟陳先生對弈的照片呢。」

蘇唯回過神，就見長生指著一張照片，很感興趣地說。

他湊過去一看，照片裡是決賽雙方對弈時的場景，畫面有些反光，角度也歪掉了，所以比起兩位棋手，他們對弈的棋局占據了主要鏡頭。

長生托著下巴看照片，發出哎呀哎呀的叫聲。

蘇唯急忙問：「是不是頭痛？碰到傷口了？」

「從某種意義上說，頭是很痛。」

長生抬起頭，小大人似地說道：「如果我沒受傷就好了，就能幫你們賺到一千個大洋了。」

「這時候就不要想錢了，錢的事我們大人會解決的。」

「可是這棋局好簡單的，我如果上場的話，一定可以贏。」

「喲，這麼厲害！」

被稱讚，長生瞇起眼睛笑了，「還好吧，下多了，基本上的棋路就記住了。」

——嗯，他說的肯定是電腦象棋的棋路。

雲飛揚也湊過來看，「這不就是柳伯伯出事前我誤拍的那張嘛，拍得還挺清楚的。」

沈玉書看了他一眼，突然問長生：「累不累？想不想睡覺？」

「不累，我喜歡跟你們聊天，不想睡覺。」

「那幫我個忙好嗎？」

「好啊，是什麼？」

沈玉書讓雲飛揚出去找副象棋，雲飛揚答應了，沒多久就拿著棋盤跟棋子進來，說這是醫院開門老爺爺的，他付了五個銅板，人家才同意出借。

沈玉書把棋盤擺在床上，照照片裡的棋局將棋子擺好，放到長生面前，說：「陳楓是紅子，如果你來下這盤棋，能贏得過柳長春嗎？」

「可以的，可是黑子沒人下。」

「我們三個充當柳長春，對你一個怎麼樣？」

「你們啊？」

長生依次看向他們，然後搖搖頭，「可是你們三個人加起來也不如柳館主一個人啊。」

言下之意，下棋不在於人多，而是棋藝，你們三個臭棋簍子就算加在一起，也毫無意義。

現實太打擊人了，病房裡靜了一會兒，最後還是沈玉書先開了口：「長生，你是不是覺得我們的棋藝真的那麼差？」

「嗯……」長生的目光再次瞟向他們，然後說：「我可以自己跟自己下的，模擬柳館主的思維就好了，我看過他以前出的棋譜，大致瞭解他的棋路。」

避而不答，這小孩太聰明了，這也間接說明了他們三人的棋藝真的不怎麼樣。

三個大人對望一眼，誰也不說話，反正只要能拿到結果就好，對吧？

長生一個人走兩人棋，大家就看著他的小手拿著兩邊的棋子飛快地在棋盤上移動，五分鐘後，兵臨城下，紅子將軍了。

「完了？這就完了？」

雲飛揚第一個叫起來，忍不住問道：「你不是說模擬柳伯伯的棋路嘛，怎麼這麼快就將軍了？」

「不模擬的話，七步就將軍了，剛才的棋局有點糟糕，柳館主大失水準，如果真是他們來下的話，輸的應該是他。」

「這樣啊……嗯，這樣也是很有可能的，柳伯伯很久沒摸棋了，他被綁架後，精神狀態一直都不好。」

雲飛揚自己給自己解釋，沈玉書則問長生：「那反過來下呢？」

「我試試看。」

這次長生執黑子，一邊走一邊說：「我不知道陳楓的棋路，那就照著龐貴的棋路走好了，他們都能進入決賽，水準應該是差不多的。」

這次長生下得比較久，過了十幾分鐘，他還在摸索棋路，沈玉書怕他累著，攔住了他。

「就到這裡吧。」

「可是我還沒有定下勝負啊。」

「不用到勝負，我已經知道陳楓的棋藝如何了。」

沈玉書收了棋盤，讓雲飛揚還回去。

蘇唯扶長生躺下，衝他豎起大拇指，讚道：「長生，你的棋藝太棒了，你才是真正的獨孤求敗！」

被表揚，長生的臉上泛起紅暈，說：「也沒那麼好了，就是隨便走走。」

「絕對很好，將來你成了名人，記得給我簽名哈。」

聽著他們兩人的對話，沈玉書的眉頭不經意地皺了皺。

蘇唯常說一些稀奇古怪的詞，長生也總能第一時間回應，他像是本來就懂的，不像自己需要靠理解去領悟。

這種感覺真不好。

他並不是在意長生的領悟力，而是總覺得他們兩個人之間有著他不知道的祕密。

是他一直想問，卻一直都沒敢問的祕密。

長生累了，躺下後沒多久就睡著了，等雲飛揚回來，沈玉書拜託他照顧，然後跟蘇唯出了病房。

走廊上有兩個男人在轉悠，兩個人都長得人高馬大，一看就是練家子的，看到他們，微微點了點頭。

蘇唯對其中一個有印象，那人是端木衡的親隨，他點頭道了謝，跟沈玉書往樓梯口那邊走，小聲說：「那塊木頭還挺有眼色的，知道派人保護長生。」

「他不是有眼色，他幫我們，只是為了索取更多。」

「你一定要把你的竹馬往壞裡想嗎？」

「正因為是竹馬，我才瞭解他的為人，所謂三歲看到老。」

「是啊是啊，那我們現在是不是要去看看柳長春了？」

「你怎麼知道我準備去看他？」

「我還不知道你？雖然我不是你的竹馬，但我是你的搭檔嘛。」

兩人來到樓梯口，正對著樓梯口的病房前也站著兩個便衣，正是霞飛路巡捕房的巡捕。

為了通風涼快，病房的房門開著，蘇唯沒有馬上下樓，而是探頭往裡看去。

葵叔正在服侍老王爺吃晚飯，閻東山在房間裡陪他們聊天，但老王爺拍著膝蓋哼京劇，一個人自得其樂，根本沒去理會閻東山說了什麼，菜粥送到嘴邊他也不好好吃，粥順著嘴邊淌下來，葵叔不得不一直幫他擦拭。

看到蘇唯，閻東山揚手跟他打招呼，葵叔卻橫眉冷對，走過來，砰的一聲把門關上了。

討了個沒趣，蘇唯摸摸鼻子，嘟囔道：「這人脾氣可真夠大的，比王爺都像王爺。」

「因為我們的原因，他們才會被軟禁，他怎麼可能對我們有好臉色？」

「怎麼不說是他們先做壞事呢。」

蘇唯聳聳肩，跟隨沈玉書去了樓下柳長春的房間。

柳長春的病房外也守著兩個便衣，看到他們，蘇唯噗哧笑了，好好的一間醫院走到哪裡都有人看守，院方高層一定也很無奈吧。

柳長春已經醒了，不過他歲數比較大，經過洗胃搶救後，精神狀態很差，他們敲門進去時，他正在接受靜脈注射，柳二在旁邊陪他。

看到他們，柳長春微微點點頭，咕噥了幾句抱歉的話後，就閉上了眼睛。

蘇唯走過去，小聲問柳二：「你家老爺沒事了吧？」

「大夫說毒藥量比較少，再加上他及時嘔吐出來，所以沒有大礙，這都要感謝沈先

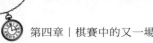

生，幸虧有你在，老爺才撿回了一條命。」

柳二向沈玉書作揖道謝，沈玉書回了禮，問：「巡捕房的人來過了嗎？」

「來過了，不過看到老爺這樣子，就沒多問，你們想問什麼，我問問老爺，看他能不能回答。」

蘇唯曾聽說洗胃是件很遭罪的事，現在看到柳長春的模樣，他確定這個說法不是謠傳了，柳長春臉色蒼白，意識似乎還沒有完全回歸，連說話都困難，更別說回答問題了。

「要不……」就算了。

後面三個字沒順利說出口，因為被沈玉書打斷了。

「要不我就適當地問一下吧。」

——哇塞，你還真不客氣啊！

蘇唯誇張地看向沈玉書，沈玉書無視了，走到床前，略微彎下腰，握住柳長春的手，幫他調節了一下打點滴的速度。

「打得有點快了，病人會受不了的。」

「謝……謝謝……」

「柳館主，不用勉強，如果你感覺吃力，用點頭搖頭回我就行了。」

聽了他的話，柳長春點了點頭。

「陳楓這個人你以前認識嗎？」

柳長春搖搖頭。

「認識他的家人或朋友嗎？」

柳長春搖頭。

「他好像很希望贏得冠軍的稱號，幾乎到了偏激的程度。」

柳長春想了想，點頭。

「他有跟你說過原因嗎？」

搖頭。

「如果今天的棋局繼續下去，你認為誰會贏？」

「他……」

「為什麼這麼肯定？你可是象棋國手啊。」

「他……很厲害，我老了，腦筋也不行了……那局棋不出十步，我就會輸……後生可畏……」

柳長春說得有氣無力，好半天才把整句話說完，接著又不斷地喘氣。

看他狀態不佳，沈玉書鬆開了握他的手，告辭離開。

柳二送他們到門口，又不斷叮囑他們早點找出證據抓住陳楓，儼然是把陳楓當成凶手來看了。

【第五章】

追蹤人證

端木衡跟在後面，笑吟吟地對沈玉書說：「你跟蘇唯在一起，沒被他氣死，真是個奇跡。」

「因為我是創造奇跡的人。」

「……」

「你為什麼不笑？」

「原來這個時候我該笑的……」

「對，因為蘇唯都會笑。」

兩人出了醫院，沈玉書一言不發，悶頭往前走。

蘇唯追上他，沈玉書突然說：「柳長春在撒謊。」

「喔。」

後面沒回應了，沈玉書又往前走了幾步，覺得不對勁，停下腳步來看蘇唯。

「我說『柳長春在撒謊』。」

「我聽到了啊，我回『喔』了。」

「你為什麼不問我為什麼知道嗎？」

「就算你把我定位在華生的角色上，也別把我當白癡好吧，你一直握住他的手腕，不就是在測試他是不是在說謊嗎？所以我為什麼要問你這麼簡單的問題，來體現我的智商有多低？」

「喔。」聽完蘇唯的解釋，沈玉書也回了他一個字，然後邁步向前走去。

這次換蘇唯發問：「那他在哪些地方說謊了？」

「在所有的地方都說謊了。」

「哈？」

「先去吃飯，晚上我們還有很多事要做。」

這句話就等於是說今晚的行動也把他算在裡面了，蘇唯的嘴角微微翹起，問：「你是不是已經知道真相了？」

「你不是我的搭檔嗎？為什麼沒猜到？」

「我怎麼會猜不到？我當然知道今晚你想幹什麼。」

「那晚上要吃飽一點才行，說不定有一場硬仗要打呢。」

兩人在外面吃了飯，回到偵探事務所，取了必要的夜行道具，整備出發。

半路經過醫院，沈玉書讓黃包車夫停下車，他跟蘇唯下車，先去探望長生。

已是深夜，醫院裡靜悄悄的，保護長生的人換了一撥，坐在走廊的長椅上打盹，沈玉書沒驚動他們，放輕腳步走進病房。

打鼾聲從另一張病床上傳來，雲飛揚睡得正香，對他們的進來毫無知覺。

蘇唯撥弄雲飛揚的頭髮，他隨便晃了晃頭，完全沒有醒來的跡象。

「這傢伙還說可以照顧好長生，現在卻睡得像頭豬。」

要不是沒時間，蘇唯一定捉弄他一番，再去看長生，長生吃了藥，也睡著了，頭歪在一側，手裡還抱著松鼠玩具。

看他們沒事，沈玉書衝蘇唯甩了下下巴，示意可以離開了。

蘇唯給孩子掖了掖被角，又拍拍他的小臉蛋，轉身正要走，袖子忽然被拉住了，他掉頭一看，長生睜開眼睛，可憐巴巴地看他。

從他黑黝黝的瞳孔中，蘇唯看到了恐懼的感情，他低聲安慰道：「別怕，外面有保鏢守著呢，沒人會傷害到你。」

「我不是怕這裡，我是怕以前……」

「以前？」

「嗯……不記得了，就記得每次作噩夢，都會有人要殺我，我就嚇醒了，蘇醬，為什麼大家都想殺我？是不是我做了什麼不乖的事？」

「當然不是，你只是在作夢，他們都是壞人，所以夢醒了，壞人就不見了。」

「喔……」小孩子似乎不大信，不過抓他袖子的手鬆開了。

蘇唯的口袋動了動，小松鼠原本在他的口袋裡睡覺，大概是感覺到小主人心情的波動，牠探出頭來，想跳過去安慰，被蘇唯及時按住腦袋，又塞了回去。

長生沒注意到，眼簾垂下，眼睫毛輕微顫動著，像是在害怕，又像是惶惑，蘇唯輕輕拍打他的肩膀，猶豫了一下，問：「長生，還記得你以前的家嗎？你爸爸、媽媽，還有你爺爺……」

「有！有記得的！可是……都是在夢中，總是看不清楚他們，每次快要看清的時候就嚇醒了，好多血……爸爸，他……」

被蘇唯提醒，長生想到了什麼，表情立刻繃緊了，眉頭皺起，做出拚命思索的樣子，因為著急，呼吸也變得急促起來。

蘇唯急忙制止了他，道：「不要再想了，都過去了。」

「可是……」

「看這個。」

蘇唯的手一晃，一個小黃雞玩具就像變戲法似地從他的手掌中冒了出來，小黃雞憨態可掬，頭頂還帶著鑰匙環。

這是蘇唯從現代社會帶來的，按住小雞頭頂的雞冠，它的眼睛就會亮起，拔動它脖子後的手環，它就會發出尖叫，是他特製的袖珍照明器兼警報器，逗小孩開心正合適。

「這個送你，別不開心了，我要去做事，等你再睡一覺，壞人就捉住了，知道嗎？」

「嗯，明白了！」

聽完蘇唯對玩具的功能介紹，長生簡直是對小黃雞愛不釋手，聽他的話乖乖地合上眼睛，很快就睡了過去。

蘇唯站在床邊，等他睡沉了，這才放輕腳步走出病房。

沈玉書靠在病房外的牆上，看到蘇唯出來，他看了看手錶。

「抱歉，拖延時間了。」

「不，時間剛剛好。」

沈玉書衝蘇唯擺了下頭，兩人往外走的時候，他問：「有沒有人跟你說你是好人？」

「沒有，我是壞人，別忘了我可是國際排名第十六位的神偷，只要有錢，我什麼都會偷的。」

「喔。」

沈玉書笑咪咪地點頭，蘇唯被他的笑弄得毛骨悚然，立刻強調道：「別誤會啊，我不會偷你的心的！」

「那送給你要不要？」

「送的沒意義，不稀罕。」

「你這人可真難伺候，送的又不要，偷你又不想偷。」

「我的意思是我不會喜歡你的，沈萬能。」

「你想多了，我也覺得喜歡一具屍體要好過喜歡一個小偷。」

「那你又讓我偷東西？」

「我在說這個，你在說什麼？」

袖珍手電筒亮到了蘇唯面前。

面對沈玉書驚訝的表情，蘇唯語塞了，急忙辯解道：「我……我當然也在說手電筒，這本來就是我的，我為什麼要偷？好了，時間不多了，少說廢話，趕緊辦正事。」

所謂正事，當然就是指蘇唯的老行當了。

他們乘車來到長春館，等黃包車跑遠了，蘇唯掏出他的專用道具，在鎖頭上轉了幾下，沈玉書在數到第六秒時，啪嗒一聲，鎖打開了。

「我現在徹底體會到何謂防君子不防小人了。」

跟隨蘇唯走進棋館，沈玉書搖搖頭，無奈地說。

「啊哈，提出夜探棋館的是誰？要借我的技術偷偷進來又是誰？要說小人，想出這種點子的你比我好不了多少吧？記得關門，防止盜賊進來。」

賊喊捉賊，他現在也有了切身體驗了。

為了避免不必要的爭論，沈玉書沒有把心裡話說出來。

到了晚上，館裡的夥計都回家了，柳二在醫院陪柳長春，所以偌大的庭院一片寂靜，四下裡黑漆漆的，必須打開手電筒，才能看清楚路。

棋館大廳保持出事後的狀況，方醒笙說要保護現場，所以桌椅東倒西歪，也沒人敢去扶正。

這裡他們白天都檢查過了，所以沈玉書沒有停步，穿過大廳來到後院，再順著甬道一路來到長生出事的地方。

廢屋院子裡長久沒有人住，青苔雜草叢生，到了夜間，夏蟲鳴叫個不停，反而比前院熱鬧得多，他們走進去，很快就被蒼蠅、蚊子包圍，蘇唯急忙從背包裡掏出防蚊蟲叮咬的噴霧劑，給自己噴完後，又給沈玉書噴。

沈玉書被那奇怪的東西嚇了一跳，往後晃了一下，問：「這是什麼？」

「噴一噴，蚊蟲就不會咬你了，你也不想明天全身奇癢，擦一身花露水吧？」

「這東西很奇特啊，沒看到有賣的。」

當然沒賣的，這可是二十一世紀的產品，還好他有先見之明，不管去哪裡都是全副武裝，否則這些奇奇怪怪的東西也不會都被他帶到這個時代了。

沈玉書對這個會噴霧的先進產品抱有很大的興趣，伸手想取過來仔細看，蘇唯及時收回，塞進了自己的背包裡——開什麼玩笑，被他看到上面那些英文網址跟 QR 碼，還不知道他要怎麼問東問西呢。

「業務機密，禁止細看。」

蘇唯說完，匆匆跑上二樓，沈玉書跟在後面，舉起自己的手臂，不斷地嗅聞，嘟囔道：「這是什麼味道？不像是爽身粉，也不像是玫瑰露，嗯，是紅花油嗎？也不像……」

難得看到沈玉書露出如此糾結的表情，蘇唯忍住笑，把前面一道門打開，「先別管味道了，看看這裡面有什麼玄機。」

房間裡堆了一些老舊的棋桌跟棋盤，牆上還掛著棋譜，上面積了一層灰，月光透過破碎的窗戶紙照進來，偶然微風拂過，傳來嘩啦嘩啦的響聲。

兩人在房間裡轉了一圈，蘇唯還被沈玉書支使著跳上房梁查找，卻沒找到奇怪的東西，他們接著又去其他幾間房間，結果也是一樣，除了與棋有關的物品外，什麼都沒發現。

在第五次被沈玉書要求上房梁卻一無所獲後，蘇唯終於忍不住了，跳下來，問他：

「你到底想找什麼？」

沈玉書背著手，在房間角落裡轉悠，被問道，他撓撓頭，「其實我也不知道。」

「喂！」

「但我覺得這裡也許可能大概藏了什麼重要的東西。」

「也許？可能？大概？」蘇唯一字一頓地重複道：「你什麼都還沒想到，就把我當長工使喚，你發薪給我了嗎？」

「你是股東，不需要薪水的。」

「那我反悔了，我要給你打工。」

「打工你也一樣沒薪水拿，別忘了我們現在保險櫃裡都沒錢了。」

想到他們家那個越來越空的保險櫃，蘇唯一秒沒脾氣了。

沈玉書拍拍他的肩膀，安慰道：「別擔心，我會努力賺錢養你的。」

「誰用你養啊，神經病，你趕緊說你到底有沒有找到需要的東西。」

「你確定梁上沒有？」

「我最討厭別人質疑我的專業了，我是幹什麼的你忘了？我的眼睛自帶尋寶探測外掛的，如果這房子裡有寶，我的探測外掛早就告訴我了。」

「雖然聽不懂你在說什麼，但我想說的是，如果不是金銀珠寶，而是圖紙或是……」

「藏寶圖……」蘇唯半路刹住話聲，扳住沈玉書，把他拉到一邊，低聲問：「你不會是指藏在我們家裡的那種圖吧？你怎麼會想到這個？」
「也不一定是圖紙，也可能是其他重要的書信或信物。」
蘇唯馬上又想到了虎符令，說起來虎符令也算是信物吧。
可是沈玉書怎麼會聯想到圖紙跟信物，難道他已經知道定東陵的祕密了？
他看向沈玉書，沈玉書的表情帶了點迷惑，像是有些事想不通，轉身出了房間，來到一樓。
沈玉書沒有進房間，而是彎著腰，順著樓房開始檢查，蘇唯莫名其妙地跟在他後面，在轉到某個地方時，沈玉書突然停下腳步，用手電筒照照窗櫺。
上面的窗戶紙都破了，窗櫺木條有一些小毛刺，看起來還很新，蘇唯馬上想到了原因。
「這是花生醬跑進去時抓壞的。」
「是啊，可是牠為什麼要特意跑進這間屋子裡？」
「因為牠是松鼠，看到洞洞就想鑽，你不要以你的智商來判斷一隻松鼠的行為。」
「進去看看。」
這傢伙根本就沒有在聽他說話嘛。
被沈玉書用眼神示意開鎖，蘇唯聳聳肩，只好開了門鎖，跟他走進房間。
房間當中擺著一些廢棄的桌椅，一進去，怪異的氣味就迎面撲來，像是霉氣混雜著其他奇怪的味道，說不上那是什麼，但絕對讓人不舒服。

蘇唯拉拉口袋，希望小松鼠能出來給點提示，可小傢伙居然睡著了，還睡得很香，頭窩在尾巴裡，一副完全不想幫忙的樣子，他只好放棄，看向沈玉書。

沈玉書對於空間的異味恍若不覺，在房間裡轉了一圈，又蹲下來檢查地上的紅磚地板，蘇唯心驚膽顫地站在旁邊，很擔心他又要讓自己爬房梁。

他是神偷沒錯，但神偷不代表他喜歡上竄下跳，要知道他有懼高症的！

好吧，房梁並沒有很高，他只是怕髒。

很幸運，沈玉書一直在專心查看地板，又掏出小鑷子跟玻璃試管，分別在不同的地方挑起土渣放進試管裡。

蘇唯不知道他在搞什麼，站在一旁無聊地看了一會兒月光，沈玉書突然叫他。

「蘇十六。」

蘇唯的警覺天線立刻豎了起來，因為他太瞭解他的搭檔了，他會這樣叫，就代表他有所求。每次都用這種爛招，簡直是侮辱他的智商。

所以他先聲明，「我不要再上梁了！」

「不上梁，我們來挖地板好不好？」

警鐘敲得更響了，蘇唯往後退了兩步，他可不想在這種臭烘烘的地方做體力勞動。

「我說不好，是不是就可以不挖？」

「不可以。」

「那你問我是什麼意思。」

「尊重你的意願的意思。」

哪有尊重啊，這明明就是軟性強迫嘛！

蘇唯試圖說服他的搭檔打消這個可怕的念頭。

「我說，這裡一看就不像是藏寶的地方，所以就算你掘地三尺也是找不到寶藏的。」

「沒有，我沒想找寶。」

「剛才明明就是你自己在說要找寶。」

「剛才是剛才，現在是現在。」

這任性的回答終於把蘇唯惹毛了，他跳過去掐住沈玉書的脖子。

蘇唯沒有將暴力付諸於行動，因為就在他準備「為民除害」時，外面突然傳來響聲，聲音很輕，但是對於習慣夜間行動的蘇唯來說，這點響聲就足以引起他的警覺了。

他順勢伸手捂住沈玉書的嘴巴，圈住他，拉著他躲到了廢棄的桌椅後面，小聲說：

「有人來了。」

「又有賊？」

——什麼叫「又」，我們可不是來做賊的，我們是來偵查情報的。

就在蘇唯在心裡努力解釋的時候，響聲漸大，有好幾個人陸續從外面進來，他們把腳步踩得很輕，所以沈玉書沒說錯，這幫人的確是賊。

沈玉書湊到他耳邊，小聲說：「有七八個，不知道是什麼人。」

「大概跟我們一樣，是來尋寶的。」

「那看來我的推理沒錯，你說呢？」

——說個鬼啊，從頭至尾你都沒跟我說過你的推理好吧。

要不是狀況不允許，蘇唯真想直接對沈玉書揮拳頭，但實際上他做的卻是拿起背包，在裡面翻了翻，翻出兩個頭套，把一個遞給沈玉書。

這也是他的收藏，而且收藏了三份，有備無患。

頭套是那種很簡單的毛線編織品，沈玉書拿在手裡，看著蘇唯熟練把它套到頭上，又調整了一下，只留眼睛跟嘴巴，樣子顯得很滑稽。

他皺起了眉。

「這是什麼東西？」

「嗯，以你的智商，我很難跟你解釋。」

「我知道這是劫匪喜歡用的面具，我的意思是這玩意兒做得這麼醜，一點都不符合我的審美觀。」

「那你用不用？」

沈玉書不說話了，下一秒，他將頭套套在了自己的頭上，蘇唯忍著笑看著他頂著頭套的怪樣子，突然發現這東西是挺醜的。

外面的人開始分散行動，像是在尋找什麼，不時傳來開門聲跟挪動東西的響聲，有人還跑到草叢裡翻找，蚊子太多，拍巴掌的聲音不絕入耳，蘇唯搖搖頭，嘆道：「好可憐喔。」

不知道是不是他們所在的房間太不起眼，那幫人始終沒有進來，他們偷偷移到門口張望，藉著月光，看到院子當中站了一個黑衣蒙面人。

那人長得高大魁梧，偶爾有其他蒙面人過來跟他附耳交談，看來他就是首領了。這幫人人數頗多，又都是練家子的，真要打起來，他們大概討不到便宜。

蘇唯估量著雙方的實力，問沈玉書：「你拿傢伙了嗎？」

「吃飯的傢伙拿了。」

看到沈玉書手裡的偵查道具，蘇唯沒好氣地說：「我是說槍！」

「沒有，我沒想到會這麼背。」

蘇唯也沒想到，所以他也只拿了小偷吃飯的傢伙，現在看來他們只能儘量藏起來，不讓對方發覺了。

不過事情發展總是不盡如人意的，簡直是擔心什麼來什麼，就在他們觀察外面情況的時候，一隻蒼蠅飛到蘇唯面前，他揮手趕走了，但沒多久又有兩隻飛了過來，他厭煩地一揮手，沒想到揮手的手勁過大，不小心撞到了旁邊的椅子。

稀裡嘩啦的一陣響聲中，椅子翻倒了一地，看到沈玉書不悅的目光，蘇唯有點心虛。

「嘿嘿，手誤……手誤……」

聲音被打斷了，有人在外面叫道：「什麼人？出來！」

「叫得這麼大聲，就不怕吵到街坊鄰居嗎？」

看到那幫人衝了過來，為了占領先機，蘇唯不顧得再吐槽，拉著沈玉書跑了出去，反正他們都蒙了面，也不怕被對方認出來。

他們剛衝出去，就看到了指過來的黑洞洞的槍口，看來人家比他們有準備，出任務時都帶了必要的武器。

他忍不住低聲對沈玉書說：「我覺得你超級烏鴉嘴。」

「怎麼了？」

「因為被你說中了，今晚真的是有場硬仗要打。」

「我料定他們不敢開槍，最多是用刀跟匕首。」

沈玉書的話音剛落，對面那幫人果然就掏出了短刀，蘇唯氣得好想在他嘴上貼個封條，免得他越說越糟糕。

還好沈玉書說錯沒做錯，看到對方人多勢眾，又拿了武器，他不敢硬拚，拉著蘇唯就跑，來了個三十六計。

但那些人可沒那麼輕易放過他們，衝過去將他們圍住，揮舞著武器一陣攻打。

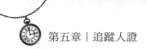

沈玉書接了兩招，很快發現他們不僅會武功，而且還都是高手，他勉強還能應付，蘇唯就比較糟糕了，蒙面人下手很重，幾乎招招奪命，蘇唯被他們逼得捉襟見肘，還好亂戰中小松鼠被弄醒了，在關鍵時刻及時竄出來抓傷了對手，讓蘇唯暫時脫離了危機。

兩人且戰且退，趁著沈玉書幫忙抵抗，蘇唯從背包裡掏出驅蚊噴劑，舉起來，按住按鈕衝著敵人一陣噴射，那些人毫無防備，只覺得眼睛突然間火辣辣地作痛，還以為中了什麼奇毒，也不顧得再追殺他們，一個個捂著眼睛嚎叫起來。

蘇唯趁機拉著沈玉書掉頭就跑。

兩人順著走廊一路跑到門口，撞開大門衝到街上，就聽身後腳步聲追上來，有人開了槍，子彈射在他們身旁的牆上，發出沉悶的響聲。

蘇唯急忙拉著沈玉書躲避，又飛快地掏背包——這個時候不能心疼他那些珍貴的裝備了，該用上時就要用上。

誰知蘇唯剛把閃光彈拿到手裡，就看到後面的街道閃過燈光，一輛黑色福特車疾馳而來，隨著緊急的剎車聲，車在他們身旁停下，裡面的人喝道：「快上車！」

沈玉書打開車門，先把蘇唯推上車，他上去後，還沒來得及關車門，車就開動了，飛快地向前衝去。

這時蒙面人已經追到了門口，幾聲槍響從後面傳來，但都沒有打中轎車，兩人轉頭看去，就見隨著福特車的疾馳，那些人被遠遠地甩開了。

「謝謝。」

他們對視一眼，同時鬆了口氣，又轉回頭，向司機，也就是及時來救援的端木衡道謝。

「這次真是太危險了，」端木衡責備道：「你們對危險的警覺心也太低了，出來辦事連槍都不帶。」

「沒想到上海灘治安這麼亂。」

「一直都是這麼亂，我希望將來有一天，可以看到這片土地平安繁榮的景象。」

端木衡的話意味深遠，蘇唯猜想他心裡一定懷有遠大的抱負，才會甘居人下，在公董局當一名小職員，但是他的野心絕對不止如此。

「會有這麼一天的。」他認真地回道。

端木衡沒有說話，透過後視鏡注視他。

「看什麼看？沒見過帥哥啊？」

蘇唯一秒回歸他平時吊兒郎當的形象，把頭上的面罩摘了，小松鼠發現了新玩具，伸爪子搶了過去，拖到旁邊，把頭罩當被窩，蜷到裡面開始睡覺。

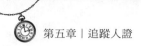

沈玉書也摘了面罩，說：「我們都蒙著面，你怎麼知道我們是誰？」

端木衡笑道：「玉書你的疑心病越來越重了，你們長得這麼高，打扮又這麼奇怪，想認不出都很難啊。」

所謂的奇怪就是指蘇唯那個帶了好多小口袋的背包，蘇唯把背包取下來，說：「不知道那幫人會不會認出我們。」

「認出又怎樣？難道他們還敢報案嗎？」

「是我想報案啊，告他們私闖民宅兼故意殺人，這次真要謝謝端木公子了，如果不是你及時出現，我們大概已經掛了。」

端木衡透過後視鏡看了他一眼，沈玉書解釋道：「就是死了。」

端木衡笑了。

「不會的，你們都是多福多貴的人，一定可以長命百歲的。」

「託您的福，不過我很好奇你怎麼會這麼巧地出現在這裡？」

「玉書，我就知道你會懷疑我，如果我說我是碰巧經過，你們信嗎？」

沈玉書說：「不信。」

蘇唯說：「請不要低估我們的智商，來，給個更有誠意的謊言。」

「哈哈，你們搭檔真是越來越默契了，好吧，我實話實說，我其實是跟蹤你們來這裡的，因為我感覺白天查案的時候，你們有些話沒說。」

「少年，看來我要重新估測你的智商上限了。」

「你是在嘲弄我嗎？」

「沒有，我也是實話實說。」

端木衡透過後視鏡注視他們，蘇唯嘻皮笑臉，沈玉書正襟危坐，很難從這兩人的表情中窺測到他們內心的想法，他們可比洛逍遙難對付多了，想想還是小表弟最可愛。

他放棄了打太極，直接說：「總之，我跟著你們來到棋館，看你們到處查找，後來那幫蒙面人也出現了，可惜我離你們太遠，沒辦法及時通知你們，只好開車來接應。」

蘇唯聽完，問沈玉書：「你覺得他這次的解釋值不值得相信？」

「比較有誠意。」

「那我們就選擇相信吧。」

「好吧。」

聽著他們的對話，端木衡氣極反笑。

「這麼勉強，倒不如不信，我探到的情報你們也不需要聽了。」

「有情報？來來來！」

「心情不好，不想說了。」

「少年，老師都教育我們說，中二病鬧彆扭是不對的，大家互利互惠，才能雙贏啊是不是？你把瞭解到的情報告訴我們，我也把你想知道的告訴你。」

「聽不懂你在說什麼。」

端木衡看向沈玉書，沈玉書解釋道：「他是說你不要鬧小孩子脾氣，這樣不利於破案，你不是想知道虎符令跟機關圖的祕密嗎？現在我們就在追蹤。」

聽他提到虎符令，端木衡的微笑收斂了，開始說正事。

「徐廣源那邊我還在調查，暫時得到的情報是他們家自上一輩起就在上海做酒水貿易生意，在這片地界的人緣很廣，根基也很深，他平時好品茶飲酒，下下圍棋象棋，這次會去棋館看棋賽，大概只是因為喜歡象棋。」

蘇唯摸著下巴說：「看他眉宇軒昂，身上有股貴氣啊。」

「據說他家裡有人曾在前清為官，這也是徐家可以把酒水生意做大的原因。」

沈玉書沒有說話，眉頭微皺，沉吟不語。

蘇唯問：「在想什麼？」

「沒什麼，就是總覺得那幫人有哪裡不對。」

「你這麼一說，我也有這樣的感覺……」

辛辣凌厲的攻勢，還有熟悉的拳腳，跟蘇唯不久前的經歷很相似，他還跟那幫人交過手，尤其是其中一個……

「是上次偷進我們偵探社的那幫傢伙！」

兩個人同時叫出來，沒注意到端木衡的表情有些微妙。

「為什麼你們可以從徐廣源的話題突然跳到剛才那幫人身上？」

「直覺。」

沈玉書沒有說出他真正的想法，要知道，養那麼一幫訓練有素的手下，沒有相當的財勢是不夠的……不，也許不光得有財勢，還需要深厚的權力跟背景。

他曾懷疑偷進偵探社的人是大內侍衛，如果他們是一夥的話，那麼他們的主子是誰，便昭然若揭了吧。

端木衡沒想到沈玉書會考慮得這麼遠，說：「直覺不能當查案的理由，你們確定跟那幫傢伙不是頭一次打照面？」

蘇唯點頭，「確定，至少他們的武功套路很像，絕對是同一批人訓練出來的。」

「你們的意思是說他們是徐廣源的手下？棋館裡有徐廣源想要的東西？」

這個蘇唯無法回答，因為剛才他被逼得手忙腳亂，沒餘暇去妙手空空。

沈玉書也搖了搖頭。

之前他就覺得徐廣源這個人有點眼熟，在跟蒙面人惡戰之後，這種感覺就更強烈了，但到底是在哪裡見到的，他一時之間又想不起來。

奇怪，他的記憶力一向都很好的，這次究竟是哪裡出了問題？

端木衡還在注視他，沈玉書沒有再做解釋，而是問：「徐廣源是旗人還是漢人？」

「這個我沒查，如果有新消息，我會再聯絡你，不過你們為什麼對他這麼感興趣？那幫蒙面人是不是他的人我不知道，但長生跟柳館主的事絕對跟他沒關係。」

徐廣源的確是跟這次的棋賽事件沒關係，但是聽端木衡的口氣，好像在這件事上他有十足的把握。

沈玉書問：「為什麼這麼肯定？」

「因為我打聽到了陳楓的一些事，我想你們一定很感興趣。」

「是什麼？」

見蘇唯跟沈玉書同時問道，端木衡笑了，能提起他們的興趣，還真是不容易啊。

他故意停頓了一下，然後反問道：「你們知道陳楓的父親曾經也是象棋國手嗎？」

清晨，謝家茶館早早就開張了，看著鋪子裡坐滿了客人，老闆謝天鑠樂得眉開眼笑，叮囑夥計們用心招呼客人，然後托著他的鳥籠從茶館走出來。

他沒走兩步，身後便傳來詢問聲：「謝老闆，這是要去遛鳥嗎？」

謝天鑠轉頭一看，卻是蘇唯跟沈玉書，後面還跟著端木衡。

蘇唯的打扮是對襟短褂，沈玉書穿的是白襯衣加西褲，端木衡則是月白色長衫，三種不同風格的裝束，卻各有各的搶眼之處。

蘇唯跟沈玉書的背景謝天鑠不瞭解，但他知道端木衡這個人，昨天又見過他們一起查案，所以看到他們同時出現，他本能就感覺到有大事發生，神經不由自主地繃緊了。

「幾位先生可真早啊，是特意來敝店捧場的嗎？」

他托著鳥籠，故作輕鬆地回應。

沈玉書沒有忽略對方眼中一閃而過的緊張，他踏前一步，「不是，我們是特別來找謝老闆的。」

「找我？」謝天鑠的目光依次在他們三人之間轉了轉。

「難道你們已經找到凶手了？總不可能是來說凶手是我吧？我跟他們無冤無仇的，我就是好下棋，看有棋賽，就去湊個熱鬧，我不會為了錢殺人啊真是……」

蘇唯打斷了他的話，笑嘻嘻地說：「你別急，這裡沒人說你是凶手。」

「那你們特意跑來是？」

「最多是幫凶。」

「你在說什麼？什麼幫凶？我都不認識……」

說到一半，謝天鑠猛然驚覺自己的話有問題，他急忙剎住了。

蘇唯卻沒打算放過他，上前取過他手裡的鳥籠，微笑問：「不認識誰？」

「我、我的意思是我什麼都不知道！」

蘇唯掀開了蒙在鳥籠上的布，裡面的小鳥看起來很精神，衝他啾啾地叫。

蘇唯伸手逗弄牠，說：「養家雀也挺花錢的，這次你當幫凶賺的錢夠養活牠幾年了。」

謝天鑠的嘴巴都扭曲了，從齒縫裡擠字道：「這是畫眉，不是家雀。」

「這個問題不重要了，重要的是謝老闆你知道當幫凶是什麼後果嗎？」

「我都說了……」

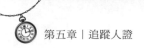

「在這裡聊太招眼，我們還是進去說吧，」蘇唯察言觀色，又問：「還是您想去巡捕房接受審訊？」

「我行得正坐得端，為什麼……」

謝天鑠還沒說完，蘇唯已經提著鳥籠進了茶館，謝天鑠一口氣出不來，看看沈玉書跟端木衡，只好一拂袖子，也跟了進去。

端木衡跟在後面，笑吟吟地對沈玉書說：「你跟蘇唯在一起，沒被他氣死，真是個奇跡。」

「因為我是創造奇跡的人。」

「……」

「你為什麼不笑？」

「原來這個時候我該笑的……」

「對，因為蘇唯都會笑。」

然而端木衡不僅沒笑，他臉上原本的笑容也僵住了，看著一本正經的沈玉書，他發現自己完全無法體會這句話的笑點在哪裡。

也許從某種意義上來說，這兩人還真是天生一對。

茶館還有兩個雅間空著，蘇唯進了其中一間，交代夥計說有要事要談，讓他們不要打擾。

夥計看看跟在後面的老闆，沒敢多說什麼，悄聲離開了。

四人落座後，謝天鑠馬上開口道：「我不知道你們聽到了什麼風言風語，還是出於什麼目的來找我，總之我是清白的，我在這裡也混很久了，說不上三教九流通吃，但也認識不少人，你們別想隨便找個罪名來栽贓我。」

蘇唯放下鳥籠，用手指敲敲桌子。

「謝老闆，真人面前不說假話，就是知道你有些根柢，所以我們如果一點把握都沒有，是不敢來撬你這棵老樹的。」

謝天鑠嘴角抽抽，不說話了。

蘇唯給沈玉書使了個眼色，沈玉書說：「謝老闆，你最近茶館的生意不大好吧？」

「誰說的？」

「做我們這行的，也認識不少三教九流，所以我們不僅知道你茶館的生意不好，還知道你跟銀行貸款，利息卻遲遲還不上，所以才會去參加棋賽，想賺那一千大洋。」

這些情報其實根本用不著去打聽三教九流，雲飛揚一個人就搞定了，他父親是中南銀行的高層，要問出一點內幕並不是件很難的事。

被戳中了底細，謝天鑠沉默了幾秒鐘，馬上又反駁道：「還不上利息不犯法吧？我資金周轉有問題跟棋館的凶殺案有關係嗎？」
「當然有關了，你需要錢，才會做幫凶嘛。」
謝天鑠不說話了，氣憤地瞪蘇唯，假如目光可以揍人，蘇唯現在大概會被揍得鼻青臉腫。可惜蘇唯的神經太大條，這招對他一點用處都沒有，道：「長生被人打傷的時候，陳楓說他在棋室裡看殘局棋譜，但我們在他手上驗到了他行凶時濺到的血液，你明知道他是凶手，還幫他做時間證人，不是幫凶是什麼？」
「這怎麼就叫幫凶了？這明明就是作……」
謝天鑠半路剎住口，蘇唯笑吟吟地接下去。
「所以你是承認自己作偽證了對吧？」
「不是，你這是在給我設陷阱，想套我的話！」
謝天鑠說完，又急急忙忙地對端木衡解釋道：「端木先生你都看到了，他們從剛才就一直在曲解我的意思，他們根本就是為了想早點破案，想把我拉出來當替死鬼……」
端木衡表情平靜，對謝天鑠的辯解不置一詞，蘇唯道：「他不會幫你的，還是那句話，我們有足夠的證據才來找你，不是無的放矢。」
沈玉書說：「不錯，昨晚有人看到你去陳楓下榻的酒店找他，你們聊了很久，出來時你春風滿面，像是中了彩票，嗯，五千大洋的莊票，可比彩票值錢多了。」
「是這個吧？」

配合沈玉書的話，蘇唯將莊票取出來，拍在了桌上。

看到莊票，謝天鑠的臉色變了，他下意識地摸自己的口袋，沒找到後又伸手去搶莊票，被蘇唯搶先拿開了。

「這是陳楓給你的封口費，一出手就是五千，好大的手筆，不要說這莊票是你的錢，拿它去錢莊一查就知道是誰的名義開的了。」

「那又怎樣？難道我不能跟陳楓借錢嗎？你們如果真認為陳楓是凶手，那為什麼不直接去抓他？你們根本就是沒證據，所以才來恐嚇我！」

蘇唯跟沈玉書對望一眼。

謝天鑠不愧是做生意見過世面的，雖然他的說辭漏洞百出，但這一句說到了重點——他們的確是沒有確鑿的證據指證陳楓，才選擇從謝天鑠身上下手的。

但沒想到這個傢伙也是個老滑頭，這麼難對付。

「我最討厭見了棺材還不掉淚的人了。」

蘇唯啐了一口，悻悻地將莊票丟去了一邊。

看到他的反應，謝天鑠暗中鬆了口氣，伸手要去拿莊票，誰知沈玉書搶先一步，將莊票拿到手裡。

「謝老闆，你都死期將至了，還在想什麼拿錢還帳的事。」

「你說什麼？」

「陳楓傷害長生，又毒害柳長春，現在你是唯一可以指證他的人，你覺得他會留你這個活口嗎？」

「你別想嚇唬我，我、我一把年紀了，什麼場面沒見過？」

「是不是嚇唬你，不出三天你就知道了。」

沈玉書說完，將莊票揣進口袋，起身離開。

謝天鑠急了，過去拉他，叫道：「這是我的錢，把錢還我！」

「誰能證明這是你的錢？這錢是從你的口袋裡拿的嗎？」

謝天鑠張口結舌了，他的確沒看到有人從他口袋裡掏東西，他的口袋都打著扣結呢，有人偷的話，他一定會知道的。

當然，凡事總有例外，誰讓他遇到了國際神偷呢，蘇唯的偷技有多高明，可能他作夢都想不到。

端木衡也起身離開，蘇唯走在最後，見謝天鑠呆若木雞地站在那裡，他笑嘻嘻地說：「現在不是讓你馬上開口講話，但是你所說的每句話都將成為呈堂證供，想清楚一點，你現在說了，興許還能爭取寬大處理，反之，輕點是牢獄之災，重一點恐怕連命都沒了。」

謝天鑠一言不發，直到他們走出茶館，都沒見他改變主意追上來。

坐上端木衡的車，蘇唯忍不住回頭看，說：「他的心理素質挺好的，被這麼嚇都能沉得住氣。」

「不用急，三天之內，他一定會來找我們。」

「是啊，現在既沒有了錢，還成了陳楓的眼中釘，他一定寢食不安吧……你一直看我，是覺得我很帥嗎？」

最後一句話是對端木衡說的，因為自從上了車，端木衡就一直透過後視鏡觀察他。

被問到，端木衡微微一笑，「不，我只是沒想到你的技術這麼高明，你什麼時候從謝老闆身上拿莊票的？我完全沒看到。」

「你當然看不到，因為這莊票是我的，」沈玉書幫蘇唯作了回答，「這是我們用來詐他的，他果然上鉤了。」

端木衡點點頭，臉上露出原來如此的表情，看來他是信了，這讓蘇唯對沈玉書一本正經地信口開河的本領佩服得五體投地。

不讓端木衡知道他的底細是對的，畢竟同行是冤家嘛。

「要我找幾個人扮作陳楓的手下去嚇唬謝老闆嗎？我怕陳楓短時間內不動他，那我們就無法抓住陳楓的尾巴了。」

「也許你需要找幾個人暗中保護謝老闆才是，我想以陳楓的心高氣傲，被平白訛了五千大洋，他一定嚥不下這口氣。」

「好，就聽你的。」

端木衡把他們送到偵探社門口，丟了句等他的好消息就離開了。

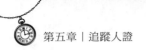

看著遠去的轎車，蘇唯問：「昨晚你用虎符令跟端木作交換，是不是真的認為那東西藏在棋館裡？」

「沒有，我隨便說的。」

「隨便？」

「隨便。」

「你這樣坑竹馬好嗎？」

「反正他也坑我，還欺負逍遙，說的話大半都是謊言，所以大家彼此彼此。」

「謊言？」

說到了重點問題，沈玉書看向蘇唯，問：「你真相信他是跟蹤我們去棋館的嗎？」

「當然不信，以我的警覺心跟耳力，怎麼可能被人跟蹤那麼久都沒發現？可是如果他撒謊，那他去棋館的目的又是什麼？」

「我也不知道，不過我想當下他最感興趣的就是虎符令了，他主動幫我們，也是因為我們可以幫他找到他想要的東西。」

「那只能期待陳楓早點下手，別讓我們等太久。」

【第六章】

真兇伏法

於是第二天清早，所有當事人都被請到棋館的廢園裡。

長生拜託蘇唯讓雲飛揚多拍幾張照片。

「沒問題，只要你乖乖的，會讓你看到現場直播的。」

之所以這麼說，是因為蘇唯去棋館前準備了手機。

虎符令事件後，沈玉書幫蘇唯做了電源插座，在幾番修改試驗後，他終於如願以償，給手機充上電了。這次的情況特殊，所以蘇唯想暗中錄影，回頭逗長生開心。

謝天鑠出現得要比他們預計的早很多，才過了一晚上，第二天一大清早，沈玉書還在房頂平臺上打太極拳，蘇唯在吊繩上練輕功，就聽大門被咣鐺一聲推開，有人從外面衝了進來。

他一進來，就哭叫道：「我不玩了不玩了，那五千大洋也不要了，我全部都交代，你們趕緊去抓陳楓，我不想被他幹掉啊！」

「你……這是從哪兒剛整容回來了嗎？」打量著謝天鑠，蘇唯驚訝地問。

要不是看對方的體型，他還真不知道他是誰。

謝天鑠整個人包得像粽子，額頭上纏著好幾圈紗布，兩眼紅腫，兩邊臉頰也腫得很厲害，左臉上貼了膏藥，脖子上還支著幾塊木板，類似於現代社會的醫療夾板，走起路來一瘸一拐，嗓子也啞了，說起話來含含糊糊。

「整……整容？」

「當我沒說，您還是先坐著吧。」

蘇唯扶他坐下，看到他這淒慘的樣子，忍不住又想不是跟端木說了不用這麼急著動手嗎？就算動手，下手也不用這麼狠吧，你看，把人家打得就像注射了一臉的玻尿酸。

沈玉書聽到聲響，從樓上下來，看到謝天鑠的樣子，他也很驚訝，倒了茶，放到他面前，問：「陳楓找人去殺你了？」

謝天鑠用力點頭。

「你確定是他？」

沈玉書的想法跟蘇唯一樣，首先懷疑是端木衡做的手腳。因為陳楓雖然看起來年少氣盛，但畢竟不是一點頭腦都沒有的蠢材，他在這個敏感的時候找人殺謝天鑠，根本就是自找麻煩啊。

聽了沈玉書的話，謝天鑠又用力點頭，非常肯定地說：「絕對是他，除了他，誰請得起殺手金狼啊！」

「金狼？」

蘇唯沒聽懂，沈玉書也聽得似懂非懂，看到他們的反應，謝天鑠腫起的眼睛因為吃驚而睜大了，像是在說——你們不是名偵探嗎？怎麼連金狼的大名都沒聽過？

這不能怪他們，因為蘇唯本來就不是這個時代的人，而沈玉書又一直留洋讀書，所以反而對本地的消息瞭解得不多。

蘇唯虛心求教，「你說的殺手是指只要給錢就殺人的那種職業嗎？」

「是的，金狼以前就是在江湖上赫赫有名的殺手，他到處流竄作案，被通緝了很多年都抓不到人，不過聽說他做事也有他的準則，不會亂殺無辜，直到一年前他接了票大買賣，把人家一家老弱婦孺十幾口都殺了，他自己也因為受了傷，才被活捉了。」

「後來呢、後來呢？」蘇唯最喜歡聽這種傳奇故事，急忙幫謝天鑠的茶杯裡斟茶，問：「法官有沒有問他是受了什麼刺激，突然間大開殺戒？」

「問了，不過他什麼都不說，最後就被判了死刑。」

「所以說他已經死了？」

「當然沒死，他死了，昨晚怎麼還會來殺我？當時雖然判了他死刑，但是沒有馬上執行，洋人的那套玩意兒我不懂，總之就是說了很多廢話後，把他關在了大獄裡，大概今年秋後才會執行死刑吧。」

「也就是說他雖然還沒死，但是被關在獄中，所以怎麼可能去殺你？」

聽到這裡，蘇唯忍不住再次懷疑是端木衡動的手腳了，他讓人頂著殺手的名字去嚇唬謝天鑠，謝天鑠就算有十個膽，也禁不起這麼折騰。

謝天鑠連連搖頭。

「那傢伙肯定是越獄了，這還用說嗎？當初審問他的時候，報紙上都登著呢，他慣用的殺人凶器是一對峨嵋刺，中間的套環是個金色的狼頭，昨天殺我的人用的就是那種武器，你們看我的頭就是被他的峨嵋刺刺傷的，臉是從樓梯滾下來摔腫的，脖子上的筋也扭到了，而且差點被穿個透心窟窿，還好有人及時趕到，我才保住了一條命啊，唉，我這也是從鬼門關走了一趟回來啊！」

——這也是你自找的吧？誰讓你好好的生意不做，偏要去搞訛詐，偏偏訛詐的還是你根本惹不起的主兒。

不過這不是重點，重點是，「是誰救你的？」

「不知道，我從樓梯跌下來，摔得迷迷糊糊，只看到金狼跟那些人打了一陣就跑了，我連痛帶嚇，就暈過去了，醒來後隨便包紮了一下，就趕緊來找你們了。」

「聽起來你的命還挺大的嘛。」

「是啊、是啊，所以你們快幫幫我吧，趕緊抓住那個混蛋，不要讓他逍遙法外！」

——如果你在案發第一時間就出來說明情況，陳楓怎麼可能逍遙法外呢？

聽完謝天鑠的講述，蘇唯有些糊塗了，他不敢肯定這是不是端木衡做的手腳，便看向沈玉書。

沈玉書給他做了個打電話的動作，說：「我去查查以前的資料。」

職業病的關係，沈玉書喜歡收集資料，所以書架上放了很多近年來發生的大事記文檔。

他把資料夾取下來，開始一頁頁地翻找，蘇唯在旁邊看著，再次感歎了一下現代網路的強大。

「真無法想像我居然可以在沒有 wifi 的環境下過了這麼久。」

「你說什麼？歪……發愛……」

「你聽錯了，我什麼都沒說。」

蘇唯一臉嚴肅地說完，拿起桌上的電話，正準備撥打，走廊上傳來腳步聲，接著門被推開，端木衡從外面快步走進來。

他正要打招呼，轉頭看到了坐在一邊的謝天鑠，便臨時改為：「出了什麼事？」

「沈萬能這傢伙又烏鴉嘴了，謝老闆昨晚真的遭到了暗殺，還好他幸運，只是受了點輕傷。」

配合著蘇唯的話，謝天鑠用力點頭，表示自己很幸運。

「找到了！」沈玉書叫起來，打斷了他們的對話。

蘇唯急忙跑過去，就見資料夾當中有幾篇報導，一篇是金狼被捕受審的報導，其他的是關於金狼所犯案件的匯總。

「哇，十幾起呢，這傢伙歲數很大嗎？」

「才三十出頭而已。」

沈玉書的手指在文字行上滑動，快速閱讀完後，抬起頭來，對端木衡說：「不過他一直被關在大牢裡，怎麼可能再殺人？是有人偽裝的吧？」

端木衡聳聳肩，表示自己同樣不解。

謝天鑠等不及了，過來催促道：「不管凶手是不是他，還是有人偽裝的，昨晚我被暗殺都是不爭的事實，你們不要再查這個人了，趕緊去抓陳楓吧，我可以做人證，證明是他殺的人！」

「你最多只能證明長生遇害時陳楓不在棋室，但他不在棋室不等於他就是凶手。」

「你這是什麼意思？難道你們不能抓他嗎？他昨晚還派人來暗殺我，凶手就是……」

說到這裡，謝天鑠想起了凶手是金狼，而金狼還關在大牢裡，更是跟陳楓一點關係都扯不上，他一秒洩了氣，問：「難道你們沒辦法證明他就是凶手嗎？」

「要證明他是凶手不是沒辦法，不過需要你的配合。」

「我的配合？我沒問題的，你們說怎麼配合我就怎麼配合，只要可以抓住他！」

聽了這話，沈玉書合上那本厚厚的資料夾，微微一笑。

蘇唯同情地看向謝天鑠，因為他太瞭解沈玉書了，每次他這麼笑，就代表有人要倒楣了。

半小時後，三個人守在金門酒店的某個房間門前，從虛掩的房門後觀察對面客房的情況。

照沈玉書的要求，謝天鑠跟隨他們來到酒店，再獨自去拜訪陳楓。

他最初對跟陳楓面對面交談表現得很抗拒，被蘇唯用「長痛不如短痛」、「捨不了孩子套不住狼」、「我們就在外面，萬一有事，隨時會來救你」等話安撫住了，跟他們再三確認要隨時來營救自己後，才敲門進去。

蘇唯跟沈玉書還有端木衡三人藏身在對門的客房裡，可是過了五分鐘了，對面的房間裡毫無聲響。

蘇唯掏出懷錶看了看，有點擔心。

「那傢伙會不會照你說的去做啊？萬一他臨時反水，跟陳楓求饒，再供出我們，那我們這局棋就死定了。」

「不會的，謝天鑠求饒，陳楓也未必相信他，他已經派人暗殺過謝天鑠一次了，誰知謝天鑠卻沒死，那只會讓他更心虛，更想殺人。」

「就算陳楓不想馬上動手，在被繼續訛詐加威脅後，他也會忍不住想殺人的，他的情緒控制不是很好，這從他會突然攻擊長生就能看出來。」

這正是沈玉書交代謝天鑠要做的事——直接跟陳楓談判，讓他繼續付封口費，否則就把他派殺手的事爆出來。

謝天鑠是生意人，在交涉方面他有經驗，為了活命，他一定會全力以赴的。

「金狼不會真的是陳楓派去的吧？」蘇唯轉頭看端木衡，問：「你知不知道？」

「你是問我知不知道金狼這個人？還是問我知不知道謝老闆被暗算這事？」

「都問。」

「那我的回答是——都知道，不過金狼不是我派去的，但這個冒牌貨的身手不錯，我派去暗中監視謝老闆的兩名手下都被打傷了。」

「所以你才會一大清早就趕過去找我們？」

「其實在去找你們之前，我先讓人去調查了金狼的情況，得到的彙報是他還在大牢裡，根本就沒有越獄。」

「沒人說他越獄，他難道不能出來殺了人後再回去？」

「這個世道，只要有錢，就什麼都可以做到，否則以金狼所犯的案子，不會拖這麼久還不執行死刑，但一個死囚，既然有機會可以逃出牢獄，那為什麼不趁機逃走，卻又回去呢？」

「很簡單，你也說了只要有錢，就能為所欲為，既然金狼可以在牢裡來去自如，他又何必逃呢？逃了的話，還要被通緝，還一日三餐不定，哪比得上他想來就來想走就走的日子？」

端木衡反駁道：「可是殺雞焉用宰牛刀？對付一個無縛雞之力的茶館老闆，一個市井混混就足夠了，陳楓為什麼特意選擇金狼？他不是上海人，動用不了那麼多的關係讓一個死囚出入監獄。」

「有趣！」

對話被打斷了，沈玉書不知想到了什麼，突然迸出這麼兩個字。

其他兩人一齊看向他，蘇唯正要詢問，對面客房裡傳來東西落地的響聲。

聲音不大，而且馬上就消失了，三個人不由得提起了警覺，蘇唯搶先衝到客房前，敲敲門，假扮服務生，問：「先生，請問需要幫助嗎？」

過了幾秒鐘，陳楓說：「沒事，不需要。」

聲音低沉，像是憋著氣說的，蘇唯更懷疑了，把耳朵貼在門板上，隱約聽到裡面有物體摩擦的響聲。

謝天鑠到底有沒有遇到危險啊？他明明把送給長生的警報器又要了回來，交給謝天鑠備用的，還讓謝天鑠現場演練了那麼久，交代他萬一有事就拉響，所以現在警報器一直沒響，是怎麼個情況啊？

蘇唯伸手握住門把，正要開門，被端木衡攔住，示意他不要輕舉妄動，一旦他們判斷失誤，那這場戲就前功盡棄了，說不定還會被陳楓反咬一口。

蘇唯明白端木衡的想法，但又不能拿謝天鑠的命去賭，他猶豫了三秒，正下定決心要撬鎖時，沈玉書搶先了一步，抬起腿，一腳踹在門上。

這一腳的力道用得恰到好處，房門被應聲踹開，客房當中的光景映入他們的眼中。

謝天鑠仰著身坐在沙發上，雙腳拚命蹬踹，嘴巴大大地張開，卻說不出話來。因為陳楓站在他身後，將一條領帶繞住他的頸部，死命地向後拉，謝天鑠的手不斷地撕扯領帶，卻使不上力氣，兩眼已經開始翻白了，假如他們再晚來一會兒，他就沒命了。

「是不是喜歡玩解剖的人都這麼暴力？」

蘇唯一眼先看到了被踹壞的門軸，不由得咋舌，還好其他兩人沒像他這樣放錯重點，沈玉書率先大喝住手，端木衡也在同時將手槍拔出來，指向陳楓。

似乎沒想到會有人突然衝進來，陳楓愣住了，暫時放開了勒繩子的手勁，謝天鑠得以呼吸，捂住喉嚨大聲喘息起來。

房間裡閃過光亮，雲飛揚居然在這個時候及時趕到，他拿起照相機，對準陳楓跟謝天鑠按下了快門。

「哈哈，這次人贓俱獲了，看你還怎麼狡辯！」

陳楓被晃得瞇起了眼睛，聽了雲飛揚的話，他這才反應過來是怎麼回事，慌忙扔掉了領帶，跑去桌前想拿防身的手槍，蘇唯早有防備，搶先一步，上前揪住他的手臂擰到背後，壓住了他，「你有權保持沉默，但你所說的每句話都將成為呈堂證供！」

釣魚計劃雖然在中途發生了一些波折，但總算有驚無險，陳楓以試圖謀殺他人的罪名被當場抓獲，謝天鑠除了受了點驚嚇外，也沒有大礙，相關人等被送去巡捕房，等候審問。

事後蘇唯在客房的角落裡找到了警報器，原來謝天鑠雖然對談判很有經驗，他卻對危險的感知太遲鈍了，就在他依照沈玉書所說的獅子大開口，威脅陳楓給自己封口費的時候，冷不防陳楓突然繞到身後，用領帶勒住了他。

事發突然，謝天鑠緊張之下，失手將警報器掉落了，要不是他在掙扎中打翻了茶杯，引起了蘇唯等人的警覺，恐怕他就這樣一命嗚呼了。

這一次還要感謝雲飛揚的及時趕到，在最關鍵的時候拍下了照片。

雲飛揚是在去探望長生的時候聽到的消息，蘇唯跟長生借警報器時提到了金門酒店，雲飛揚馬上就想到了或許是跟陳楓有關，所以跑過來搶新聞，卻沒想到無心插柳，立了大功。

但陳楓即使被現場捉獲，他也拒不承認自己的罪行，還振振有詞地說他只是在跟謝天鑠玩鬧，甚至威脅裴劍鋒跟方醒笙馬上放人，否則他讓叔叔跟警察廳方面交涉，到時候他們就吃不了兜著走了。

裴劍鋒在公董局供職，見過世面，沒像方醒笙那麼容易被嚇到，不過他也對這個燙手山芋感到頭痛，便請教沈玉書，請他想辦法解決這個問題。

長生在這次的事件中受了傷，所以就算裴劍鋒不拜託，沈玉書也沒打算放手，他聽了裴劍鋒的請求，便順水推舟，請裴劍鋒將本案所有相關人士聚集到長春館，由他來還原事件的真相，讓真兇伏法。

有了他這句話，裴劍鋒總算是放了心，立即命令手下處理。

於是第二天清早，所有當事人都被請到棋館的廢園裡，長生聽說後，也想來，被蘇唯找個他還需要休息的藉口制止了。

蘇唯還特意把小松鼠花生帶去醫院，有牠陪伴，長生總算是接受了他的建議，不過拜託他讓雲飛揚多拍幾張照片，這樣他就可以通過照片知道現場的情況。

「沒問題，只要你乖乖的，會讓你看到現場直播的。」

之所以這麼說，是因為蘇唯去棋館前準備了手機。

虎符令事件後，沈玉書幫蘇唯做了電源插座，在幾番修改試驗後，他終於如願以償，給手機充上電了。

但是在這個沒有網路、沒有 wifi 的時代裡，手機的功能跟照相機差不多，導致到目前為止，他都沒有用上。

這次的情況特殊，所以蘇唯想暗中錄影，回頭逗長生開心。

一切準備就緒後，蘇唯跟沈玉書來到棋館廢園。

其他人都已到齊，柳長春因為身體才剛剛復原，坐在輪椅上，陳楓則雙手戴著手銬，由兩名巡捕架著站在一邊，龐貴站在他們中間，他已經洗脫了罪名，但因為被牽扯其中，所以被許可來聽案情。

除了這些當事人之外，園子裡還有數名巡捕，他們手裡拿著鋤頭跟鐵鍬，嚴陣以待。

雲飛揚看得很迷糊，悄悄問洛逍遙：「你們巡捕怎麼不拿槍，改為拿鐵鍬了？」

「我也不知道，是大尾巴……」

看看身旁的端木衡，洛逍遙把最後一個「狼」字嚥了回去，用手指指他，打著官腔，說：「是端木先生交代裴探員這樣做的。」

「這不關我的事，」端木衡把話接過去，「是玉書這樣交代我的，我只是轉述。」

接著所有人的目光都轉向蘇唯，蘇唯攤攤手，又聳聳肩，做出業務機密，無可奉告的表情，其實他現在心裡一直在爆粗口——沈玉書又不是不在，為什麼不直接去問當事人？雖然我是搭檔，但那傢伙從頭至尾什麼都沒跟我講過！

簡而言之，在沈玉書心中，他還不如那些屍體來得重要。

蘇唯一邊腹誹著，一邊把手伸進上衣口袋裡，他事先在口袋上開了個小洞，剛好是手機鏡頭的位置，看大家都到齊了，他偷偷按下了錄影鍵。

陳楓頭一個說了話：「我叔叔已經跟警察廳廳長打過招呼了，你們不僅不放人，還把我帶到這裡來，是打算公審我嗎？你們這麼做，就不怕丟飯碗？」

陳楓出身富庶，這輩子沒受過什麼挫折，他這次在租界翻了船，不僅被關押，而且還沒人把他當回事，他的少爺脾氣犯了，也不管對方都是什麼來頭，搶先來了個下馬威。

方醒笙是老油條，他在旁邊砸吧砸吧地抽菸斗，不跟陳楓正面交鋒。

裴劍鋒想開口喝斥陳楓，沈玉書制止了，背著手走到陳楓面前，上下打量他。

陳楓被抓去巡捕房關了一晚上，原本好好的一身打扮，現在弄得狼狽不堪，他以為沈玉書是在嘲笑他，惱羞成怒地說：「你是來給我下馬威的吧？嘖，什麼神探，你不過就是靠長相吃飯的小白臉！」

蘇唯第一時間看向端木衡，果不如所料，端木衡的眉頭皺緊了。

當著錯人不能說錯話啊，真是個不知死活的傢伙，蘇唯以手扶額，開始擔心這位少爺將來的命運了。

沈玉書卻沒生氣，點點頭，認可陳楓的說法。

「你說得沒錯，論長相，我的確要比你出色。」

陳楓愣住了，眨眨眼看他，無法理解他的反應。

沈玉書又說：「你不用著急，我很快就會講完案情的，到時你是認罪還是發脾氣都隨你，不過下棋的基本在於修身養性，你這種人也想成為象棋國手，從某種意義上來說，這種大無畏的精神真讓人欽佩。」

陳楓再次愣住了，等明白了沈玉書的意思，他氣得脹紅了臉，抬起腳去踹他。

沈玉書閃開了，拿出事先準備好的舊報紙，打開，亮到他面前。

看到報紙上的新聞報導，陳楓的臉色微微一變，安靜下來。

蘇唯湊過去，開始大聲朗讀道：「象棋國手酒醉踏空，溺死湖中，當世再無棋王，嗚呼哀哉……」

「住嘴！」

無視陳楓的喝止，蘇唯繼續念下去：「陳嘉興幼年學棋，未及弱冠便已執當界棋壇牛耳，一時風光無限，後與柳長春一戰鎩羽，憤而棄棋，自覺無顏返鄉，從此漂泊外地，棋王之稱不再，民國十二年，不幸在酒後失足落水殞命，終年……」

陳楓再次大吼，這次蘇唯沒有再堅持，反正大致的內容他都說了，相信在場的諸位聽得懂。

「我說住嘴！」

因為氣憤，陳楓一張俊秀的臉都扭曲了，胸膛劇烈起伏，憤恨地瞪著蘇唯。

蘇唯把頭撇開了，取過沈玉書手中的資料，沈玉書朗聲對眾人說：「剛才那段描述大家都聽到了，陳嘉興即是陳楓的父親，當年陳嘉興跟柳長春對弈戰敗，他過世時，陳楓還是少年，陳楓把父親之死的原因都算在柳長春頭上，所以他這次來上海，除了幫叔叔拉攏政府要員外，另一個目的就是在棋術上贏過柳長春，我說得可對，柳館主？」

柳長春默默點了點頭，陳楓也冷靜下來，啐了一口，恨恨地道：「當年柳長春贏了我父親後，竟然當眾羞辱他，我父親因此抑鬱成疾，早早過世，所以我才要以其人之道還治其人之身，在棋術上贏過他，這有錯嗎？」

「沒錯，你的志向是好的，但你用錯了方法，還為了贏得棋局，不惜殺人！」

「誰說我殺人……」

「我說的！」

沈玉書一聲怒喝，表情難得一見的凌厲，陳楓被他的氣勢鎮住了，不敢再開口辯解。

「我請人打聽過了，在象棋比賽之前，你就來找過柳長春，跟他下戰帖，可是你沒想到柳長春半年前遭遇綁架，腦筋大不如前，他拒絕跟你對弈，你便帶人去棋館鬧事，鬧了幾場後，柳長春才不得已答應你的請求，卻提出條件，要在長春館舉行棋賽，你能在賽中奪冠，他才會接受你的挑戰，你為了早點跟他對弈，便一口應了下來。」

這些消息並不難打聽，因為來棋館的客人中有不少人看到陳楓來鬧事，至於後面的部分，則是沈玉書根據當時的狀況推理出來的。

柳長春臉上露出懊惱的表情，隨著他的講述不斷點頭，證明他說的都對。

「你求勝心切，一路過關斬將，終於殺到了決賽，你應該研究過龐貴跟謝天鑠的棋路，自信可以贏過他們，但你沒想到在比賽的最後一天，長生突然出現，打亂了你的計劃。對你來說，長生是個很大的障礙，你事先沒有研究過他的棋路，並且他又輕易贏了龐貴，所以在下午那場對弈中，你的贏面只有一半，但你不是賭徒，你不敢拿這個千載難逢的機會來做賭。」

沈玉書停了一下繼續說道：「如果你輸給了一個孩子，今後別說再向柳長春挑戰，一雪父親當年被羞辱之恨，大概連棋都無法再下了，就像當年你父親的遭遇那樣，這對年少氣盛的你來說，是絕對無法容忍的事。所以當你無意中看到長生一個人跑到了這個荒園後，你突然有了個大膽的想法，只要幹掉了他，那比賽就暢通無阻了。於是你跟蹤長生上了二樓，趁他不注意，把他推下來，你還不肯甘休，又拿起石頭砸下去，想除掉這個絆腳石。還好緊要關頭，柳二趕到了，及時制止你的暴行，但又不敢聲張出去，只好把長生匆匆藏在樓梯後面，又把你拉到後院的房間裡責問。那天我跟蘇唯還有雲飛揚在院中經過，聽到房間裡傳來爭吵聲，之後柳二被人從房間裡推出來，其實就是你們在爭吵，而不是柳長春所說的是因為柳二偷用了莊票，他在斥責柳二。」

沈玉書說完，看向柳長春，柳長春臉上的懊惱之情更重了，連連嘆氣，「都是我的錯啊，我不殺伯仁，伯仁卻因我而死，所以面對陳楓，我一直感到愧疚，也儘量滿足他的要求，我從柳二那裡知道了他殺長生的事，可是想到他還年輕，會做出這種事也是有我的原因在裡面，所以才臨時杜撰藉口，幫他遮掩。」

龐貴聽不下去了，叫道：「柳館主，你怎麼這麼糊塗？如果你不包庇他，我就不會被冤枉了，你也不會差點沒命，還好偵探及時找到了凶手，否則我還要繼續吃官司。」

「不錯。」沈玉書說：「陳楓跟柳二爭吵後，在回去的路上剛好遇到龐貴，他那時已經冷靜下來，知道長生受傷的事瞞不住，就靈機一動，故意撞到龐貴，將手上的血蹭到他身上，意圖嫁禍給他。」

沈玉書繼續分析道：「這之後陳楓才回到棋室，當時棋室有幾位棋友在看棋譜，謝天鑠也在其中，他確定陳楓並不是一開始就在棋室的，但陳楓既然那樣說了，他也不想自找麻煩，就順著他的話說了，事後越想越不對，才想到陳楓撒謊的原因。可是謝天鑠並沒有報案，他參加棋賽本來就是衝著獎金來的，他看到陳楓有錢，就起了訛詐他的念頭，卻沒想到陳楓心狠手辣，在付錢之後找殺手殺他滅口。」

謝天鑠立刻接口：「是的是的，就是這樣，我真是吃豬油蒙了心，才會想出這種賺錢的法子，你們別看這傢伙長得人模人樣，他其實就是個瘋子，為了盤棋，不僅殺小孩，還連柳館主都不放過……」

「我沒有殺柳長春！」

陳楓的一聲大吼把謝天鑠嚇到了，抖了抖，不敢再說話，縮到巡捕後面。

陳楓又衝沈玉書叫道：「柳長春中毒跟我沒關係，我沒給他下毒！」

「嗯，我知道，因為從柳長春出事後你就一直在強調這句話。」

「因為不是我下的毒啊……」

「但是相對來說，在說到長生的事情時，你就沒有這麼激動，這是人的一種潛意識的反應，對於真正做過的事，否定時的態度傾向於理智，反之，就是你現在這種表現了。」

陳楓不說話，看他的表情就知道他沒聽懂。

聽不懂是正常的，因為這裡大部分的人都聽不懂沈玉書在說什麼。

蘇唯幫忙解釋道：「他的意思是他知道柳長春中毒與你無關，但你是傷害長生的凶手，事到如今，相信柳長春跟柳二也不會包庇你了，他們就是人證。」

「不……」

「還有，雖然你事後洗了手，但手指上仍然會留下血液存在的反應，就是我們前幾天給你做的魯米諾測試，還有這個，現在人證、物證俱在，你還有什麼話說？」

魯米諾測試其實並不足以證明陳楓就是凶手，所以蘇唯把昨天陳楓試圖勒死謝天鑠的照片也亮了出來。

誰知看了照片，陳楓立刻用手指向柳長春等人，反駁道：「什麼人證？明明就是柳長春擔心我下棋贏過他，所以打傷那個小孩，再把罪名推到我身上，謝老闆跟他都是本地人，不得已才會幫他說話，還有這張照片，我都說了在鬧玩，你問謝老闆，是不是？」

陳楓把目光轉向謝天鑠，謝天鑠連著兩天遭遇了兩次危險，打心眼裡懼怕陳楓，他不敢當眾否認陳楓的話，但又不甘心附和，猶豫了半天才微微點了點頭。

陳楓立刻得意起來，轉頭看向眾人，問：「你們看到了？」

大家不由得面面相覷，此時柳二氣憤地出聲質問他：「你怎麼可以這樣？明明就是你下手要殺那個孩子，要不是我碰巧遇到，他就沒命了，我家先生好心幫你，你卻在這裡倒打一耙！」

「什麼好心幫我？根本是你們自己做賊心虛！」

「你！」柳二氣得握緊了拳頭，要不是礙於巡捕們在場，他早直接上前揍陳楓了。

見此情景，蘇唯搖了搖頭，對陳楓說：「我從來沒見過像你這種見了棺材都不掉淚的人，雖然你一直死鴨子嘴硬，但其實你一早就輸了，可能你自己都沒發現，你犯了個致命的錯誤。」

「致命的錯誤？」

「你怕贏不了長生，所以對他痛下殺手，可是如果你連贏長生的信心都沒有，那麼你憑什麼有自信贏得了柳老闆？所以這局棋你在動手害長生的那刻起就已經輸了，只是你潛意識裡一直在否認這個事實。」

「沒有！」

「你這麼痛恨長生，除了他妨礙了你的計劃外，還出於嫉妒吧。同樣是下棋，你經過了無數的鑽研跟努力，才達到了現在的成績，可是他一個小孩子，輕輕鬆鬆就贏了棋局，這對你來說，無異於一種嘲弄，讓你感覺你迄今為止的努力根本就是一場笑話……」

「沒有！不是的！不是的！」

「是的，你到現在都還不明白一個道理——許多時候，不是只要努力就可以達到目標，要成功，除了努力外，還需要天分、運氣，還有平常心，只可惜這三樣你全都沒有。」

「你胡說，我一定可以贏過他們，我的棋術才是天下第一，我本來已經可以得第一了，都是那個小孩子自尋死路，跑來妨礙我，這本來就是個弱肉強食的世界，所以我除掉絆腳石有什麼不對？我不是怕他，我是不想被人妨礙……」

氣憤之下，陳楓把他這幾天積壓的憤懣一股腦兒地都發洩了出來，等他覺察到自己說錯話的時候，已經無法挽回了。

蘇唯衝裴劍鋒跟方醒笙聳聳肩，意思是——你們看，要讓一個人自己招供，是多麼簡單的一件事。

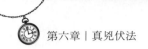

裴劍鋒揮揮手，示意手下帶陳楓離開。

陳楓滿心的不忿，轉頭又朝他們叫嚷道：「我很快就會出來的，到時我還要來跟你們挑戰，我會證明我的棋術才是真正的天下無雙……」

叫聲隨著陳楓被帶走逐漸遠去，風拂過來，還能隱約聽到他的吵嚷，蘇唯忍不住嘟囔道：「神經病，真正的天下第一從來都不會標榜自己是第一。」

「咦，好像不大對啊。」

洛逍遙首先反應過來，問沈玉書：「他一直否認下毒，剛才哥你也說他沒下毒，難道傷害長生的人跟下毒的人不是同一個？」

「是的，所以接下來我們要說的案子跟陳楓無關，不需要他在場了。」

「是不是這裡還有第二個凶手？」

雲飛揚小心翼翼地看向在場的眾人，覺得哪個都不像是凶手，但沈玉書也不會亂說話，他只好不問了，等待沈玉書直接說答案。

龐貴也忍不住了，說：「不可能吧，柳館主中毒時，我們大家都離得很遠，當時只有陳楓有機會下毒，也只有他有殺人的動機。」

「不，還有一個人有機會下毒的。」

「還有一個人？」

眾人面面相覷，開始猜測誰的嫌疑最大，雲飛揚也趕緊把之前拍的照片都拿出來，一張張地翻，查看案發後的現場狀況。

「對，當時除了陳楓外，還有一個人可以下毒，那就是柳長春自己。」

「哈！」

這個感歎詞是大家異口同聲發出來的，然後又同時看向柳長春。

柳長春面容平靜，柳二有點沉不住氣，想開口反駁，被他用眼神制止了。

面對大家驚訝的反應，沈玉書繼續往下說：「正如陳楓自己所說的，他逼迫柳長春對弈的目的只有一個，他想贏過柳長春，以慰先父在天之靈，所以他沒有給柳長春下毒的理由，假如柳長春死了，他就永遠沒機會贏這場棋賽，多年的心願也會付之東流，假如他沒下毒的話，那就只有一個人會這樣做了。」

蘇唯點頭附和，「不錯，利用排除法來推理，就只剩下一個可能性。」

「可是沒道理啊，柳館主為什麼要給自己下毒？難道他是被陳楓逼迫的？」

龐貴這句話問出了在場所有人的疑惑。

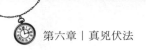

沈玉書道：「從某種意義上來說，他的確是被逼迫的，不過原因絕對不是大家想的那種。」

他走到柳長春面前，問：「柳館主，可以讓我看一下你的手嗎？」

柳長春仰頭看他，什麼都沒說，將手伸出。

「第一次跟你握手時，我就有些疑惑，棋手長年摸弄棋子，指肚上該有很多老繭，你也有很多，不過不是指肚，而是掌心，這是經常舞劍弄槍才會留下的印痕，你在接受急救後，脈搏的跳動沉穩有力，這也是長期練功的效果。」

沈玉書握住柳長春的手，讓他掌心朝上，陽光下，大家果然看到他的雙手虎口處有不少老繭。

雲飛揚立刻舉手道：「這不奇怪啊，我上次跟你們提過柳伯伯喜歡打太極的，我記得小時候還有看過他練太極劍呢。」

「富家子弟練練太極只是為了強身健體，跟這種長年練功留下的繭子是不一樣的。」

聽了這話，柳長春哼了一聲，抽回手，問：「你到底想說什麼？」

「我要說的是——你根本不是柳長春，你是假冒的。」

「什麼？」

無視周圍一干人的驚訝反應，沈玉書接著說：「你不是柳長春，在棋藝上當然也無法跟國手相提並論，但是你又不能不接受陳楓的挑戰，否則他一再來鬧事，會打亂你的計劃，於是你想到了一個辦法，提出舉行象棋比賽，你的算盤是先拖住陳楓，再慢慢想對策，陳楓年輕，想來棋藝普普，說不定中途就被淘汰出局了。」

沈玉書盯著柳長春道：「可是你沒想到陳楓輕易就進入了決賽，甚至為了跟你對弈不惜殺人，柳二不是碰巧看到陳楓暗算長生的，他一直在跟蹤陳楓，所以才會在第一時間阻止陳楓行凶。」

「怎麼可能？」柳長春大笑起來，「如果我是假冒的，那我早在第一時間就供出陳楓是凶手了，他一旦被抓，就沒人威脅到我了不是嗎？」

「如果是你，你一定會這樣做的，但當時阻止陳楓的是柳二，他甚至把陳楓帶去你的房間，讓你錯失了這個大好機會，假如你事後供出陳楓，你也勢必要接受巡捕的盤問，這是你最想避免的，一是可能會暴露你的身分，二是會妨礙到你的計劃。」

沈玉書看向柳二，柳二垂著頭不說話，他的臉被頭髮遮住了，但是可以想像他現在的表情有多懊惱。

「你只能希望陳楓因為害怕，退出棋賽，卻沒想到他膽大包天，竟然堅持繼續比賽，如果真的對弈下去，他很快就會從你的棋路上發現你有問題，你被逼無奈，只好用了這招險中求勝的辦法，你中了毒，所有人都會懷疑他，事實上也的確如此，大家都把他當成了凶手。」

柳長春面色平靜，像是沈玉書說的事跟他毫無關係一樣，倒是方醒笙沉不住氣了，「不對啊，那毒很厲害的吧，比砒霜還要烈，萬一一個不小心，他把自己毒死了怎麼辦？」

沈玉書解釋道：「不會的，柳長春只服用了非常小的量，而且我及時幫他把毒都吐了出來，他會這樣鋌而走險，也是因為從阿衡那裡聽說了我是醫生，萬一出事，我會第一時間做急救措施。」

「這些都是你的推測吧，就算你說得都有道理，但他是柳長春，這是毋庸置疑的，柳長春在本地也算是個名人，街坊鄰居都跟他很熟，長春館每天進進出出的棋友也不少，有人冒充他，大家怎麼可能不發現？」

「人的視覺都有一個盲區，很多時候，不是用眼睛來看東西，然後轉達給大腦，而是大腦先入為主地判斷了某個事物，再給眼睛發出指令。舉個例子，大家看到這個人頭上一縷一縷又藍又綠的頭髮，馬上就判斷他是蘇唯，假如他改個髮型跟髮色，大家就很難在第一時間認出他，就跟蘇唯的特徵是怪毛一樣，柳長春的特徵是長衫馬褂、體型削瘦、舉止文雅、每天出入棋館，這個人的長相跟真正的柳長春原本就有七八分相似，聲音再接近的話，就根本不會有人懷疑他了。」

隨著沈玉書的解說，大家的目光都投到了蘇唯身上。

無意中當了一回模特兒，蘇唯急忙挺挺胸膛，做出平面模特兒的姿勢，至於沈玉書說的「怪毛」，他選擇無視了。

這可是他穿越到民初後最大的收穫，他花了將近一年的時間，才研究出利用各種植物色素，配合製成染髮劑，絕對的天然植物油精華，絕對的不摻假無防腐劑，他還準備再開發幾款新顏色後就投入量產呢，沈玉書不懂流行可以理解，誰讓他是曾祖輩的呢。

端木衡用手摸著下巴，饒有興趣地端量完蘇唯，說：「說得有些道理，可這也不足以證明柳長春就是假的，一個完全不同的人頂替了正主，不可能一個人都沒發現的。」

「你們忘了嗎？半年多前，柳長春遭遇綁票，他說是棋館的夥計跟綁匪串通，所以被解救後，就將所有夥計都辭退了，只留柳二一個，而柳二不是老夥計，他也是半年前來的，也就是說柳二跟冒牌的柳長春是一夥的。真正的柳長春應該是在那個時候被掉包了，棋館的老夥計都走了，來往的棋友跟柳長春的接觸畢竟有限，他又藉此說犯了頭痛症，閉門不見客，凡事都交給柳二去處理，因為有被綁票的遭遇，大家都認為他是受到了刺激，誰會想到他竟然是個冒牌貨。」

沈玉書繼續分析道：「我請逍遙查了柳長春的籍貫跟家庭成員情況，得知他以前住在北京，妻子跟兒子先後因為戰亂和疫病過世，他沒有直系親屬，不過有幾個堂兄弟，你跟他面容神似，該是他堂兄弟中的一人。」

聽完沈玉書的一番侃侃而談，柳長春面不改色，也沒有回應。

方醒笙看看他，又問沈玉書：「就算你說得都對，但他為什麼要這麼做？難道他想要柳長春的家產？」

「柳長春開這個棋館旨在興趣，賺錢還是其次，就算這裡的地產值點錢，也不至於讓他們費盡心機來李代桃僵，這個冒牌貨想要的一定是更重要的東西，可是柳長春不給他，他又找不到，只好頂著柳長春的名字在這裡住下來，長期尋找。」

「是什麼？」

「他們到底想找什麼，只能問他們本人，我只知道他們還沒找到，否則就不會冒險服毒，而是選擇離開了。」

聽到這裡，蘇唯總算明白了為什麼那天晚上沈玉書一直在房子裡尋找，原來那個時候他就已經懷疑柳長春的身分。

於是蘇唯幫沈玉書作了總結，對柳長春說：「該說的都說了，柳館主，你是練武出身，中一點點毒對你來說沒什麼大礙的，所以現在是不是該輪到你跟大家解釋一下了？」

「我需要解釋什麼？」

柳長春抬起頭，冷笑道：「你們這番言詞都是捕風捉影，我在這裡住了多年，是有戶籍、有檔案的，怎麼好好的就變成了冒牌貨，真真是可笑。」

「我會這樣說當然是有證據的，否則也不敢特意把你從醫院請到這裡來，現在我就讓你心服口服。」沈玉書說完，給那些巡捕打了個手勢，讓他們拿著鋤頭跟鐵鍬，隨自己來到某間房間。

【第七章】

大魚跑掉了

沈玉書問：「你跟長生是老鄉吧？」
「大概是因為我們的智商都比較高吧，天才之間是比較好溝通的。」
沈玉書突然叫道：「蘇唯！今天這筆帳我不會就這麼算了，我一定要讓柳長春親自跪還給你。」
蘇唯拍拍他的肩膀，「期待你的表現喔，帥哥，我對你有信心！」
接受了他的讚美，沈玉書面無表情地說：「當然，還需要你的幫助。」
「那我收回剛才的話。」

之前他跟蘇唯搜查線索時，曾來過這個房間，還在裡面躲避過蒙面人。

跟上次一樣，房間裡堆著很多桌椅，沈玉書讓巡捕將桌椅移開，開始撬下面的地板。

看到他的舉動，柳長春的臉色馬上變了，推動輪椅趕過來，氣急敗壞地問：「你們這是要幹什麼？」

「你不是要物證嗎？現在我就給你物證。」

沈玉書取出一張紙，亮在眾人面前，說：「既然有人冒充柳長春，那真正的柳長春又去哪裡了？他如果還活著的話，肯定不會容忍別人冒用自己的名字，所以答案只有一個——凶手在這棟房子裡殺了他，並且就地掩埋，這張紙上寫的是化驗分析的資料，證明這裡的土質有血液反應。」

除了那張資料外，沈玉書還取出了幾個玻璃試管，裡面分別裝著液體跟固體成分，試管上還貼著標籤，寫明物質的化學成分，蘇唯歪頭看了一眼，發現自己完全看不懂，所以他相信在場的眾人也沒人能看懂。

於是他好心地做了解釋：「簡單地說，就是我們懷疑這位柳先生殺人藏屍，屍體就埋在地下，所以現在請巡捕大哥幫忙挖出來。」

「荒唐！簡直是太荒唐了！這裡怎麼可能有屍體？裴探員、方探長，你們都是員警，你們來評評理，有人說我是假的，說我殺人藏屍，總得拿出證據來吧，哪有隨便一句話就可以在我家裡亂搜亂挖的？」

說得也是，至少這種行為在現代社會是不被允許的，即使是在上海灘，以柳長春的身分地位，他真要追究起來，大概也不好收場。

蘇唯只好插科打諢，捏著鼻子道：「可是這裡真的很臭啊，大家不覺得嗎？」

雖然房間有臭味，但不代表這裡就有藏屍，不過人都有先入為主的心理，在剛剛看到沈玉書讓陳楓伏法後，本能地對他多了份信任，所以雖然大家沒說話，但看向柳長春的眼神中都帶了幾分懷疑。

被蘇唯問到，柳長春語塞了，結結巴巴地道：「這是……這是因為……」

「因為什麼，直接看答案就好了。」沈玉書給巡捕們打手勢讓他們開始。

在得到裴劍鋒的許可後，幾位巡捕無視柳長春的抗議，拿起鋤頭刨地，看到他們輕鬆就把地磚刨開，又繼續往下挖，蘇唯的心裡隱隱湧起不安，他瞟了一眼沈玉書，不由得為他捏了一把汗。

他的直覺一向很準的，直覺告訴他現在應該阻止沈玉書，但身為搭檔，在這個時候，無論如何他也不能跟沈玉書唱對臺戲。

巡捕們的粗魯行為惹怒了柳長春，他見方醒笙跟裴劍鋒都坐視不理，急忙命令柳二去阻攔，但柳二還沒靠近，就被洛逍遙擋住了。

柳二雖然長得高大魁梧，但他不敢公然跟巡捕房的人對立，只好轉頭向柳長春求救。

柳長春更生氣，手用力拍輪椅，衝方醒笙道：「我要向你們上司投訴，投訴你們亂用職權欺壓良民！」

「這個……」方醒笙不知道該怎麼回答，一方面想儘快破案，一方面又擔心事情鬧大了，他不好跟上頭交差，便用眼神詢問裴劍鋒。

裴劍鋒還沒回答，柳長春又對雲飛揚說：「還有你，你不是記者嗎？我要你寫稿抨擊他們這種強權行為！」

雲飛揚不敢跟他正面對嗆，連連稱是，又舉起相機衝著土坑連拍一氣，不過他這樣做不是為了幫柳長春，純粹是好奇這裡能不能挖到屍體，好準備第一時間爆料。

裴劍鋒的想法跟方醒笙一樣，柳長春是當地名流，他也怕一個拿捏不好，把對方得罪了，斟酌道：「柳館主你別著急，我們並沒有懷疑你，只不過連著出了幾樁案子，你也想儘快查明真相吧？」

「查明真相不等於要在我家亂挖吧，這還有王法嗎？」

裴劍鋒還要再解釋，端木衡把他攔住了，一臉誠懇地對柳長春說：「柳館主，我們這不是在助紂為虐，而是為了你著想，才會同意沈玉書這樣做的啊。」

「啊？」柳長春的表情僵住了，蘇唯看在眼裡，覺得他現在的臉上簡直就明明白白地寫著——你是在把我當傻子嗎？

「柳館主你想想，今天在場的人這麼多，如果半路收工，這傳出去，還不知道會傳成什麼樣子，所謂好事不出門壞事傳千里，到時街頭巷尾都傳言你這棋館裡藏了屍體，你再想解釋可就難了。」端木衡說得很誠懇，誠懇得讓蘇唯覺得要忍笑也很難。

但不管他說得有多誇張，柳長春總算是聽進去了，斜眼瞥瞥沈玉書，道：「好，我今天就給端木先生一個面子，你們隨便挖，但是！」

「但是什麼？」為了給他面子，蘇唯捧場地搭腔問道。

「但是如果挖不出屍體的話，我要沈玉書給我磕頭道歉！」

「不用做得這麼絕吧？大家都是混口飯吃……」

「那是不是我懷疑你們是假的，就可以跑去你們偵探社亂挖？我在這裡好歹也是有頭有臉的人，你們說挖就挖，說走就走，我今後還怎麼在這裡混下去？」

這樣說也有道理，如果易地而處，有人敢去他們偵探社放肆，他做的一定比柳長春更狠。蘇唯沒有馬上接話，見柳長春直接跟沈玉書叫陣了，其他人也不方便搭話，目光一齊看向沈玉書。

柳長春的話沈玉書一字不漏都聽到了，但他現在更關心挖掘的狀況，所以一聽到柳長春放狠話，他馬上就要點頭，被蘇唯搶先一步，站在他們當中攔住了。

「柳館主所言甚是，如果真的冤枉了你，下跪道歉也是應該的，絕對沒問題。」

蘇唯說完，不等雙方再開口，馬上給沈玉書使眼色，催促道：「你看柳館主都答應了，還不快挖！」

他這樣一來，柳長春也沒辦法再阻攔，只好轉著輪椅去了一邊，恨恨地看他們挖地板。地面上的土沒有很結實，巡捕們連刨帶挖，沒多久房間當中就出現了一個很大的坑，隨著坑越挖越深，房間裡的臭氣更重了，好多人受不了，都捂著鼻子往門口退。

就在這時，有人看到了坑裡埋的東西，用鐵鍬鏟了鏟，幾個油紙包被鏟碎了，包在裡面的東西落出來，卻是一大堆松香松脂。

沈玉書看向柳長春，柳長春緊繃著臉，下唇微微抿起，其他人都好奇地探頭看土坑，雲飛揚說：「這不是松脂嗎？為什麼埋在地裡？」

「為了掩藏屍臭用的。」

這是唯一的解釋，也解釋了為什麼小松鼠花生會跑到這裡來了，但這個發現反而加重了蘇唯的擔心，他看看沈玉書，沈玉書注視著土坑，看得出他現在也非常緊張。

「有了！」隨著叫聲，一個更大的布袋被鐵鏟鏟了出來，布袋的繫結在翻動中鬆開了，裡面一大堆骸骨映入眾人的眼中。

「啊！」龐貴率先發出驚呼，掉頭跑了出去，謝天鑠被他撞得跌倒在地，雲飛揚也本能地跟著往外跑，跑了兩步才想到這裡這麼多探員，根本不需要害怕，為了追新聞，他又硬著頭皮回到屋裡。

「這……這是……」突然看到一堆骸骨，方醒笙也嚇了一跳，趕緊把菸斗放進口袋，跟隨裴劍鋒探頭去看。

端木衡也很好奇，他走到近前，從一名巡捕的手裡接過鐵鏟，在骸骨當中撥了撥，然後皺起眉頭，看向沈玉書，「這好像不是人骨。」

骸骨不大，雖然在巡捕的鏟動下碎開了一部分，但仍然可以看得出原有的形狀，看骨頭外觀的腐敗程度，大約埋了有半年以上，不過不是人骨，而是一具成年犬的骸骨。

看清了坑中埋的是犬骨後，眾人一片譁然，大家的目光都落在了沈玉書身上，不過跟之前不同的是，目光裡的信任轉為疑惑——雖然柳長春在家裡埋犬骨的做法很奇怪，但那畢竟不是人骨，也就是說沈玉書判斷錯誤了。

「怎麼會這樣？」洛逍遙沉不住氣，先叫了起來，指著柳長春問：「你是不是偷梁換柱了？我哥絕對不會說錯的，一定是你們做了手腳！」

「笑話，我中毒後一直住在醫院裡，柳二也寸步不離地陪著我，我什麼時候可以偷梁換柱？」

洛逍遙被問得語塞，只好轉去向沈玉書求救。

沈玉書沒有說話，看到坑中出現的是犬骨後，他跟其他人一樣很驚訝，皺眉注視犬骨，又看向柳長春，眼眸裡流露出疑惑。

他沒有馬上開口回應，但眼中一閃而過的動搖之色揭露了他當下的心境。

端木衡問柳長春：「柳館主，這到底是怎麼回事？」

「唉，事到如今，我也不得不說實話了。」

柳長春嘆著氣搖了搖頭，臉上露出慚愧的表情，說：「大家都知道了，棋館近年來經營不善，一直入不敷出，嗯……我沒辦法，就去請教風水先生，他教給我一個方法，就是將黑犬的骨骸埋在這個位置上，就可以轉運生財，百試百靈……我一時糊塗，就照做了，唉……這種迷信的事說出來，只會貽笑大方，所以我才會一直瞞著，沒想到會引起大家的誤會……」

「不可能！你在撒謊！」盯著柳長春，沈玉書肯定地說：「你的眼神一直在閃爍，說話停停頓頓，雙手握得很緊，你在緊張，導致聲調提高，這些都證明你說的話是臨時編出來的！」

聽著沈玉書的解釋，蘇唯的目光依次掠過柳長春的眉間、嘴角跟雙手，他說得都對，可是在這個時代裡，這些觀察判斷根本不足以說服別人。

所以柳長春表現得很冷靜，左邊嘴角微微翹起，反問道：「你有什麼證據證明我在撒謊？」

不等沈玉書回答，柳長春又緊接著說：「可是我卻有證據證明自己是清白的！你在我家信口胡說一番，還動用巡捕房的人挖我家的地，破了我家的風水，現在你什麼都沒搜到，還敢倒打一耙，是不是真當這裡沒王法了！」

他這一番話說得極為嚴厲，沈玉書的嘴唇微微抿起，目光落在坑裡的犬骨上，沒有回應。

方醒笙在一旁看著，生怕一個處理不好，連累到自己，他張張嘴，正要做和事佬，柳長春又緩和下語氣，微笑說：「不過我不會跟個晚輩一般見識的，看在你剛剛開偵探社不久，求好心切的份上，我原諒你這次，只要你照方才約定的給我磕頭認錯，我就既往不咎。」

沈玉書還是不說話，拳頭卻已經握了起來，比起推斷失誤，他更無法忍受這種被羞辱的方式。

端木衡看到了，上前拱手道：「這次真是委屈柳館主了，不過剛才所說的我看就算了吧，畢竟大家都是為了找出真兇，出發點還是好的，如果柳館主還是嚥不下這口氣的話，我出面做東，跟您賠不是。」

「端木先生言重了，您的賠禮我可受不起，我也不是嚥不下這口氣，而是今天在場的人這麼多，如果沈先生不當著大家的面道歉的話，消息傳了出去，大家只會認為我真是殺人凶手，畢竟跟沈先生這位神探相比，我還算是有點頭臉的。」

柳長春的這番話說得綿裡藏針，連端木衡也不方便再幫忙講情，他轉頭看向沈玉書，他知道沈玉書心裡壓著火，很擔心他一時忍不住，將事情鬧得更大。

還好，端木衡擔心的事沒發生，沈玉書很快就恢復了平靜的表情，走到柳長春面前，撩起長袍前襟便要下跪，洛逍遙在一旁看得急紅了眼，想去拉他，卻被端木衡搶先攔住了。

就在這短暫的空檔裡，沈玉書的手被拉住，蘇唯握住他的手腕，將他向後一帶，笑嘻嘻地對柳長春說：「不就是磕頭賠罪嘛，既然是我們的失誤，那理應跟柳館主賠禮。」

他說著話，雙膝一屈，跪在了柳長春面前。

這一舉動出乎所有人的意料，別說沈玉書愣住了，柳長春也被打了個措手不及，急忙連連擺手，道：「我是讓他道歉，不是你……」

「咦，剛才從頭至尾跟你聊天的人都是我啊，答應磕頭謝罪的也是我，我搭檔可是一個字都沒提，所以不是我磕頭又是誰？」蘇唯說完，不給柳長春反駁的機會，咚咚咚磕了三個響頭，問：「夠了嗎？不夠我再磕？」

柳長春的臉氣得鐵青，很想說不夠，可是當著這麼多人的面，他又不能讓自己顯得太沒風度，只好重重地哼了一聲，算是放過他們了。

蘇唯打蛇隨棍上，站了起來，拍拍腿上的泥土，又向他拱拱手，「謝柳館主大人大量，不跟我們計較，為了不讓您心煩，我們這就離開，這裡也會給您填好的，如果您怕破了風水，回頭我再請風水師傅幫您看看，保管您今後財運滾滾，生意興隆吶！」

「行了、行了，你們不來找我的麻煩，我就謝天謝地了，其他的真不敢勞煩你們。」

柳長春不耐地揮揮手，一臉「你們快點離開，別再讓我看著心煩」的表情。

沈玉書實在看不下他這副囂張的面孔，可是這一仗他已經輸了，蘇唯甚至替他下跪，現在他再開口反駁，只會讓蘇唯的付出變得毫無意義。

蘇唯也怕他忍不住，說完後，拉著他匆匆走出去，又順便用眼神跟洛逍遙示意，讓他處理後續。

兩人走到了院子裡，遙遙聽到房間裡傳來柳長春不屑的哼聲。

「什麼神探，也不過如此！」

沈玉書的身體一僵，蘇唯感覺到他的氣憤，不由分說，攥住他的手腕，一口氣將他拉出棋館，來到外面的大街上。

又往前走了幾步，沈玉書推開了蘇唯的手，嘆了口氣。

「你不用這麼緊張，我懂得分寸，不會以卵擊石的。」

「喔喔，那就好、那就好。」

蘇唯打量著沈玉書的表情，沈玉書的臉上不慍不喜，看不出他內心的波瀾。

不過剛才栽了一個跟頭，沈玉書心裡不舒服是肯定的，他正要開口安慰，後面傳來腳步聲，端木衡匆匆追了上來。

「沒事吧？」他擔心地問沈玉書。

沈玉書搖了搖頭。

「我沒事，倒是要跟你說聲抱歉，因為我的原因，連累你們也要看柳長春的臉色。」

「那都是小事，在官場上，這點臉色不算什麼。」端木衡不在意地揮揮手，切入正題，「不過你確定柳長春有問題嗎？」

「我確定，我只是沒想到他們會先行一招，將屍體換掉了。」

「那我相信你的判斷，這件事被他搶了先機也不奇怪，他可是弈棋高手啊……假冒的。」端木衡說了個笑話，可惜其他兩人都沒捧場，他只好聳聳肩，收起了笑容，拍拍沈玉書的肩膀，「我相信你，你一定可以找到新的證據，這邊的問題我來處理，你們去做你們的事。」

沈玉書道了謝，等端木衡離開了，他伸手掏出車鑰匙，蘇唯手快，一把搶了過去。

「我來開車。」

「我沒事的……」

「我知道你沒事，但我想開車。」

蘇唯說完，拉著沈玉書回到車上，打著引擎把車開了出去。

沈玉書問：「我們去哪裡？」

「兜風，我想你現在的心情比較適合兜風。」

沈玉書沒再說話，轎車在沉默中跑了一會兒，沈玉書突然說：「是我的錯。」

「欸？」

「是我對自己的判斷太自信了，我不該高估自己的智商，現在搞成這樣，連累到你，還連累了其他人，到最後卻讓真兇逍遙法外。」

「不能這麼說，至少我們知道真兇是誰了。」

「但這次打草驚蛇了，很難再定他的罪，還被他反將一軍，害得你給他下跪……」

聽了這話，蘇唯忍不住看向沈玉書，沈玉書神色平靜，但不難看出他的沮喪。

蘇唯不爽了，把車開到一個空地上停下，轉頭注視沈玉書，然後一巴掌甩在了他臉上。

巴掌力道不重，但沈玉書沒防備，被打得往旁邊晃去，他驚訝地問：「你幹什麼？」

「打你！你不是叫沈萬能嗎？那就該是無所不能的，兩軍對壘還有輸有贏呢，就算是福爾摩斯，也有吃癟的時候，現在你只不過是輸一次，就給我裝孫子，不打你打誰？」

「我不怕輸，可是因為我，連累你給真兇下跪，我嚥不下這口氣！」

「嚥不下又怎樣？去殺了他啊？」

沈玉書眉頭皺緊，不說話了。

蘇唯聳聳肩，感覺自己說得有點重了，他又道：「我們家鄉有句話說——誰笑到最後，誰笑得最好。成大事者，該當不拘小節，韓信當年還受過胯下之辱呢，更何況只是磕幾個頭，這不算什麼。」

「蘇唯！」

「嗯？」

「你是不是一開始就知道我會輸？」

這句話戳到事情真相了，蘇唯也沒隱瞞，說：「那倒也沒有，就是直覺感到不對勁，你知道做我們這行的，從來不打沒把握的仗，所以我就留了個心眼，當英雄的事你來，磕頭道歉這種事我來。」

「為什麼是你來？明明從頭至尾操作這件事的人是我，沒跟你商量自作主張的人也是我，所以我寧可當眾下跪的那個是我，也不想你為我自以為是的行為買單。」

「拜託，不要用『買單』這種詞，會讓我很穿越的。」

「穿越？」

「OK，這不是我們要說的 point，請 let it go，我要說的是我們是 partner，partner 的意思就是有福同享有難同當，分工合作才可以 win-win 的對不對？」

「你可以用正常一點的語言表達嗎？」

「抱歉，我一著急就會這樣說話，畢竟我一年有大半的時間是在國外度過的，總之呢，你真不用把下跪磕頭看得太嚴重，我們那個時代……我是說我們那個地方，下跪這種事根本不算啥了，我以前都做慣了的。」

「是因為偷東西被抓，所以磕頭道歉嗎？」

蘇唯不說話了，沈玉書最大的本事就是他說話總會殺人於無形。

他看著沈玉書，突然又一巴掌揮過去，這次沈玉書有防備了，向後一晃躲開了。

「我突然後悔幫你了。」蘇唯擰動手腕，衝他冷笑道：「我是誰？我是大名鼎鼎的蘇十六，我會被抓？開什麼玩笑？我下跪是因為我要跪祖師爺、跪師父，跪一大堆認識的、不認識的神仙，跪著跪著就跪習慣了。」

「沒想到你這麼尊師重道。」

——喂，這傢伙真的有心靈受創嗎？哪有受挫折的人還這麼認真地毒舌別人的。

蘇唯不爽地看沈玉書，在確定他的心情平復下來後，他重新啟動車輛，把車開了出去。

「所以呢，凡事你把它看得比天還高，它就真的比天高，但如果你不把它當回事，它就是個屁。」

「懂了，我會記住的。」

「還有啊，你做事很認真，但有時候正因為太認真了，反而會忽略一些細節，這世上沒有一件事是絕對的，總會有一點點變數，不過你也不用想得太多了，有我在身邊，就算你失敗了，我也可以幫你轉敗為勝的，不用謝我，我只是個普通人，我的心願是世界和平，保護地球。」

沈玉書沒再回應，聽著蘇唯在旁邊嘮嘮叨叨，他突然有一種想笑的感覺。

說起來從他跟蘇唯在船上相遇，到現在已經快一年了，他從最初的厭惡到後來的習慣，再到後來的熟悉瞭解，不知不覺中，這個人就走進了他的生活裡。

他每次跟蘇唯多熟悉一些，就會多發現一些他的出色之處，這個人看似沒長性又不正經，但他身上有許多值得自己學習的地方。

他的隨興、他的不羈，還有他不把一切事情放在心上的豁達，都是自己做不到的。

現在回想起來，自己的失敗也許是在意料之中的，長生因為他們的決定而受了傷，他雖然沒表現出來，但心裡是急躁的，他希望儘早查清真相，所以他犯的錯不是對案情的判斷失誤，而是他急於求成，低估了對手，所以他栽跟頭也是理所當然的了。

看來他還有許多需要努力的地方，不單單是學識，還有為人處世的道理。

蘇唯開著車，半天不見沈玉書說話，一轉頭，發現他正目不轉睛地看著自己，他嚇得方向盤一抖，叫道：「你不要用這種傾慕的眼神看著我，我對男人沒興趣的。」

「我對男人也沒興趣。」

那就好……

「不過我對你非常有興趣。」

蘇唯的手又是一抖，車頭左右晃了晃，差點拐進溝裡。

沈玉書還在注視著他，說：「我突然發現原來這世上還有比死屍更有趣的生物。」

在沈玉書的眼中，他的存在居然高過了屍體，真讓他不知道是該高興好，還是該沮喪好。蘇唯開著車，嘟囔道：「被人暗戀不是我的錯，錯在我實在是太優秀了，是金子，就算是丟去九十年前的時代裡，也同樣會發光的。」

在順著老街兜了兩圈後，蘇唯把車開到了醫院。

長生還等著聽破案結果呢，雖然結果不盡如人意，但至少不是一點收穫都沒有的。

他們走進病房，長生正在跟小松鼠玩搶榛果，經過幾天的治療跟休息，他逐漸恢復健康，雖然臉色還有點蒼白，但精神勁十足。

看到他們，長生停下了玩榛果，急切地問：「怎麼樣？怎麼樣？抓到凶手了嗎？」

發現小主人的注意力轉移，小松鼠立刻兩隻爪子齊上，將榛果統統塞到了嘴裡，然後大尾巴一甩，溜去了床邊，偷偷掀了掀被褥一角，試圖往裡藏食物存貨。

沒人去在意牠的小動作，被長生詢問，蘇唯跟沈玉書對望一眼，說：「一個好消息一個壞消息，你要先聽哪個？」

「壞的！」

「壞的就是我們沒找到證據，無法讓害柳長春的凶手伏法。」

「啊……那好的呢？」

「好的就是抓到害你的混蛋了，他現在已經被關進巡捕房了。」

「沈哥哥、蘇醬，你們好厲害！那下次再抓另一個！」

畢竟還是小孩子，長生不會掩飾自己的感情，他開心雀躍的表達感染了沈玉書，點點頭，表示自己一定會做到的。

「我出去走走，你們慢慢聊。」他拍拍蘇唯的肩膀，交代道。

蘇唯不知道沈玉書是不是還在為剛才的事而沮喪，不過沈玉書在的話，他就不能給長生看手機了，便說：「去吧，不過別走遠，我過會兒去找你。」

「好。」

等沈玉書一出病房，蘇唯立刻拿出手機遞給長生，說：「你不是想知道我們的查案經過嗎？都在這裡邊呢。」

「喔喔，蘇醬好厲害！」

看到手機，長生的眼睛一亮，取過來，手指在觸屏上熟練地點動，很快就找到了錄影檔案，點開看了起來。

這個動作告訴了蘇唯——長生雖然因為某些刺激失去了以前的記憶，但肢體記憶還存在，所以對使用現代物品並不陌生。

錄影將發生在棋館的一切完整地播放出來，長生看得很緊張，呼吸情不自禁地屏住了，小松鼠也跑過來探頭探腦地看，對這個奇怪的小玩意充滿了好奇。

錄影很快就放完了，看完後，長生一直不說話，小手翻來覆去地擺弄著手機，不知在想什麼。

蘇唯歪頭看看他，問：「怎麼了？找到了凶手，你不開心？」

「嗯，如果我不去參加比賽的話，他就可以贏得冠軍了，原來這就是他要殺我的理由啊，所以他說得沒錯，是我妨礙到他了。」

「但我不認為你的優秀是他可以傷害你的理由。」

「可是不光是他啊，好多人都這樣對我說過，他們都不喜歡我。」

「是誰說的？是這裡的人嗎？」

長生想了想，搖搖頭，「好像是很久以前說的，我有時候作夢還會夢到，夢到你們都不喜歡我了，因為我跟普通小孩不一樣。」

「長生！」

蘇唯扳住孩子的肩膀，讓他注視自己。

「別胡思亂想，那是絕對不可能的，他們不喜歡你，是因為你的存在讓他們感到了威脅，他們潛意識中都是打骨子裡就自卑的人，只有自卑的人才不敢面對現實，就像陳楓，他連跟你面對面較量的勇氣都沒有，這種人註定了失敗，而且永遠都是失敗者。」

「是這樣嗎？」

「當然是，所以別不開心了，這個送你玩，裡面有不少遊戲，你在這裡無聊，可以打遊戲。」

「真的啊？」長生雙手緊緊抓住手機，一副好開心的樣子。

蘇唯摸摸他的頭，「當然是真的，不過這東西千萬不能讓別人看到，連沈玉書也不能讓他知道，否則他可能把我抓去做解剖實驗的。」

「為什麼？」

「一言難盡啊，總之你聽我的就是了。」

「好的，我絕對不告訴任何人！」

「還有，不能玩太久，對眼睛不好。」

「嗯嗯，記住啦！」

得到了蘇唯的許可，長生迫不及待地調出手機裡的遊戲軟體，玩了起來，不過他的技術不是很好，至少沒有像下象棋那麼精湛。

這也是個奇怪的小孩子，大家都會的他不擅長，而大家都不會的他又很精通，不知他以前過得是種什麼樣的生活？

沈玉書出了病房，沒有走遠，而是在走廊上踱步，眺望著窗外的風景，思索今天的失誤。

走廊盡頭的病房門開著，兩名巡捕靠在窗前，無聊地抽著菸，沈玉書跟他們見過面，知道他們都是霞飛路巡捕房的。

他走過去打招呼，發現病房裡只有老王爺一人，葵叔不在，閻東山也不在。

「閻頭今天休息？」

這時候沈玉書就體會到蘇唯存在的重要性了，蘇唯最神奇的地方就是面對任何人都可以迅速進入狀況，沒話他也能找到話來聊，沈玉書可沒他那個本事，所以連打招呼他都說得很生硬。

其中一個巡捕說：「閻頭這兩天得了風寒，在家裡休養呢。」

「沒事吧？」

「聽說沒事，他天天練功，身體好著呢，就算生病也沒有大礙。」

「說不定他只是偷懶不執勤，」另一個巡捕接話道：「在這裡每天陪著個老糊塗，多無聊啊！」

沈玉書探頭看看病房裡面，老王爺正在歪頭晃腦地哼京劇，聽不出他唱的是什麼，不過看上去挺自得其樂的。

那巡捕還在一旁抱怨：「也不知道要在這裡待多久，不能打牌又不能半路開溜，換了我，也想找個藉口生病請假了。」

「葵叔呢？」

「不知道，大概是去看望青花小姐了，他就一個人，還要兩邊忙活，也挺辛苦的，這年頭，混口飯吃都不容易啊！」

聽到了他們的對話，老王爺停止哼小調，衝沈玉書招招手，示意他進去。

沈玉書走進去，他剛靠近老人，就聞到他身上很濃的汗臭味。

天氣熱了，老王爺又比較肥胖，如果不天天入浴的話，身上有味也是在所難免的。
「老人家，有什麼事？」
老王爺對沈玉書的詢問置若罔聞，盯著他看了一會兒，突然拍拍巴掌，說：「我認得你，認得你！」
「是的，我們前不久剛見過。」
「你給我買糖葫蘆了嗎？」
「糖葫蘆？」
「你不是說給我買嗎？我才跟你來的，我現在想吃，快去買、快去買……」
老人說話不清楚，嘟囔了半天，才把一句話說完整，沈玉書聽得迷迷糊糊，只好說：「這個季節沒有糖葫蘆賣的，我買別的給你。」
「我要糖葫蘆，還有糖山芋，沒有我就走了，我不要在這裡陪你們。」
老人一邊說著一邊顫巍巍地站起來，沈玉書怕他跌跤，急忙上前攙扶，老人很厭惡地把他推開，嘟囔道：「我去找青花，青花最好了，她都會給我買吃的……」
「是是是，那您先坐下，我去買吃的。」
「真的？」
看到沈玉書點頭，老人滿意了，又顫巍巍地坐下來，歪頭看著沈玉書，說：「你不錯，不錯，比那傢伙好……我討厭他……」

「他是誰？」

「就是那個……那個……」

老人說不上來了，伸手指指東又指指西，像是想起了什麼，擺手讓沈玉書靠近，故意悄悄地說：「我跟你講……那個人很壞……」

他嗓眼裡有痰，說得不清不楚，還壓低了聲音，沈玉書完全不知道他要講什麼，正要再問，門口傳來腳步聲，卻是葵叔回來了。

「你怎麼又來了？」

他一看到沈玉書在病房裡，臉馬上繃緊了，沒好氣地說：「你們到底想怎樣？不斷纏著我家老爺，還以為這裡有什麼油水嗎？」

「我只是碰巧經過……」

「快走、快走，這裡不歡迎你。」

葵叔一臉嫌棄地擺手，把沈玉書轟了出來，沈玉書走到門口，又轉頭去看，老王爺又開始搖頭晃腦地哼京劇，對葵叔的進來毫不在意。

沈玉書來到走廊上，那兩個巡捕不在，不知道是不是去哪裡找樂子了——這個差事不辛苦，但很無聊，也難怪大家都不喜歡做。

沈玉書回到長生的病房，剛進去就聽到一陣古怪的音樂聲，蘇唯坐在床頭，跟長生湊在一起，不知道在玩什麼。

他一進去，音樂聲就戛然止住了，蘇唯站起來，問：「你去哪兒了？」

「隨便走走，剛才跟老王爺聊了幾句。」

沈玉書偏頭去看長生，沒找到發出怪聲音的東西，他猜是蘇唯藏起來了，要知道這傢伙移花接木的手段天下一流。

「有沒有問出什麼？」

「沒有，老人很糊塗，說話顛三倒四的，完全無法溝通，你們在幹什麼？」

「跟長生說我們上午的冒險，包括我們被將了一軍的那段。」

蘇唯說得隨意，彷彿那場失敗在他看來根本不算什麼，他的情緒感染了沈玉書，突然也覺得為之耿耿於懷的自己太小家子氣了。

長生衝沈玉書招招手，把他叫到床邊，說：「沈哥哥，我以前也有一次做事失敗了，很沮喪，我爸爸就跟我說，他做事一百次裡有一次可以成功，就很開心了，所以失敗不可怕，因為它可以總結更多的經驗，爭取下次成功。」

「是你爸爸對你說的？」

「是啊，我不開心的時候，他都會來陪我，不過都是在夢中，最近我常常夢到他，可是看不到他的臉。」

沈玉書聽得好笑，又有些感動，摸摸他的頭，問：「你也有不開心的時候嗎？」

「有啊，小孩子也是有煩惱的。比如我跟小月說話，小月不理我，去理二狗子；還有逍遙答應幫我買萬福齋的水晶包，可是他卻忘了，害我白白高興了一下午；還有花生醬不聽我的話，一直惡作劇……」

眼看著這段話有滔滔不絕繼續下去的趨勢，沈玉書急忙攔住他。

「好了，我懂了，我會記住你的話。」

長生笑了，向他伸出小手，沈玉書不明白，直到蘇唯在旁邊做了個拍掌的動作，他才理解，伸手跟長生對拍了一下。

「好了，該休息了，等我們辦完事，再來看你。」

蘇唯讓長生躺回床上，他跟沈玉書走出房間。

沈玉書問：「你跟長生是老鄉吧？」

「這……大概是因為我們的智商都比較高吧，你知道天才之間是比較好溝通的。」

蘇唯嘻皮笑臉地說完，見沈玉書一臉嚴肅，他只好收起了笑容，正想另外找個藉口來解釋，沈玉書突然叫道：「蘇唯！」

「幹麼？」

「今天這筆帳我不會就這麼算了，我一定要讓柳長春親自跪還給你。」

蘇唯被他嚴肅的態度搞得怔愣，但馬上明白了過來，拍拍他的肩膀，微笑說：「期待你的表現喔，帥哥，我對你有信心！」

接受了他的讚美，沈玉書面無表情地說：「當然，還需要你的幫助。」

「那我收回剛才的話。」

「晚了，跟我來。」

「不要，我餓了，要去吃飯，吃了飯要睡午覺，我的美容覺很重要的。」

蘇唯說完，不給沈玉書反駁的機會，轉身就走。

沈玉書在他身後說：「上午當著大家的面，我有些話沒有說，柳長春的表兄曾在宮中當過差。」

蘇唯的腳步略微放慢了。

「松脂松香原本應該沒有埋那麼深，否則花生醬就聞不到了，那是事後有人埋犬骨時，隨手將松脂也一併埋在了深處，我現在就去查這件事到底是誰做的。」

蘇唯的腳步徹底停下了，轉回頭去，誰知沈玉書說完就揚長而去，雙手反背在身後，去了電梯那一邊。

好奇心被勾了起來，在猶豫了三秒後，蘇唯決定放棄珍貴的午餐跟午休時間，持續跟進。他拔腿跑過去，追向沈玉書。

「你還知道什麼，一起說出來。」

「假如犬骨是從其他地方移動過去的，那骸骨上的土質跟棋館地面的土質應該不吻合。」沈玉書繼續分析。

「那又怎樣？這不能作為柳長春是冒牌貨的證據。」

「還有一點。」

「什麼？」

電梯來了，沈玉書拉開外面的鐵柵欄，走進去。

電梯往下走的時候，他說：「在巡捕挖坑的時候，我一直有留意柳長春的表情反應，他最初強烈地反對，並且非常緊張，直到最後骸骨出現，他才緩和下來，開始攻擊我，所以我想當時對於將會挖出什麼，他也是沒底的。」

「喔，原來你一直不說話，不是被他將得無話可說，而是在考慮其他的事。」

「考慮事情是一方面，另外我也的確不知道該怎麼應付他，你知道，對我來說，很多時候死人要比活人更容易相處。」

說到這裡，沈玉書看了蘇唯一眼，心想當時如果蘇唯不在的話，不知道他該怎樣應對那種局面。

蘇唯感覺到了，微笑說：「別總用這種傾慕的眼神看我，我會情不自禁的。」

「你可以自己解決。」

「喂，我說的情不自禁不是那種意思……」

「柳長春這幾天一直在醫院，他調換屍體的可能性不大，做這件事的或許是柳二，或許是其他的人，那個柳二看起來腦子不靈光，柳長春沒有親力親為的話，他在現場表現緊張就說得通了。」

——喂，直接無視別人說話的行為不大好吧？

不過沈玉書的話引起了蘇唯的興趣，所以他沒再計較沈玉書的我行我素，跟著說：「你還忘了一撥人，就是那幫蒙面人啊，只有他們知道有人對廢園感興趣，他們人又多，一夜之間將人骨換成犬骨，又不露痕跡地掩飾現場，是件輕鬆加愉快的事，別忘了，他們很可能是大內侍衛，而真正的柳長春又有親屬在宮中做過事，所以他們之間有連接點。」

「我也有想過這個可能性，但那些人既然會偷偷進棋館，那肯定是跟柳長春不同道，又為什麼要幫他？」

「NoNoNo，我們那裡有句俗語——敵人的敵人就是朋友，那幫人或許跟柳長春不同道，但假如他們在面臨共同的敵人時，很可能就會統一戰線了。」

「共同的敵人？你不會是說……」

面對沈玉書，蘇唯用手指了指自己，又指指沈玉書，言下之意——不就是我們嗎？

電梯到了，沈玉書拉開柵欄門，快步走出去。

蘇唯跟在後面，問：「你這是要去哪裡？」

「跟護士小姐打聽一下柳長春這兩天的情況。」

打聽的結果不盡如人意。

聽了沈玉書的詢問，照顧柳長春的幾位護士都異口同聲地說除了來問案的巡捕跟柳二以外，這兩天沒有人跟柳長春接觸過，雖然有一些柳長春的朋友聞訊來看望他，但都被巡捕擋在外面了。

沈玉書又問起柳二，護士小姐說柳二也一直在醫院陪床，柳長春的身體剛復原，吃不了什麼東西，所以柳二的伙食也是在醫院食堂湊合的，她們都沒看到有人跟他聊過天。

柳二腦筋不靈，沈玉書覺得就算有人跟柳長春合作，也不會選擇讓他來當傳聲筒，但是他後來又詢問了其他醫護人員跟負責打掃病房的老伯，大家也都說沒有看到外人出入柳長春的病房。

「是不是我們估計錯誤了？」

沒打聽到情報，兩人返回長生住的樓層。

蘇唯說：「也許柳長春在服毒之前就跟那幫人商量好了，也許是有人暗中做的，柳長春本人也不知情，也許……」

看看沈玉書的臉色，蘇唯沒把後面的話說出來——也許這次是沈玉書推理錯誤，柳長春就是柳長春，那間房子裡根本沒有屍體，從頭至尾埋的就是黑犬的骸骨。

「也許是我們忽略了什麼。」他臨時改了措辭。

兩人走到病房門前，蘇唯正要推門，房門先打開了，長生從裡面跑出來，他腳邊還跟著小松鼠花生。

「你的傷才剛剛好，不要亂跑。」蘇唯急忙拉住他，問：「不好好休息，這是要去哪裡？」

「沒有亂跑，我是要去找你們。」長生仰著頭，對沈玉書說：「沈哥哥，我睡不著，剛才把你們抓凶手的過程又看了一遍……」

「又看了一遍？」

「啊不，我的意思是又把你們推理追凶的過程回憶了一遍，我想到了，也許花生醬可以幫你們找到凶手。」

長生把小松鼠抱起來，遞給沈玉書，說：「牠的鼻子很好用的，屍體被松脂薰過，一定帶了松脂氣味，也許牠可以像警犬那樣追蹤到屍體呢。」

提到警犬，蘇唯立刻想起了在勾魂玉案件中，小松鼠也曾立過大功，他立刻把小傢伙接了過來。

「長生你真是太聰明了，果然智商這種東西都是天生自帶外掛的，不信不行。」

他說完，就抱著小松鼠跑了出去，沈玉書急忙跟上，就聽長生在後面叫道：「沈哥哥、蘇醬，你們要小心呀！」

「知道！」

兩人一口氣衝出了醫院，小松鼠很不滿跟主人離開，在蘇唯懷裡嘰哇亂叫，直到沈玉書塞給牠幾顆瓜子，牠才停止掙扎，順從地蜷在蘇唯身上。

「現在我們毫無線索，只好把希望都寄託在花生醬身上了，假如有人真的用犬骨換人骨的話，總要處置那具人骨，所以我們就暫時把花生醬當警犬用，看能不能柳暗花明。」

「希望他們沒把人骨投去黃浦……」

沈玉書的話還沒說完，就被蘇唯伸手捂住了嘴巴，一臉嚴肅地警告他。

「沈萬能，沈烏鴉，不要亂說話。」

沈玉書打了個手勢，表示自己不會亂說，蘇唯這才把手撤開。

沈玉書問：「你到底跟長生說了什麼？他怎麼全部都知道？」

「我什麼都沒說。」

他只是給長生看了錄影而已。

「那他怎麼知道埋屍還有松脂的事？」

「他是小天才啊，他有腦子去想的。」

「蘇十六，還有沒有更好的藉口？」

「嗯，暫時沒有了，所以如果你不信，我也沒辦法，不過我覺得這個並不重要，重要的是我們的小寵物是否能勝任警犬一職。」

兩人的目光同時看向小松鼠，牠的嘴巴塞得鼓鼓的，大概吃太多，睏了，身體蜷起來，一副要睡覺的樣子。

蘇唯被牠影響了，也情不自禁地打了個哈欠，問沈玉書。

「這位兄台，你喜歡白天私闖民宅呢？還是夜間私闖民宅？」

「我喜歡不闖民宅。」

「Ａ跟Ｂ，你總要選擇一項的。」

「夜間。」

「喔喔，你越來越上道了兄弟。」

沈玉書把蘇唯拍打自己肩膀的手推開了，淡淡地問：「你覺得大白天兩個大男人追著一隻松鼠滿大街地跑，大家會怎麼看？」

「把我們抓去精神病院。」

「所以我選擇夜間，不是因為我上道，而是因為我理智。」

「那理智先生，我們還是先去吃飯吧，接著睡美容覺，再接著做按摩，然後美容美甲……」蘇唯開口列出一連串行程。

沈玉書已經抬步走開了，恕他才疏學淺，完全聽不懂搭檔在說什麼，他只弄懂了一個真相……

下跪這種事蘇唯壓根就沒放在心上！

【第八章】

骸骨的蹤跡

「要不要進去看看？」

「你瘋了？」蘇唯猛地抬起頭來。

「我有點擔心花生醬。」

「那我進去打探情況，你在這裡接應。」

「為什麼不是我打探情況，你接應？」

蘇唯道：「你長得這麼高，很容易暴露目標。」

「那……一切小心。」

聽著沈玉書滿心不情願的叮囑，蘇唯更覺得心情愉快。

下午天氣突然轉陰，到了傍晚下了一場雷陣雨，氣溫降下來了，這給蘇唯跟沈玉書的夜間活動提供了便利。

因為他們私自進了長春館斜對角的一棟房子裡，在房子的二樓觀察情況，這棟房屋是租賃的舊宅，之前的房客剛剛搬走，暫時空置下來，從位置來說，是絕佳的觀察地點。

唯一美中不足的是房間通風不好，要不是剛好下了那場陣雨，蘇唯都懷疑他會不會中暑。

「你說他們要是不回醫院怎麼辦？」用望遠鏡隔街觀察著對面棋館裡的情況，蘇唯問道。

「一定會回去的，柳長春怕死。」

「你怎麼知道？」

「欲望越多的人就越怕死。」

「不是都解毒了嗎？」

「我忘了說，我在柳二買的米粥裡放了點巴豆粉。」

蘇唯停止窺視，放下望遠鏡，轉頭看沈玉書，沈玉書的表情很認真，像是在講述一件再平常不過的事。

「我不知道你還會做這種事！」蘇唯震驚地說。

沈玉書接過他手裡的望遠鏡，往對面眺望，隨口說：「順便而已，我家開藥鋪的，一點巴豆粉還是挺容易入手的。」

「是『弄到手』，不要學我說話，謝謝。」糾正完畢後，蘇唯又說：「我要問的是你是什麼時候下藥的？他沒發現？」

「柳長春剛洗過胃，只能喝點米粥什麼的，所以我就在買晚飯時去棋館旁邊的粥鋪碰碰運氣，沒想到柳二還真去了，我就趁著他跟店家算錢時動了下手腳。」

「下得多嗎？」

「嗯，第一次做這種事，沒經驗，算……還OK？」

「都說別學我說話了，這種事我最擅長啊，為什麼你不讓我去做？」

「為了給你驚喜，我本來想在他們肚子疼跑醫院時才跟你講的，現在說，驚喜度就少了。」

蘇唯翻白眼了。

不管是過去、現在、還是將來，他都不會為這種事感到驚喜的。

接下來的時間裡，兩個人輪流監視棋館的狀況，棋館樓上一直亮著燈，卻不見柳長春跟柳二出來。

蘇唯連續看了幾次手錶後，有些忍不住了，問：「巴豆粉是不是過期了啊？」

「再等等，別心急。」

「我不是心急，我是太熱了，現在真希望有臺空調，空調沒有，風扇也行，我這人

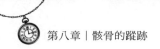

很好打發的，不要問我在說什麼，問了我也不會說的……」

蘇唯自顧自地說了半天，沒人回話，他放下望遠鏡，轉頭一看，就見沈玉書眼簾垂下，靠在窗旁，不知道在想什麼，小松鼠因為太熱，在他身上跳來跳去，他也毫無反應。

居然沒有在聽他說話，蘇唯不爽地問：「在想什麼？」

「總覺得哪裡不對勁，有些地方一直理不順，感覺抓到線索了，但又看不清。」

「是指柳長春冒牌貨的事？」

「好像是，又好像不是。」

「那到底是還是不是？」

沈玉書又不說話了，眉頭皺起，看來他自己也無法確定。

蘇唯只好引導他，說：「你不是說柳長春的表兄曾在宮中當過差嗎？那他到底是當什麼差的？」

「嗯……是逍遙從他同事那裡聽到的，多年前他同事跟真正的柳長春對飲時，柳長春酒後提到了一點，說他表兄曾偷偷帶他進宮見識過，他還曾從遠處見過老佛爺，後來柳長春酒醒，大家再問，他就一口否認了，堅持說他們聽錯了，此後他也再沒提起。」

「聽起來不像是說大話，說大話的人會不斷重複提起，以此享受被崇拜的感覺。」

「我也是這樣想，如果那些蒙面人真是大內侍衛的話，柳長春的話的真實性就更強了——可以私自帶人進出宮廷，他表兄的職位一定不低，不過清政府已經滅亡了，以前宮廷裡的名單資料也無從查起，否則知道名字的話，還可以拜託阿衡去查查看。」

「可以問冒牌的柳長春，他肯定知道。」

「我們現在連他的真正身分都無法揭穿，又怎樣讓他坦白？」

「你家不是開藥鋪的嗎？可以下毒威脅他，等他說了實話，再給他解藥，你覺得我這個點子怎麼樣？」

「不怎麼樣。」

沈玉書抬起眼皮，看著在旁邊手舞足蹈的蘇唯，一盆冷水當頭潑過去。

「沒那種藥，你俠義小說看多了。」

蘇唯還在空中揮舞的手定住了，確定真的沒戲後，他無聊地放下了手。

「原來武俠電視都是騙人的……」

「有動靜了！」

沈玉書用手拐拐蘇唯，示意他看去。

棋館某個房間的燈滅了，沒多久，兩個人從裡面飛快地跑出來，正是柳長春跟柳二。他們都彎腰捂腹，看起來很不舒服的樣子，出來後，匆匆鎖上門，衝著醫院的方向直奔而去。

看著他們跑遠了，蘇唯做了個 yes 的手勢，收了望遠鏡，往樓下跑去，還不忘說：「你的巴豆粉發作得也太慢了。」

「可能量真的太少了，下次我會加量的。」

——等等，是準備給誰加量啊？

往棋館跑的時候，蘇唯在心裡提醒自己，今後吃沈玉書提供的飲食時，一定要小心。

棋館門前掛的鎖頭在蘇唯看來形同虛設，他像玩玩具似地在手上擺弄了一下，鎖就開了。

柳長春兩人走得匆忙，館內有幾盞燈沒關，兩人進去後，藉著燈光一路跑到後院，又轉去廢園，來到埋犬骨的房間門前。

蘇唯透過窗戶往裡看了一眼，土坑已經填好了，不過做得很不仔細，原本堆在上面的桌椅也沒有移回原位，異味從裡面隱約傳來，他急忙捂住鼻子。

「點松脂跟松香除臭，真虧他們想得出來。」

「是的，其實除屍臭最好的辦法是用氫氧化鈣和次氯酸鈣等，不過幸好他們不懂，否則花生醬就派不上用場了。」

蘇唯沒聽懂，跟小松鼠眼對眼看了三秒鐘，他說：「對不起，我再也不嘲笑外行了。」

「那我用一種你們比較容易理解的方式來說，氫氧化鈣的英文叫 Calcium hydroxide，它的腐蝕性很強，所以通常用於殺菌跟……」

「打住！」

以這些日子跟沈玉書相處的經驗，蘇唯確定一旦他進入講解模式，那幾個小時內演講是不會結束的，然而這些知識對他們來說完全是沒必要的，他相信在這一點上他跟花生醬絕對統一戰線。

「我們是來做正事的，授課時間順延，花生醬，到你大顯身手的時候了。」

不給沈玉書繼續講解的機會，蘇唯說完，就把小松鼠拉過來，讓牠嗅嗅房間裡的氣味，又把事先準備好的一小袋榛果跟花生在牠面前晃了晃。

「花生醬，如果你能順著松脂屍體的氣味找到目的地，這包戰利品就是你的了，看這一袋這麼多，夠你吃到入冬了。」

小松鼠豎起身體，拚命去嗅那包糧食，根本沒注意蘇唯說的話。

沈玉書把糧食拿過去，向外指指，對牠說：「去找松果。」

這次小松鼠聽懂了，一甩尾巴，跳到了旁邊的樹上，又順著樹枝一路向前跑去。

蘇唯急忙跟上，問：「為什麼牠聽你的話？」

「你說得太複雜了，長生平時訓練牠，字數都很少的。」

「可我們要找的又不是松果。」

「屍體被松脂薰過，在牠看來，大概就是一顆大松果吧。」

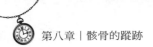

想像著那個畫面，蘇唯不由得嘔了一下，在心裡祈禱等花生醬順利找到屍體後，不要真把它當成松果來啃。

小松鼠跑得非常快，順著樹杈幾下飛竄就到了圍牆那邊，然後跳過圍牆，跑去了外面。

蘇唯緊跟在後面，奈何圍牆附近都是齊腰高的雜草，阻礙了他攀牆，等他翻過牆頭，就見街道冷清，遠處遙遙閃來昏黃的路燈光芒，松鼠早不知道跑去了哪裡。

「不是吧？這麼快是要怎麼追？」

蘇唯嘟囔著，從牆頭躍到地上，左右張望，終於看到遠處有一抹藍光在跳躍，那是沈玉書事先在小松鼠的尾巴上抹的熒粉，也幸好抹了熒粉，否則別想追蹤到牠。

蘇唯加快腳步追了上去，又向跟在身後的沈玉書叫道：「你去鎖門，這邊我來。」

沈玉書去前門上鎖了，蘇唯放開腳步向前奔跑，總算他當年飛簷走壁的功夫沒白練，很快就跟小松鼠拉近了距離，他呼哧呼哧地喘著，反覆嘟囔道：「為什麼這個時代沒有無線追蹤、沒有無線追蹤、沒有無線追蹤？」

夜已深了，偶爾有晚歸的人經過，就見眼前一花，先是一隻奇怪的動物在面前竄過，接著是一個奇怪的人跟著竄過，等他擦擦眼睛想仔細看時，動物跟人都不見了。

「這是見鬼了嗎？」

嘟囔聲被甩去了腦後，蘇唯使出他全身的爆發力，力圖追上小松鼠，但是在追出三條街後他就受不了了，速度開始放慢，很想大聲叫住小松鼠，卻因為喘得太急而發不出聲音。

「四條腿的……欺負兩條腿的……太不……公平……」

一句話分開了好幾次才說完，還被喇叭聲蓋過去了，蘇唯停下腳步轉頭看去，就見沈玉書開著車追上來，經過他身邊時打開了車門。

「上車！」

這話不用他說，蘇唯根本就是用飛撲的姿勢上了車，沈玉書被他撞得向旁邊一晃，轎車在街上扭了一個很大的S，幸好晚上沒人，一切有驚無險。

「還好……你有準備……車……我快……死了……」

靠著沈玉書的肩頭，這一刻在蘇唯眼中，他的存在簡直就可以跟神劃等號了。

「我當然有準備車，傻子才會徒步追松鼠。」

蘇唯覺得自己的智商下線了。

這絕對是因為他穿越時受到了蟲洞輻射的影響，嗯，一定是這樣的！

用車來搞追蹤就輕鬆多了，尤其是在深夜無人的街道上，沈玉書開著車跟在小松鼠身後拐過幾個街口，小松鼠還是沒有停下來的跡象，飛速地沿路奔跑著。

蘇唯趴在旁邊，負責用眼睛追蹤松鼠，見牠跑得那麼歡脫，忍不住說：「誰可以告訴我，牠跑這麼久，不累嗎？」

「牠整天吃，該適當地減減肥了。」

「我有點擔心這袋糧食不夠了。」

「我也有點擔心……擔心我們跟不下去了。」

「啥？」

沈玉書停下車，用下巴往前指指，蘇唯順著看過去，就見斜對面有一棟很大的建築物。

建築物的圍牆外鋪著紅磚，周圍都是高聳的古樹，當中純黑鐵門矗立，透過樹杈，可以看到裡面的樓房，房屋牆面由清水紅磚砌成，類似現代歐洲的鄉村別墅格局，屋頂還有紅色老虎窗，帶著這個時代固有的特色。

目光再落到鐵門旁邊掛的牌子上，蘇唯洩了口氣——這裡他們當然進不去，法國駐上海總領事館，呵呵，能進去那才叫怪呢。

小松鼠已經順著牆壁竄上了牆頭，在上面來回跑了幾圈，又轉頭看他們，像是在問他們怎麼不跟上，蘇唯衝牠招招手，示意牠回來，但小松鼠意猶未盡，沒聽他的話，甩甩尾巴，跳進了圍牆裡。

「誰來告訴我，這到底是怎麼回事？難道柳長春的同黨把屍體偷運進領事館了？」

保持趴在車上的姿勢，蘇唯有氣無力地說。

「會不會是有人想利用屍體做解剖？」

沈玉書說得很認真，蘇唯不確定他是不是在說笑，說：「不會的，相信我，沈萬能，這世上沒有人比你更愛屍體了。」

「那就只有兩個可能。」

「喔？」

「花生醬的嗅覺出了問題，牠那麼貪吃，很有可能半路追錯了目標，還有一種可能就是柳長春的同黨跟洋人有勾結，他們知道把骸骨運在這裡，沒人敢來查。」

「那怎麼不直接把骸骨丟黃浦江？」

「黃浦江附近徹夜都有人巡邏，一個不小心就會被臨檢到了，即使安全將骸骨丟去江裡，也難保日後不被發現，危險係數太高。」

嗯，的確是危險係數太高……等等，這個時代有危險係數這個詞嗎？

蘇唯不滿地看沈玉書，覺得他再這樣學自己說話，就該跟他收拜師費了。

他抱住頭，重新趴在了車上，呻吟道：「好像我們又惹到不該惹的人了。」

「不是好像，是事實，反正我們每次惹的麻煩都不小，也不在乎這一次了。」

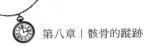

是啊，比起前清的貴族遺老還有大內侍衛，洋人真不算什麼了。

「要不要進去看看？」

「你瘋了？」蘇唯猛地抬起頭來。

有時候他對搭檔無所畏懼的行動力表示萬分佩服，提醒道：「偷進外國領事館，如果被發現，我們會被光明正大地幹掉的。」

「我有點擔心花生醬。」

「在這之前，難道你不該擔心一下我們自身的安危嗎？」

「我不是擔心牠的安危，而是擔心牠真的把屍體當成是一顆大松果的話……」

兩人對望一眼，然後同時跳下車，跑了過去。

他們不敢靠得太近，先躲在一棵梧桐樹後面探頭觀察情況，裡面隱約有人影晃過，看起來是警衛在巡邏。

「我進去打探情況，你在這裡接應。」

「為什麼不是我打探情況，你接應？」

「你會說法語嗎？遇到法國佬，你連應付都做不到。」

沈玉書不說話了，臉上露出悻悻的表情。

蘇唯又道：「而且你長得這麼高，很容易暴露目標。」

「你又不矮。」

「沒你高。」

「……」

難得地將沈玉書打得一敗塗地，蘇唯終於享受到了揚眉吐氣的爽快感，他儘量讓自己表現得不要太得意，一臉認真地做出結論。

「所以，這次由我來。」

「那……一切小心。」

聽著沈玉書滿心不情願的叮囑，蘇唯更覺得心情愉快，雙手握住，來回按動手指關節，做完熱身運動後，他向領事館走去。

「花生醬，不要給我惹麻煩，否則我會把你做成花生醬的，字面上的意思。」

蘇唯的冒險沒能順利施行，他往前沒走兩步，圍牆那邊閃過光亮，緊接著鐵門打開了，一輛別克轎車從裡面駛出來。

為了不被發現，蘇唯只好又迅速閃回到樹後，小聲問：「這麼晚了，是哪位洋人還有雅興出門？」

「不是洋人。」

「唔？」

「算是個熟人。」

沈玉書站在另一棵樹後，衝他打了個手勢，蘇唯探頭看去，就見別克緩慢駛出，前面車窗沒關，可以看到坐在副駕駛座上的老者。

「徐廣源！」

徐廣源身穿長衫，頭髮花白，雙手按在拐杖上，老遠就能看到他大拇指上的玉扳指。會在這裡看到徐廣源，兩人都很驚訝。

徐廣源跟棋館殺人事件並沒有關係，但兩次發生意外時，他都表現得非常感興趣，看到他從領事館裡出來，沈玉書猛然醒悟——徐廣源一直抱有興趣的不是殺人事件，而是柳長春。

也就是說，那晚那幫蒙面人很有可能是他派去的，以他的財力與勢力，雇傭前清宮廷侍衛並非難事，甚至……

沈玉書心念一動，小聲問蘇唯：「你有提過他身上有種貴氣對吧？」

「不僅是貴氣，他還帶了一種不怒自威的王八……啊不，霸王之氣，我懷疑他的背景跟葉老王爺相似。」

沈玉書也這樣懷疑，所以他才會問端木衡徐廣源是不是旗人，但端木衡說沒有查到。

「如果真是這樣，那就不奇怪了，可能我以前在宮中見過他，所以才會覺得他面熟。」

「我也覺得他面熟。」

蘇唯說完，看到沈玉書奇怪地注視自己，他揉揉鼻子，正色說：「全天下的有錢人，我都覺得面熟。」

「怎麼辦？」

別克駛出領事館的大門，徐廣源跟裡面的人揮手告別，看到車要加速了，沈玉書說：「他這麼晚還出入領事館，一定有問題，我去跟蹤看看。」

「不，我們來招打草驚蛇。」

「什麼？」

沈玉書剛問完，蘇唯就用實際行動作了回答，他從樹後跳出來，來了個百米衝刺，衝到別克轎車的前方。

司機剛踩住油門要加速，迎面突然看到一道人影晃出來，嚇得立刻改剎車。車是順利停下了，裡面的人卻被帶著前後猛晃，徐廣源的臉色沉下來，但是在看到攔路的是蘇唯後，他的表情變了變。

「嗨，徐老先生您好。」

蘇唯像是沒事人似地揚起手，主動跟他打招呼。

「我們真是有緣啊，真沒想到這麼晚了，還在這麼偏僻的地方，我們竟然都能遇到。」

「是你啊。」徐廣源掩住了最初的不悅，揶揄道：「你也說這麼晚了，又這麼偏僻，那你怎麼會過來的？」

「因為我喜歡散步啊，散步可是最好的有氧運動，尤其這裡的空氣還這麼好，不多鍛煉鍛煉，感覺都對不起自己健康的身軀，喔，話說得有點複雜了，簡單來說，我就是晚上吃飽了飯沒事幹，隨便走動走動消消食。」

——這傢伙可真能嘰歪啊。

蘇唯猜想徐廣源心裡一定在這樣吐槽，不過他修養好，完全沒有表現出來，笑了笑，說：「散步的確對身體好，你是一個人？」

「我是……」

蘇唯左右看看，還在考慮要不要把同伴供出來，沈玉書已經走到了他身邊，對徐廣源道：「還有我，我們是搭檔。」

「喔，兩個小夥子，你們挺有趣的，這個時間段男人通常只喜歡陪女人散步。」

「我不喜歡女人。」

徐廣源一愣。

聽了沈玉書不亢不卑的回答，憑長期相處的經驗，蘇唯馬上就知道沈玉書下一句要說——我只喜歡屍體，可是屍體沒辦法散步，所以只好勉為其難找搭檔了。

——為什麼我是備胎啊？為什麼我要被勉為其難地找啊？

蘇唯不爽了。

徐廣源看他們的眼神也變得奇怪起來，蘇唯很想告訴他沈玉書真正的興趣是什麼，但如果說了的話，他敢保證徐廣源的眼神會更奇怪，所以他能做的只有及時打住這個話題，改為——

「剛才我看老爺子從領事館出來，您是在辦公事啊還是私事？」

「小子，你盤問我？」

被反將一軍，蘇唯慌忙連連搖手。

「我怎麼敢盤問您呢？我就是好奇，就這麼一問，您老也知道，我們偵探社在這片剛開張沒多久，根扎得還不深，當然是希望朋友交得越多越好，所以您如果跟那些洋人很熟的話，幫忙給美言幾句，我們那是感激不盡啊。」

「呵，想得還挺周全的。」

「那是那是。」

「我的朋友是不少，不過都是生意上的往來，今晚到這裡來也是談生意的，有些法國限量的洋酒要運到這邊來，需要洋人的許可，我來打通打通關係。」

「喔，原來這個時代已經有限量販賣的操作了。」

「你說什麼？」

「沒什麼沒什麼，我就是覺得老爺子你的眼光跟手段都很厲害，什麼事都走在了世界的最前端。」

不知道是不是被蘇唯的恭維打動了，徐廣源的臉上浮起笑容，他按了按拐杖，哼道：

「敢這麼沒大沒小跟我說話的，小子，你算是頭一個了。」

「這是讚美嗎？謝老爺子，那我就照單全收了。」

蘇唯嘻皮笑臉地跟他東扯西扯，目光卻裝作不經意地掃過他身上。

徐廣源今天沒有拿懷錶，蘇唯很想找機會妙手空空，但直覺告訴他不要輕舉妄動，要拿懷錶有得是機會，不急於一時。

這樣想著，他又看看車裡。

司機是個長得人高馬大的傢伙，之前他曾作為徐廣源的隨從去過棋館，另外，車後座上好像還坐著一個人，但車窗拉著黑簾，看不到那人的臉孔。

這麼晚了，會是什麼人跟徐廣源同車呢？

就在蘇唯在心裡犯嘀咕的時候，徐廣源看向沈玉書。

沈玉書從出現就只說了一句話，之後他都站在旁邊默默地注視他們，不過更多的，他是在觀察徐廣源。

觀察得越久，他就越確定這個人自己以前見過。

時間久遠，容貌他記不大清楚了，但那份氣場跟氣勢就算是現在他也記憶猶新，那時候徐廣源的氣場更飛揚跋扈，甚至可以說是驃悍的，沈玉書不記得他當時的衣著，但記得他的頂戴花翎，花翎是三眼的，那是最顯貴的親王郡王才能擁有的殊榮。

所以他的推測沒錯，徐廣源絕對出身皇室。

「你……叫沈玉書？」

思緒被打斷了，沈玉書回過神，見徐廣源正在打量自己，目光深邃，眼神跟語氣中都帶了些許疑惑。

他的心房飛快地跳動起來，擔心是不是被對方認出了，急忙略微低頭，用平穩的聲音回道：「是的，敝姓沈，下名玉書。」

「沈玉書、沈玉書，好名字。」

徐廣源注視著他，眼神意味深長，說：「看你不像是本地人？」

「我自小在北方長大，父母過世後，我就一直留洋海外，去年才回來投奔親戚，在這裡落了戶。」

「喔……」

沈玉書心下忐忑，揣測徐廣源再繼續問下去的話，他該如何回應，還好徐廣源停下了，對他們說：「看在後生輩這麼勤奮的份上，有機會我會幫你們多加推薦的，不過年輕人做事，最忌心浮氣躁，雖然每個人都想成名，但凡事還是要一步一個腳印，穩妥著走才行啊！」

蘇唯跟沈玉書對望一眼，請教道：「老先生，此話怎講？」

「今兒棋館發生的事我略有所聞，你們不費吹灰之力就抓住了疑犯，做得漂亮。」

「您消息還真靈通。」

「大概是生活太安定了，有點風吹草動的，消息就傳得特別快。」

「那看來您也知道我們在抓了疑犯後又碰了一鼻子灰，現在裡外不是人吧？」

「做事總是有輸有贏，有正有負，你們這麼年輕，還有什麼是輸不起的？就怕都輸了還蒙在鼓裡自鳴得意啊。」

說到這裡，徐廣源頗有深意地看了看沈玉書。

沈玉書心中一動，說：「請先生指教。」

「這下棋嘛，最忌諱的就是只攻不守，連象都想飛過去將人家的軍，野心太大，反而忽略了身邊的危機。」

「您是說我們要提防身邊的人？」

徐廣源沒再說話，衝他們擺擺手，司機將車開動起來，蘇唯又探頭去看車後座，但很可惜，那人戴著禮帽，還低著頭，看不到長相。

蘇唯只好放棄了，看著遠去的車屁股，他摸摸下巴，分析道：「這傢伙一定有問題，雖然他掩飾得很好，但還是藏不住那口京片兒，看他的氣度，不僅在北京住過很久，還出身貴族。」

「……」

「而且絕對是八旗子弟，還是上八旗，配頂戴花翎的。」

「……」

「說不定還認識老佛爺，直系親屬。」

「……」

一連幾句話都沒得到回應，蘇唯不爽了，雙手交抱著看向沈玉書。

「你中邪了嗎？還是我的話真的讓你無語到了這個程度？」

這次沈玉書總算給了他面子，沉吟著回道：「不，我是想起了他是誰。」

「這麼厲害啊，那他是誰？」

沈玉書沒回答，突然看向蘇唯，表情異常嚴肅。

在不確定他是不是真的中邪之前，蘇唯向後跳出一步，開啟自我防禦功能系統。

「你到底想說什麼？」

「他是誰不重要。」

「怎麼不重要？他是誰關係著我們正在查的案子……」

「不，他的話提醒了我，我想到我一直在意的事是什麼了。」

「什麼？」

「很糟糕，可能大魚已經溜了，跟我走！」

「走？那那具骸骨怎麼辦？花生醬還在裡面呢。」

「管不了那麼多了，先去醫院！」

沈玉書的表情越來越鄭重，拔腿向停車的地方跑去，蘇唯雖然還有些莫名其妙，但是從他的口氣中看出事態嚴重，便不再多話，緊跟在後面。

旁邊的圍牆上黑影一晃，卻是小松鼠去裡面探險完，跑了回來，牠從牆頭躍下，爪子抓住蘇唯的衣服，吱吱叫個不停。

「是不是找到大松果了？」

「吱吱吱！」

問話不得要領，蘇唯也沒心思多跟小動物做心靈溝通，他直接將準備好的儲備糧掛在了小松鼠的脖子上，牠心滿意足了，停止鬧騰，跟隨兩人上車。

徐廣源的車開出去後，坐在後車座的人轉過頭，看到沈玉書跟蘇唯匆匆離開，他不悅地問：「你為什麼要提醒他們？」

「看他們手忙腳亂的，不覺得有趣嗎？」

「什麼有趣？我被他們害得無法在這裡待下去！」

男人操著濃重的外國口音，他憤憤不平地說完，見徐廣源不置一詞，忍不住又冷笑道：「喔，我都快忘記了，我會被陷害，也是拜你所賜。」

「此一時彼一時，請不要忘記，你還能繼續待在這裡，也是靠我的幫助。」

「我為什麼要相信你？這一切都是你的陰謀！」

面對他的憤怒，徐廣源表現得很平靜，淡淡地說：「弗蘭克先生，你在這裡住了很多年，應該知道我們這裡有一句老話——世上沒有永遠的朋友，也沒有永遠的敵人。」

「呵呵，我當然知道，只有永遠的利益。」

「是的，現在我們的目標一致，都是想得到墓穴寶藏，如果我們鷸蚌相爭，得利的就是其他人了，我知道你在這裡有你的人脈，但是要想找出定東陵的祕密，還需要我的幫助。」

這一番話說得合情合理，弗蘭克不反駁了，徐廣源又道：「所以當我們有了共同的敵人時，攜手合作，才能獲得最大的利益。」

「既然你也認為他們是敵人，那為什麼還要幫助他們？」

「你認為那是幫助嗎？」

弗蘭克挑挑眉，像是在說——那不然呢？

「你知道打敗一個人最好的辦法是什麼？」

「是什麼？」

「就是摧毀他的信心，讓他對自己的能力產生懷疑，還有，那兩個小子算什麼敵人？他們充其量不過是陣前小卒，如果失去了鬥志，那就真的任我們予取予求了。」

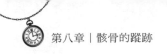

「你打算怎麼利用他們？」

「他們有點小聰明，有他們打前鋒，我們的兵才能長驅直入，至於我說的敵人，是那些蠢蠢欲動的軍閥啊！」

弗蘭克的面部肌肉抽搐，眼神裡露出不甘心的色彩，哼道：「那些土匪之流也敢覬覦葬品，真是膽大包天。」

「正因為是土匪，做事才更加肆無忌憚，否則這些年陵樹又怎麼會被盜伐一空？據我收到的消息，孫殿英那幫雜牌軍已經在東陵附近開始設置警戒了，我斷定最長不過三個月，東陵必遭盜掘。」

「那你還不著急，還不趕緊召集人手去阻攔他們？」

「不，讓人家當先鋒，總要給點甜頭的，我們都出身貴族，盜掘祖宗陵墓這種背負千古罵名的事不適合我們做。」

弗蘭克反問：「那是你的祖先，又不是我的，那麼多寶藏藏在地下，你就不怕被那些軍閥捷足先登？」

「沒有機關圖跟虎符令，他們能拿到手的只不過是九牛一毛而已。」

聽到這裡，弗蘭克不由得再次仔細端量徐廣源，揶揄道：「你可真是隻老狐狸，既然一切都在你的掌握之中，那你又為何特意拉攏我？我不認為我有這樣的價值。」

「你們家族在這裡扎根多年，我記得當年咸豐帝在世時，曾對令尊優厚有加，賞賜了不少東西吧？」

這些都是陳年舊事了，弗蘭克皺皺眉，不明白為什麼徐廣源會突然提到這個。

「時過境遷，再加上你侄子的敗家，那些賞賜不知還剩存多少，你回去找找，如果能找到類似這樣的懷錶的話，就證明你有這個價值。」

徐廣源從口袋裡掏出一枚懷錶，遞給弗蘭克。

弗蘭克接到手中看了看。

那是一塊琺瑯錶，錶殼背面畫著幾株豔麗的玫瑰花，正面當中鑲嵌了一顆圓潤珍珠，打開錶蓋，裡面時針在準確地轉動。

懷錶打造精美，是上等的佳品，但是在看慣了珍品的弗蘭克眼中，它並沒有什麼出奇的地方，他將懷錶還給了徐廣源，疑惑地看他。

「這種錶，我家沒有一百也有八十，哪裡稀奇了？」

「我曾聽過一個傳說，當年進貢給咸豐帝的洋錶中，有一塊是經過巫師之手製成的，據說因緣際會，它便會有扭轉乾坤的力量。」

「這怎麼可能？」

「我也不信，但當年曾有人做過這樣的儀式……」

說到這裡，徐廣源的眼神變得虛無起來。

十幾年前，在皇宮裡，他們這些老臣曾親自參與過那個儀式，當時使用的正是他手中這塊懷錶。

他們以為可以重新改天換地，將時間撥回太后病逝之前，但是就在他們以為可以成功的時候，一切又都恢復了原狀。

一定是哪裡出了問題，可究竟是哪裡，他無從知道，他只知道他們用過的那塊懷錶已經廢了，他只能尋找其他的替代品，所以這些年來，他派人到處搜尋當年被咸豐帝賞賜出去的懷錶，甚至連沈家也不放過，但他自己也知道不會有結果。

因為沈玉書的父親離開皇宮時，把接受的所有賞賜全部還回去了，臨走時兩手空空，他相信憑他的耳目，假如有線索，他不可能查不到。

這些年來他派人調查過的不僅僅是沈家，還有許多與皇宮有關聯的人家，可惜都一無所獲。

也許傳說始終只是傳說，但哪怕只有一點點的希望，他也不想放棄，除了財勢，還有權勢，還有大清國兩百多年的輝煌基業。

弗蘭克沒再說話，看徐廣源的眼神就像是在看瘋子，徐廣源也覺得自己是瘋子，不過即使他瘋了，當年看到的異景他也想再看一遍，不管付出多大的代價！

【第九章】

再度失利

「沈玉書為什麼沒來？我是要沈玉書來幫忙的！」

「一定要沈玉書嗎？」

「是！」

「那等明天吧。」

蘇唯說完掉頭就走，反正現在擔心被殺的又不是他。

果然他沒走兩步，就被陳楓叫住了，說：「好吧，你、你也可以。」

這話聽著總感覺他又被當備胎了。

蘇唯在臉上擠出笑臉，問：「那請問，我『也』能做些什麼？」

就在徐廣源跟弗蘭克談論他們的計劃的同時，沈玉書開著車，風馳電掣地狂奔，蘇唯問了半天，才問出目的地是醫院，至於去醫院的原因，沈玉書始終沒說，一路上他一直在反覆嘟囔著相同的話。

「我太蠢了，這麼多明顯的線索，我怎麼就沒注意到……」

「希望他們還沒逃走，希望他們別那麼心狠手辣……」

「你到底想說什麼？」

這句是蘇唯問的，得到的回應卻是：「徐廣源一定認出了我，所以他才會這樣暗示。」

「不會吧，當年你在宮裡玩的時候還是個小屁孩，所謂男大十八變，你現在竄到一米八幾的個頭，就算不化成灰，他也認不出你的。」

「我不是怕他認出來。」

「那你一直嘟嘟囔囔的是欠揍嗎？」

「我只是在放鬆自己的心情，我現在很緊張，太緊張的話，我就沒辦法靜心思索，所以我需要放鬆。」

可惜他們沒找到骸骨，否則沈玉書抱著骸骨，一定可以得到最大程度的放鬆。

「蘇唯，在我這個高個子面前，你一定很自卑吧？」

所以這傢伙的自我放鬆是建立在別人痛苦的基礎上嗎？

「你是不是覺得我很矮？」

「是的，比我矮的人都叫矮子，我可以求問一下你的心裡陰影面積嗎？」

「什麼？」

這種太超時代的辭彙他絕對沒說過，蘇唯狐疑地問：「你從哪兒學來的？」

「每次逍遙被阿衡欺負後，長生都這樣問逍遙……我用錯了嗎？」

「用法對了，不過對象用錯了，我、蘇十六從來從來都沒有過自卑情緒，至於陰影面積，我會打得你全身都是陰影，你要試試嗎？」

他轉動著手腕，獰笑道。

蘇唯的暴力沒有機會付諸實施，因為在他說完之後，車就開到了醫院。

沈玉書隨便找了個地方停好車，跳下車直奔醫院大門，蘇唯只好把小松鼠揣進口袋，緊跟在沈玉書身後追上去。

臉上傳來微涼，他抬起頭，發現不知何時天空飄起了雨點，雨不大，剛好是驅散燥熱的程度，希望這場雨不要下太久。

深夜電梯關了，兩人順著樓梯一口氣跑到了長生病房的樓層，蘇唯還以為長生遭遇了危險，誰知沈玉書直接從他的病房門前跑了過去。

終於明白沈玉書的想法了，蘇唯的心裡湧起不好的預感。

「不會是老王爺……」

沈玉書已經跑到了對面的樓梯口，拐角有兩個長椅，監視王爺的巡捕一人躺在一個長椅上，臉上還搭了個帽子，睡得正香。

沈玉書顧不得去理他們，推開病房的門，跑了進去。

病房裡很黑，沈玉書在牆上摸了幾下才摸到拉繩，把燈拉開。

對面的窗戶開著，但是沒有風，病房裡很悶熱，老王爺平躺在床上，對他的闖入毫無反應。

蘇唯把那兩個巡捕叫醒了，問：「今天有什麼人來過嗎？有沒有誰單獨跟老王爺在一起？」

「除了你們跟護士，就沒人來了啊，要說單獨跟他在一起的，就……葵叔一個人。」

「他怎麼不在？」

「他說去看青花小姐，今晚就不過來了，還託我們照顧老頭呢，其實也沒什麼好照顧的，老頭一直在睡覺。」

沈玉書看著老王爺，他看似睡得很沉，大家的說話聲不小，卻都沒有影響到他，沈玉書慢慢走向床邊，聽著大家的對話，他問：「葵叔是什麼時候走的？」

「服侍老頭吃完晚飯就走了，你們大半夜地跑來，是怕他一個老傢伙跑了不成？」

「不，那是不可能的。」沈玉書站在床邊，觀察著老人的面部狀態，又伸手試探他的鼻息，說：「因為他已經死了。」

「啊！死了！」

一聽說死人了，兩個巡捕這才從迷糊中清醒過來，他們的臉都嚇白了，急忙撲到床頭查看，被沈玉書攔住了，道：「馬上叫醫生來。」

「是是是！」

其中一個慌慌張張地跑出去，半路又像是想起了什麼，轉頭交代他的同伴。

「趕緊打電話通知上頭！」

另一個應了一聲，也匆忙跑掉了。

蘇唯來到床邊，就見老人的面容平靜，就像睡著了一樣，除了臉部稍微浮腫，嘴唇青紫外，沒有其他異常的表現。

「他是生病猝死的嗎？」他問沈玉書。

沈玉書皺眉不語，倒是走廊上傳來一連串的抱怨聲。

「你說這叫怎麼回事？怎麼說死就死了？還是在我們兄弟當值的時候死的，我們會不會受到牽連啊？」

「別說那麼多了，趕緊通知上頭吧。」

沈玉書從口袋裡拿出專用手套戴上，先確認了屍僵狀況，接著又檢查死者的瞳孔，然後是口腔跟兩耳還有指甲，蘇唯沒有打擾他，站在旁邊靜靜地注視。

沒多久，大夫跟護士們就趕了過來，為了不妨礙他們工作，沈玉書退到了一邊。

大夫給死者做了簡單的檢查，判斷說他是心臟病猝死，讓巡捕趕緊聯絡家屬。

蘇唯小聲問沈玉書：「真的是心臟病猝死嗎？」

「從表面的死亡狀態來看是這樣，不過我相信他是被謀殺的。」

「被謀殺？是被誰？」

「能自由出入這個病房並且照顧老人飲食起居的只有一個人。」

「他說葵叔？他為什麼要殺他的主子？」

沈玉書陰沉著臉不回答，蘇唯還要再問，他閉上眼，在嘴裡嘀嘀咕咕著，突然一轉身，跑出了病房。

蘇唯被他奇怪的動作弄得暈頭轉向，翻了個白眼，也追了出去。

——這人是不是鬼上身了？要不就是神經病，Oh No，他不想跟神經病搭檔查案啊！

蘇唯一邊腹誹，一邊追著沈玉書跑到樓下的某一層，就見沈玉書衝進一間房間，柳長春中毒後，曾住過這個房間，但現在它是空的。

——老王爺被殺好像跟柳長春沒關係吧？

要不是沈玉書現在的表情太嚴肅，蘇唯早就問出來了，然而現在他只能保持沉默，又把這兩天發生的事情在腦子裡重新整理了一番，努力尋找新線索，卻很快發現這只是在浪費時間。

沈玉書跑到護士檯，找到之前他們詢問過的那位護士，開口就問：「柳長春住院後，有沒有一位叫閻東山的巡捕來跟他問過案？」

「我不知道啊，很多巡捕都來問過話，我記不住他們的名字。」

沈玉書雖然長相帥氣，但繃起臉時就變得非常凶，小護士很怕，不知道出了什麼事，不斷地往後縮。

蘇唯只好唱白臉，堆起笑臉跟她打招呼，又描述了閻東山的樣子，護士聽後，立刻連連點頭，「有的有的，他來過。」

「是不是只有他一個人？」

這次是沈玉書問的，所以護士回答得結結巴巴，「是、是的，那時病人才剛剛好一點，可是他在病房裡待了很久，還是我忍不住，進去提醒他，他才離開的……我不是在針對他，我只是為了病人的身體才提醒他的，我……」

「沒事、沒事，妳做得很好，謝謝。」

看小護士的臉都嚇白了，蘇唯急忙放輕語調安慰她，等他安慰完，沈玉書已經離開了，往樓上跑去。

蘇唯追上他，他實在忍不住了，一邊跟著沈玉書跑，一邊問：「這到底是怎麼回事？這件事怎麼又扯上閻頭了？」

「一直都跟他有關的，從虎符令的案子開始就是了，你沒發現嗎？」

蘇唯想了想，搖搖頭。

他們跟閻東山接觸的機會不多，閻東山給他的感覺就是老油條，這種人圓滑世故，在做事上也許會幫上忙，但他絕對不會跟這種人交心。

「我們中圈套了，蘇唯，」沈玉書的聲音低沉，恨恨地說：「我們一直在被人牽著鼻子走，我們都是棋子，而不是下棋的人。」

蘇唯還是沒懂，仔細回想虎符令的案子。

當初雅克在弗蘭克的別墅裡被嫁禍，成了嫌疑犯，他記得最早趕來的那些人裡就有閻東山。難道那時候他們就被算計了？不，閻東山只是個小小的巡捕，他算計他們一定是出於什麼人的授意，會是誰……

蘇唯想了半天，除了讓現有的線索變得更混亂外，什麼都沒想到，他抓抓頭髮，又拍拍前額，想讓自己的思緒變得清楚一些，沈玉書伸手拉住他，阻止了他的自虐行為。

兩人返回原來的樓層。

才一會兒的時間，這一層就多了好多人，醫生、護士就不用說了，還有其他病房的病人也跑出來看熱鬧，巡捕在阻止他們靠近，雙方說話聲音都很大，導致驚動了更多的病友，大家你一言我一語地吵個不停，卻又不知道在吵什麼。

裴劍鋒已經趕過來了，老王爺的死亡牽扯到了很多內情，所以由他直接負責，另外還有方醒笙跟霞飛路巡捕房的總探長，他們的衣著都很亂，看來是半夜睡得正香時被緊急電話叫來的。

裴劍鋒正在跟當值的醫生瞭解情況，方醒笙站在旁邊當聽眾，看到他們，他跑過來問沈玉書：「我聽夥計們說是你第一個發現葉老頭走了的，你是怎麼知道的？」

「先別管這個，你馬上打電話給霞飛路巡捕房，問問青花還在不在？」

「你是說她越獄？怎麼可能，我們巡捕房雖然比不上大牢那麼堅固，但是關幾個犯人那還是綽綽有餘的。」

「你先打電話，如果她還在，就趕緊加派人手看管，如果她不在了……」

說到這裡，沈玉書的話頓住了，因為他也不知道假如青花已經逃走的話，該怎麼追查她的行蹤。

方醒笙還是沒聽懂，蘇唯只好幫沈玉書強調道：「總之趕緊去問問吧，有備無患。」

「喔，好的。」

方醒笙被他們嚴肅的氣場影響到了，用菸斗朝霞飛路巡捕房的總探長擺了擺，說：「老胡，麻煩你找個兄弟去問下，看巡捕房那邊有沒有發生情況？」

「還是我自己去問好了。」

胡總探長說完，跑去打電話，裴劍鋒看到蘇唯跟沈玉書，也匆匆跑過來，說：「大夫說葉老爺子的死因是心臟病突發，他原本心臟就不大好，再加上天氣炎熱，他又行動不便，導致猝死。」

「不是病死的，是謀殺，看死者的屍僵狀態，他死於五至七點，正是晚飯時分，應該是有人在他的食物中下毒，神不知鬼不覺地讓他步入死亡。」

「可是從他的死狀來看，真的像是心臟病。」

要不是沈玉書的表情過於嚴肅，裴劍鋒真以為他在信口開河，說：「下毒事件我經手過很多，沒有像他這麼面容平靜的。」

「毒藥分很多種，老人的心臟本來就有問題的話，凶手只要給他服用異丙腎上腺素之類的藥物，就足以致命了，也許還有配合環丙烷等麻醉藥，這樣被害人連基本的掙扎都不會有。」

裴劍鋒聽得懵懵懂懂，蘇唯只好幫忙解釋道：「異丙腎上腺素簡單地說就是激素，這類藥物會讓交感神經過度興奮，氣管充血，引起心臟跳動紊亂，對於原本心臟功能就有問題的人來說，它就跟氰化物一樣可怕，而且無法從表面上看出真正的死因。」

「有這麼厲害？」

蘇唯用力點頭。

裴劍鋒看看他們兩個，「那凶手會是誰？」

沈玉書說道：「葉老爺子有老年癡呆，對不熟悉的人很排斥，可以讓他服毒的只可能是他身邊的人。」

「難道是葵叔？」

裴劍鋒面露不信，搖搖頭，斷言道：「不可能，葵叔跟隨老王爺多年，忠心耿耿，他怎麼可能弑主？」

「老人死亡了幾個小時都沒人發現，這不正常，你可以去問下護士，葵叔臨走時是不是找藉口交代她們不讓查房，如果是，那就請法醫驗屍，服用過量激素死亡的特徵很明顯，瞞不過有經驗的法醫。」

裴劍鋒面露狐疑，不過看沈玉書說得這麼肯定，他便讓手下叫來當值的護士詢問。

正如沈玉書推測的，幾名護士異口同聲地說葵叔服侍老王爺吃完飯後就離開了，走的時候對她們說老人心情不大好，讓她們不要去打擾，平時老王爺也經常發脾氣，所以她們完全沒有懷疑葵叔的話。

聽著她們的解釋，裴劍鋒的臉色變得難看了，等她們走後，他立刻對沈玉書說：「給我個理由，我要知道是什麼原因會讓一位忠心耿耿的老僕人叛主。」

「還是先派人去搜索他的行蹤吧，只要抓到了他，他會自己說出理由的。」

裴劍鋒的眉頭挑了挑，對這個回答明顯不滿意，他還想再追問，胡探長氣喘吁吁地跑回來，叫道：「青花被帶走了，夥計們說幾個小時前，有人拿了公董局警務處的手令，說上頭要親自審問她，夥計們也沒懷疑，就這麼讓他把人帶走了！」

「拿手令的是閻東山吧？」

「你怎麼知道？」

胡探長的眼睛瞪大了，一臉不可思議地看向沈玉書。

沈玉書沒有回答他的疑問，而是低著頭，喃喃自語道：「屍僵開始的時候正好是閻東山帶青花離開的時候，他們果然是一夥的，他們應該是覺察到被懷疑了，所以殺人潛逃……」說到這裡，他抬起頭，對裴劍鋒說：「趕緊下令緝拿青花跟閻東山，幸運的話，也許還來得及截住他們。」

「喔！好！」

看裴劍鋒的表情，就知道他對眼前的狀況還不是很理解，不過他懂得選擇對自己有利的做法，給屬下下達指令，讓他們兵分兩路，分別追蹤逃犯跟葵叔，又讓人去叫法醫，準備進行屍檢。

沈玉書沒有妨礙他們做事，他去了長生的房間。

長生睡得正香，沒有被意外事件吵到，沈玉書退出房間，離開時拜託方醒笙幫忙照顧長生，方醒笙還一肚子疑惑，可是沒等他開口發問，沈玉書已經走遠了。

蘇唯跟著沈玉書出了醫院，外面的雨更大了，他用手遮住頭，追上沈玉書，問：「閻東山這兩天請假了，是不是在為了救人做準備？」

「這是其一，另一個原因是他的眼睛被你的噴劑傷到了，他怕出勤被我們看到，會懷疑他，索性就不來了。」

「被噴劑噴到……」

想起那晚在棋館圍攻他們的那幫黑衣蒙面人，蘇唯恍然大悟，再想到虎符令一案中曾偷偷潛入偵探社的那些人，他終於把線索連到了一起。

他記得閻東山的功夫不錯，再把他的身形跟攻擊自己的蒙面人合到一起，發現竟然可以重疊起來，難怪有人說最危險的地方就是最安全的地方，閻東山曾在偵探社跟他正面交鋒過，他卻完全沒有懷疑到對方。

如果是這樣的話，那虎符令案中，雅克的別墅剛出人命案，閻東山就帶人出現，這也不是偶然了。

閻東山一開始的目的就是對付他跟沈玉書，卻裝作老好人的樣子，讓人對他完全不起疑心。

回想過往跟閻東山不大多的幾次接觸，蘇唯越想越覺得心驚，忍不住喃喃地問：「他是受誰的指使？青花嗎？」

「不，閻東山假如是前清侍衛的話，以青花的身分，還不足以指使他，能夠調派他的人背景一定更大。」

「說不定是徐廣源，今晚不就是因為他的提醒，我們才趕過來的嗎……去哪裡？」

來到車上，蘇唯問道。

沈玉書把車開出去，說：「除了回偵探社，我們還有去的地方嗎？」

「當然有啊，現在三名罪犯在我們眼皮底下逃掉了，不該想辦法把他們追回來嗎？」

「你該回家睡美容覺。」

「美容覺隨時可以睡，可是大魚臨到上鉤卻逃脫了，我不甘心。」

「不甘心又能怎樣？你知道他們逃去哪裡了？裴劍鋒已經派人去追蹤了，如果那麼多巡捕都抓不到人，那我們兩個去了又能有什麼幫助？」

蘇唯看著沈玉書，沈玉書的說話口氣跟以往不大一樣。

平時沈玉書說話也是這樣平靜，但不會這麼淡漠，甚至帶了點頹廢的色彩。

蘇唯心中警鐘大敲，如果他沒猜錯，今天接連兩次的失誤給沈玉書的打擊很大。一次是眼睜睜地看著凶手近在眼前卻無法抓他，一次是反應得太遲而導致老王爺死亡……他皺起了眉，問：「你是不是猜到真相了？」

沈玉書不說話。

蘇唯再問：「既然你知道了真相，那為什麼不跟他們解釋原因？」

「原因並不重要，現在最重要的是抓到凶手。」

「怎麼就不重要？難道你怕解釋了他們不信？」

「不是怕，而是我沒有足夠的證據證明自己的推理。」

「所以才要去找啊，安樂椅偵探那都是虛構的，做偵探的哪個不得腳踏實地地去做調查？你提供的線索越多，對追查凶手就越有利，你不說，根本就是擔心自己再次當眾推理錯，被人看笑話。」

「不是！」

「就是！」

沈玉書提高了聲音，蘇唯也跟著提得更高，雨點劈里啪啦地打在車窗上，像是在為他們的爭吵當伴奏，轎車就在這種僵硬的氣氛下跑了一會兒，最後還是蘇唯先放軟了語氣。

「你不想跟別人說就算了，但作為搭檔，我有權知道真相——為什麼葵叔要殺老王爺？既然他殺了老王爺，又為什麼要救青花？你是怎麼知道閻東山跟柳長春有交易的？」

車裡有好一陣子的沉默，就在蘇唯準備放棄交談的時候，沈玉書開了口。

「柳長春跟柳二沒機會調換骸骨，所以一定有人幫他，這兩天接近柳長春的除了大夫跟護士外，就只有巡捕，我們跟蒙面人交手之後，閻東山就再沒出現過，發現這個情況時，我就該想到的，可是我忽略了，否則那位老人也不會死。」

話語中充滿了深深的自責，這讓蘇唯發現沈玉書也是有正常人的感情的，他喜歡跟屍體交流，但不等於說他漠視生命。

「這跟葉老爺子有什麼關係嗎？」他問。

「有，他們發現無法再隱藏下去後，決定捨車保帥……不，也許不能說是捨車保帥，在他們眼中，那位老人連小卒都不如。」

「你的意思是青花為了逃獄，不惜殺死親生父親？」

聽了蘇唯的話，沈玉書轉頭看他，眉間透著淡淡的悵然。

「誰說那是她父親？」

「欸？」

「青花是遷居到上海的，在此之前這裡沒人認識他們，也沒人見過真正的王爺的長相，所以，誰能證明她每天照顧的老人就是老王爺？」

蘇唯從來沒想過這個問題，聽了沈玉書的話，他越想越覺得蹊蹺——青花對老人照顧有加，老人也很依賴她，可是自從青花被抓走後，老人的生活起居就開始變得邋遢了，比如衣著打理得不整潔；辮子沒人編；他明明不吸鼻煙，葵叔的口袋裡卻裝著精緻的鼻煙壺……

「啊！」想到某個可能性，蘇唯叫了起來。

沈玉書說：「如果我是王爺，為了逃命遠走他鄉，那麼隱姓埋名還不夠，還要找個替身，隨時等著為自己面對危險，這樣才能更安心，而且這個人還要時時刻刻在我眼前，隨時聽我的號令，最好是個老糊塗，這樣不僅別人猜不出他的身分，連他自己都不知道自己是誰，這年頭兵荒馬亂的，要花錢買個糊塗老人，並不是件難事⋯⋯」

「所以鼻煙壺不是葵叔拿給老王爺用的，而是他自己在用。」

「是的，葵叔沒有青花那麼耐心，更不想花費精力去應付一個糊塗老人，不過老人家雖然糊塗了，卻不是傻子，他也很排斥葵叔，所以他住在醫院裡，情緒才會越來越焦躁，不斷發脾氣。」

「原來我們從一開始就猜錯了，只想到老王爺是不是在裝瘋賣傻，還讓大夫反覆為他做檢查，哈，怎麼檢查得出來？葵叔還真是隻老狐狸，他看到我們絞盡腦汁地調查老人，暗地裡一定笑得嘴都歪了。」

「可惜我看出了柳長春是替身，卻沒想到葉老爺子也是，這兩個案子明明很相似的，我為什麼沒看出來？如果我早幾個小時想通他們之間的關係，那位老人就不會死了。」

語氣裡充滿了懊惱，蘇唯知道沈玉書又在鑽牛角尖了——當初是誰說不該為過去了的事而煩惱，可現在他卻在做相同的事。

為了不讓沈玉書想太多，蘇唯特意沒去接他的話，而是問：「既然葵叔可以從容溜掉，那他為什麼要殺老人？如果老人不死的話，巡捕還不會這麼快就行動。」

「青花被帶走的事瞞不了很久，而且老人跟他們同住了這麼久，多多少少知道他們的一些祕密，老人雖然糊塗，但不代表不會說出來，我原本還抱了分僥倖，現在看來我低估了他們的狠毒。」

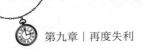

偵探社到了。

沈玉書下車，衝進了房子裡，蘇唯跟在後面，問：「你打算怎麼做？」

「找更多的線索，看能不能證明自己的判斷是正確的。」

「你說的當然是正確的！」

沈玉書來到實驗室門前，聽了蘇唯的話，他的腳步一頓。

「謝謝你的信任。」

「我不是信任你，而是除此之外，我想不出其他更能說服我的理由。」

「但抓人要證據，沒有證據，一切都是空談。」

「至少我們抓到了線索……啊對，這還要多謝徐廣源的提醒。」

「蘇唯，有時候我很佩服你的樂觀。」

看著蘇唯，沈玉書說：「你還沒看出來嗎？徐廣源的提醒不是幫助，而是警告，他在告訴我們，我們做過什麼、要做什麼，都在他的控制之中，就像是虎符令案，我以為我查到了真相，但實際上那只是他希望我們查到的，我們在為他人做馬前卒。」

「馬前卒怎麼了？不要小看小卒，過了河，卒頂半個車用……」

蘇唯的話說到一半，沈玉書已經進了實驗室，他想跟進，被沈玉書伸手攔住，然後房門在他面前關上了。

「喂，我還沒說完呢，讓我進去。」

蘇唯伸手拍門，門那邊傳來上鎖的聲音，看來沈玉書是鐵了心不讓他進去了。

蘇唯不爽了，衝著門板叫道：「找線索是沒錯，但也不需要把自己鎖在房間裡吧？我們一起找的話，說不定能更快地找到線索。」

「不需要。」

「你是不需要我幫忙，還是不想我看到你接連失敗的慘狀？我們是搭檔，做事是有連帶責任的，你失敗就等於我失敗，所以有什麼好在意的？」

「你想多了。」

「我絕對沒想多，你信不信我撬門？」

這次乾脆沒人回應他了，蘇唯直接摸口袋，想找他的撬鎖傢伙，卻碰到了一個軟軟的、毛茸茸的東西，這才想起小松鼠還窩在他的口袋裡睡覺。

沒摸到工具，蘇唯稍微冷靜了下來——沈玉書不想被打擾，他硬是撬門闖進去也沒意思，其實他也不知道能幫沈玉書查到什麼，但至少跟他聊聊天，可以分散他的壓力。

他不喜歡用自暴自棄來掩飾失敗的沈玉書，雖然這次他們接連失利，但不能因此就否定他們的努力。

蘇唯在門口站了幾秒鐘，在確定沈玉書不會開門後，他說：「好吧，我去睡美容覺，你也早點睡吧，明天見。」

他帶著小松鼠去了樓上，腳步聲逐漸遠去，把寂靜空間留給了沈玉書一人。

沈玉書坐在桌前，看著實驗桌上擺放的各種器材，理智告訴他現在應該抓緊時間尋找證據，可是感情卻不聽使喚，腦海裡迴旋著蘇唯說的話，讓他陷入沉思。

他不是因為接連失誤才不敢跟大家說出自己的想法，而是他發現自己這次面對的敵人有多強大，假如他不更穩妥地處理案件，那結果只會跟柳長春的案子一樣，明知對方是凶手，卻無法拿出有力的證據來揭露凶手的罪行。

不可否認，徐廣源的提醒成功地打擊到他了，當發現自己解決的案件根本就是對方一早就設計好的結果時，他的確無法按捺住動搖的情緒，他知道徐廣源是在暗示他——他這次不僅敗了，而且還敗得很慘。

所以在這種情況下，他更不可以自亂陣腳，任何的慌亂跟掉以輕心都有可能導致下一個敗局，其實查案跟下棋異曲同工，都需要絕對的冷靜，比起懊悔走錯的棋步，他更應該思索接下來自己該怎麼走

他現在該做什麼？該怎麼做？是靜觀其變還是先發制人，才能找出他們的犯罪證據，

還原事件背後的真相？

鐘擺傳來單調的響聲，沈玉書回過神，突然發現這種停滯行為根本就是在浪費時間，時間寶貴，他該用在更有價值的事情上。

目光劃過顯微鏡，沈玉書的心裡有了計較，他站起身，把在棋局事件中搜集到的所有物證都拿了過來，決定再重新進行一次對比化驗。

第二天清晨蘇唯是被電話鈴吵醒的。

先是洛逍遙，說是他一大早就聽說了老王爺被殺的事，想問問沈玉書到底是什麼情況，但沈玉書一直把自己鎖在實驗室裡，任蘇唯在外面怎麼叫都置之不理，而且他還在房門裡面多加了一道木栓，所以除非蘇唯把整個門板卸了，否則別想進去。

「防賊防到這種程度，我也真是X了狗的。」

蘇唯氣極反笑，罵了句髒話，去辦公室掛了洛逍遙的電話。

沒多久，電話鈴又響了，這次是雲飛揚，一接通他就吵著要神探接電話，說想拿到事件第一手資料，這次蘇唯沒去實驗室討嫌，直接掛了電話。

接著打電話來的是方醒笙，他是來找沈玉書問案件進展情況的。

再接著是陳家大小姐，她打電話來跟案子無關，她只是單純來跟沈玉書交流感情的，還說買了五香齋的早點，過會兒送過來，又說想去霞飛路購物，想讓沈玉書陪她。

蘇唯懶得聽她囉嗦，掐著鼻子說：「親愛的客戶您好，您撥打的電話已關機，請稍後再撥，謝謝合作。」

說完，不等陳小姐回應，他就放下了聽筒。

就這樣，平時幾天都不會響一次的電話今天像是中邪了，大清早地響個不停，蘇唯當了一早上的接線生，連吃個飯都沒得清閒，倒是小松鼠吃得很飽，又抓住蘇唯練功的繩子在空中盪鞦韆，玩得不亦樂乎。

蘇唯好不容易把早飯吃完，又拿了早點去實驗室外敲門，沈玉書還是不理他，他把耳朵貼在門板上聽了一會兒，裡面靜悄悄的，什麼都聽不到。

不知道沈玉書在幹什麼，蘇唯想來想去，料想他不會因為一點挫敗就想不開割腕、上吊、抹脖子什麼的，便懶得管了，把早飯放在門前，衝裡面叫道：「死宅，肚子餓了記得吃飯！」

裡面依然沒有回應，蘇唯氣呼呼地回到辦公室，他剛進去電話就響了，卻是端木衡打來的，一聽說他要找沈玉書，蘇唯立刻叫道：「我不是接線生，要找沈玉書，直接過來找！」

「蘇唯你火氣很大啊，小倆口吵架了？」

「吵架那也得有人在才行啊，我現在根本就見不到沈變態，還有，端木我要鄭重聲明——我跟沈萬能只是搭檔，單純的搭檔，過去、現在、將來，除了搭檔之外，我們不可能產生其他任何關係！」

「懂懂懂，生氣想撇清關係的心情我理解的……」

——理解個鬼啊，這傢伙根本就沒在聽我說話。

蘇唯沒好氣地說：「我勸你也不用過來了，過來也見不到他，他從昨晚就把自己鎖在實驗室裡，如果你想問葉老爺子的事，問我就行了。」

「其實也沒什麼大事，就是之前玉書讓我調查徐廣源，我託人查了一下，目前查到的情況是他以前一直住在北京，因為酒水生意的關係，也經常進出宮廷，所以玉書說對他有印象並不奇怪，至於他是不是滿族，暫時還查不到。」

「謝了。」

蘇唯說完正要掛電話，突然想起一件事，問：「幫人幫到底，你再幫我調查一個人。」

「喔？我可不免費幫人，我的調查費可是很高的。」

「帳記在沈萬能身上。」

「你確定他會付嗎？」

「不確定，不過我請你查的人你肯定也感興趣，所以你要不要幫？」

端木衡的好奇心被吊了起來，問：「是誰？」

「閻東山。」

「就是偽造警務處的手令，帶走青花的那個巡捕？為什麼要查他？」

——因為反正閒著也是閒著，多一條線索多一道防備嘛。

不過這話蘇唯不能說，正色道：「我懷疑他是前清宮裡出來的，他身後牽連著很重大的祕密，你查了就知道了。」

「好，我會想辦法的。」

結束通話，蘇唯決定親自去巡捕房跑一趟，他去樓上臥室換衣服，就在這時，電話又響了起來，蘇唯急忙跑下去，就見話筒被小松鼠撥到桌子上，對面傳來喂喂的聲音，卻是裴劍鋒。

蘇唯把小松鼠趕去一邊，拿起話筒，無奈地說：「我家的電話快被打爆了，你們簡直是算好了時間來輪番轟炸啊！」

「抱歉，我就是拿到了第一手消息，來……」

「來找沈玉書的對吧？那請改天吧，他正在抽風，誰都不見。」

「跟你說也是一樣的。」

什麼叫「也一樣」，難道他就是個備胎嗎？

「什麼事啊？」

「法醫解剖了老王爺的屍體，證實他的確是死於中毒的，至於毒藥的成分，就是你們說的那個什麼什麼激素。」

「太好了！」

「什麼？」

「喔沒什麼。」

他只是發現沈玉書沒有判斷錯誤，想表示一下開心而已。

蘇唯問：「那有閻東山跟葵叔等人的消息嗎？」

裴劍鋒回道：「沒有。真是見了鬼了，兄弟們把法租界翻了個底朝天，竟然一點蛛絲馬跡都找不到。」

「法國領事館找了嗎？」

「你說什麼？」

蘇唯說得太快，裴劍鋒沒聽清，蘇唯也沒再解釋——裴劍鋒只是個探員，他沒資格去領事館搜查，說了也只是讓他徒增煩惱而已。

假如昨晚不是在法國領事館門口遇到徐廣源，蘇唯也絕對想不到這個可能性——如果閻東山是徐廣源的手下，徐廣源又可以自由出入領事館的話，那麼他們把逃犯藏在領事館的可能性很大。

但正如沈玉書所說的，再嚴密的推理，沒有證據做支撐，也只是推測而已，所以為了證實推理，他必須拿出確鑿的證據。

也許在這一點上他可以幫到裴劍鋒。

「我現在馬上去麥蘭巡捕房，你等我。」

蘇唯掛了電話，匆匆跑出去，半路又想起小松鼠，只好跑回去問牠：「我要出門，你是跟我？還是跟沈玉書？」

小松鼠轉轉眼珠，從繩子上竄下來，很靈活地鑽進了蘇唯的口袋。

蘇唯摸摸牠的頭，讚道：「花生醬你真是太聰明了，我敢保證你跟著沈玉書的話，很快就會變成花生乾的，這樣你就有幸成為第一隻由他解剖的松鼠。」

這笑話太冷了，小松鼠打了個寒顫，把頭縮進蘇唯的口袋裡，打死都不出來了。

蘇唯匆匆趕到麥蘭巡捕房。

他原本的打算是先跟裴劍鋒瞭解一下案件的後續，再看看能不能從死者身上發現什麼蛛絲馬跡，以便追蹤凶手，但是到了之後他才發現事情並沒有他想的那麼簡單，他對屍檢瞭解得不多，看法醫的屍檢報告就像在看天書。

裴劍鋒也沒有提供到更多的情報，他能做的就是調動人馬大範圍地搜索，連幫派那邊都打過招呼了，火車站、海港碼頭還有公路要塞也都埋伏了人，結果卻一無所獲，那三個人就像是憑空消失了一樣，找不到一點蹤跡。

這個現象跟虎符令一案中狙殺者的失蹤方式很像，蘇唯猜想他們要麼是藏進了法國領事館，要麼就是他們的同黨有一個很安全的藏身之所，是普通人絕對找不到甚至想不到的地方。

上海說大不大，說小也不小，如果無法鎖定目標的話，根本是大海撈針，除了浪費時間跟精力外，什麼作用都起不到。

不過最讓蘇唯惱火的不是這個，而是好巧不巧的，竟然讓他在麥蘭巡捕房遇到了陳楓。

跟昨天相比，陳楓就像是換了一個人，他打扮整潔，在律師的陪同下從裡面出來，一臉的志得意滿。

蘇唯跟方醒笙一打聽才知道，原來是警察廳副廳長施壓，再加上陳楓的行為沒有造成實質性的傷害，所以陳家交了一筆錢，就把陳楓保釋出來了。

什麼叫沒造成實質性傷害？長生到現在還住在醫院裡，難道真要等到出了人命，那才叫傷害嗎？要不是現在有更重要的事要做，蘇唯一定過去好好問候他一番。

陳楓也看到了蘇唯，還不怕死地主動過來跟他打招呼。

「這麼巧，是你啊。」

「是啊，我來看你死了沒，沒想到老天不長眼，你不僅沒死，還保釋出來了。」

面對蘇唯的譏諷，陳楓聳聳肩。

「沒辦法，誰讓我家有錢呢。」

「可惜你家的錢還沒多到可以買下天下第一這個名號，否則你就不用這麼辛苦地下棋了。」

「沒關係，經過這次的事件，我看開了，把人當棋子來對弈更有趣。」

——這傢伙真是欠教訓！

蘇唯咬著牙根想，臉上卻依舊春風滿面，還主動幫陳楓撣了撣肩膀上的灰塵。

「那你今後可要小心，別讓人當棋子用了，你看，剛換的衣服就蹭上灰了，下次再被關起來時，記得多帶幾件衣服啊！」

談笑間，蘇唯妙手空空，將陳楓的東西都乾坤大挪移，移到了自己身上。

陳楓完全沒有覺察，冷笑道：「還是記得提醒你的搭檔吧，聽說他無憑無據就指證別人，差點犯了誣陷罪，這個罪名也不輕啊！」

「不勞您惦記，您虧心事做多了，小心走夜路撞到鬼。」

被接連嘲諷，陳楓終於惱了，哼了一聲，拂袖而去，他的律師見狀，立即指著蘇唯說：「你這是恐嚇，你最好馬上道歉，否則……」

「滾！」

別看蘇唯平時笑嘻嘻的，他冷下臉來，樣子也很嚇人。

律師被他大吼，不敢再往下說，轉頭看看其他巡捕，想找人助陣，可惜大家都裝作看不到，一個個看天的看天，閒聊的閒聊，誰也沒把他當回事。

「你、你們！好好好，我不會跟低等人一般見識的！」

律師有氣沒處發，撂下這麼一句，追著陳楓跑了出去。

他色厲內荏的樣子惹來一陣哄笑，洛逍遙說：「早就看那傢伙不順眼了，有點錢就以為自己了不起啊！」

蘇唯看了他一眼，覺得某人中槍了，不過端木衡不無辜，跟他相比，陳楓根本就是跳梁小丑。

當然，小丑也有小丑的價值，尤其是他身上的東西。

蘇唯從巡捕房出來，走到沒人的角落裡，拿出盜來的東西看了一下——一個很鼓的錢包；一個名片夾；一盒香煙跟打火機；還有繡了陳楓名字開頭字母的手帕，手帕還熏了香料，拿在手裡，香氣撲鼻而來。

「一個大男人用這種手帕，真騷包。」

蘇唯不屑地撇了撇嘴。

陳楓的東西不少，但有價值的不多，蘇唯打開錢包，拿出裡面的錢，路上經過一個石橋，他隨手把錢包丟去了橋下河裡，錢給了沿途乞討的幾個乞丐，在大家的道謝聲中揚長而去。

下午，蘇唯來到法國領事館，他拿出事先準備好的繩子，拴在小松鼠的脖子上，做出在附近遛松鼠的樣子，找機會觀察領事館內部的狀況。

小松鼠對被遛的做法表現出極大的不滿，在路上竄來竄去，把蘇唯弄得手忙腳亂。不到半小時，他就熱出了一身汗，除了瞭解領事館裡面建築物的設施分布跟警衛的巡邏時間等細節外，也弄清楚了一件事——松鼠不是犬類，所以不要自作聰明地遛松鼠玩，簡直就是體累加心累。

觀察完地形，蘇唯帶著小松鼠，滿心疲倦地回到了偵探社事務所。

事務所靜悄悄的，沈玉書竟然還把自己關在房間裡，完全沒有要出來的徵兆，不過蘇唯放在門口的早餐不見了。

如果不是肚子餓，他可能連這道門都不會出。

蘇唯不爽了，叫了兩聲沒得到回應後，他直接走到實驗室門前，一腳踹在了門上。

「沈萬能，我也是有脾氣的，你搞自閉也要看場合，現在大家都忙成一團，你還在那搞自閉，丟不丟人？」

他這一腳踹的聲音太響了，沈玉書沒法再無視，房間裡傳來回答。

「我在思索，麻煩不要吵。」

「啊哈，原來你還活著呢。」

「還活著，死人不可能吃飯跟思考。」

「那謝天謝地。」

這句話是出於真心的，如果沈玉書再不回應，蘇唯真的會懷疑他是不是受不了挫敗自我了斷了，剛遛完松鼠，他實在提不起精神去撬門救人。

「那你還要思索很久嗎？」他隔著房門問道。

裡面又沒回應了，不過知道沈玉書沒事，蘇唯放了心，去樓上自己的房間收拾夜探需要的裝備，又趁著時間還充裕睡了一覺，養精蓄銳。

這一覺睡到傍晚，直到電話鈴響起，把他從夢中叫醒。

蘇唯爬起來，首先看到的是斜照進來的夕陽，他揉揉眼睛，在確定沈玉書不會去接電話後，只好爬起來，去樓下聽電話。

話筒那頭是個很年輕的聲音，有點熟但又不是很熟，聽起來很焦急又慌亂的樣子。

「我找沈玉書，快幫我接沈玉書！」

真沒禮貌。蘇唯翻了個白眼，說：「沈玉書不在，再見。」

他說完就要掛話筒，對面急忙叫住他。

「不要掛！我要死了，只有沈玉書能救我，快幫我找到他，求你了！」

叫聲中夾雜著捶桌子的聲音，聲音打著顫，充滿了恐懼感，還帶著潛在的神經質，蘇唯終於想起他是誰了，難怪他沒有第一時間聽出來，因為陳楓的態度前後變化太大了。

「你是……陳楓？」他不大肯定地問。

對面立刻連聲回覆：「是是是！」

「是上午見面時還耀武揚威的那個陳楓？」

「是是是！」

「是你啊，那就抱歉了，沈玉書只對死人感興趣，哪天你死了，他會第一時間去看你的。」

蘇唯這次真心要掛電話了，長生因為陳楓的私心差點死掉，蘇唯沒揍他，已經覺得自己很寬厚了，所以他根本不想把時間浪費在一個人渣身上。

發覺他要掛話筒，陳楓叫得更慘，連聲道：「不要，救命啊！對不起，我跟你道歉，請救救我！」

蘇唯不由自主地皺起了眉。

耳膜都被震痛了，他揉著耳朵，對陳楓前倨後恭的態度很不理解，心裡有點解氣，又有點好奇，冷笑道：「你不是很有錢嗎？有什麼事是錢解決不了的？」

「有！有很多！有人要殺我，只有沈玉書可以救我！」

「虧心事做多了，這麼快就遭報應了？」

「只要你們救我，不管讓我做什麼我都答應！你們想要多少錢，多少都可以！」

陳楓看似嚇壞了，說話時聲線顫動得厲害，對蘇唯的譏諷也全不在意，哽咽著不斷叫救命。

看到他這個樣子，蘇唯出了口惡氣，冷冷道：「誰稀罕你的錢？想活命是不是？那就登報道歉，承認你傷害長生的罪行！」

「可以可以！沒問題！」

蘇唯的眉頭皺緊了。

他還記得第一次見到陳楓時，陳楓身上至少還有幾分屬於文人的倨傲，沒想到在危險面前他居然這麼沒骨氣，這讓他對陳楓又看輕了幾分，道：「記住你今天說的話。」

「一定記住！」

「不過沈玉書現在不在，你有什麼事就跟我說吧，我會幫你轉告的。」

就算在，以蘇唯對沈玉書的瞭解，他也不會來聽陳楓的電話，他只會說——如果他被判入獄，我就去見他。

聽了蘇唯的話，對面沉默了幾秒鐘，然後陳楓不肯定地問：「你一定會轉告他嗎？」

蘇唯再次做出放話筒的動作。

怎麼每個人打電話來都是找沈玉書，朋友也罷了，竹馬也罷了，暗戀對象也罷了，為什麼連對頭也點名找他？他是牛郎嗎？萬人迷也不是這樣表現的好吧！

覺察到他的動作，陳楓慌忙叫住他，道：「你別掛電話，我說我說！」

「那還不快說！」

「是這樣的，有人要殺我……」

「那你該做的是請保鏢。」

「那個人太厲害了，保鏢沒用！他是江湖殺手，叫……叫……」

不祥的預感湧上了蘇唯的心頭，他想起了那個叫金狼的金牌殺手。

陳楓證實了他的預感，說道：「他叫金狼，是個死囚，但他居然可以隨意出入大牢，出來殺人。」

「說到金狼，你不是前不久還雇他殺謝老闆嗎？怎麼一轉頭他又要殺你了？」

「雇傭金狼？你說什麼？我壓根就不知道他！」

陳楓說得氣急敗壞，看起來不像是在撒謊。

蘇唯問：「雇凶殺謝老闆的不是你？」

「不是，我根本就沒想殺謝天鑅，他那天汙衊我，我還以為他是被你們唆使的，在作偽證。」

這樣說的話，那就奇怪了，既然金狼不是陳楓雇傭的，那他不早不晚，在那個時候出現攻擊謝天鑅又是出於誰的指使？難道是謝老闆自導自演的？看起來不像……還是又跟徐廣源有關？

短短的幾秒鐘，蘇唯的腦海中閃過無數個疑惑，問：「既然殺謝老闆的事與你無關，那金狼又怎麼會找上你？」

「這也是我想知道的啊，可我什麼都不知道……」

陳楓在對面都快哭出來了，說：「總之我一回來就收到了金狼的恐嚇信，說要來殺我，讓我等死，我在這裡又不認識什麼人，那幫員警都是飯桶，如果請他們，只會讓更多的人知道我的行蹤，太危險了，所以我就想到了沈玉書，現在只有你們能幫我了，希望你們不計前嫌，救救我！」

金狼送信恐嚇？

謝天鑠被金狼攻擊後，蘇唯曾查過金狼的資料。資料上好像沒提到金狼在殺人前有留書恐嚇的習慣——殺手最大的目的就是完成任務，事前恐嚇就失去了意義。

而且金狼還被關在大牢裡，這一點端木衡已經證實了，所以他懷疑恐嚇陳楓的事是其他人冒充金狼做的。

不過恐嚇者是出於什麼目的這樣做，那就耐人尋味了，他沒興趣救一個罪犯，但金狼之謎可能跟老人被殺還有青花的逃獄有關，所以這條線索很重要。

想到這裡，蘇唯問：「你現在在哪裡？」

「我藏在朋友的別墅裡，這裡很偏僻，我誰都沒告訴，請通知沈玉書馬上過來，越快越好。」

陳楓囉囉嗦嗦了半天，才把自己藏身的地址報給了蘇唯，蘇唯記下來，說：「好，我們會儘快趕過去，在此之前，你不要跟任何人聯絡。」

「好的好的，不過你們要快點啊！」

陳楓帶著哭腔說完，又囉嗦了一些拜託的話才掛了電話。

蘇唯放下話筒，立刻跑去找沈玉書，他抬起手正要敲門，半路又停了下來。

陳楓的話是真是假還不清楚，他還是先去探探路比較好，沈玉書比較擅長思索推理，飛簷走壁這種事讓他參與，只會拖自己的後腿。

蘇唯臨時改了想法，他跑回辦公室，取出紙筆，寫下了陳楓的地址，又在地址下加了一句——陳楓來電求救，我先去看看情況。

他寫完後，將紙折好，塞在小松鼠的食物袋裡，又打手勢把牠叫過來，掛到牠的脖子上。

「你在家看門，記得現在沈玉書就是你的飯票了，你要定期去騷擾他。」

蘇唯說完，背上背包，目光掃過桌面，桌上還放著陳楓的私人物品，他大概在收到恐嚇信後，發現隨身物品竟然不翼而飛，更加重了恐懼感，也就是說自己的偷竊無形中起到了推波助瀾的作用。

「真是時也命也啊。」

蘇唯發出感歎，將那些物品隨手丟進抽屜，整裝出發。

正如陳楓所說的，他藏身的地點非常偏僻，所謂的別墅只是一棟陳舊的木質樓房，樓房與樹林相鄰，周圍沒有其他的住家，到了夜間，更加人跡罕至。

這裡的確是個藏人的好場所，但也是殺人的好地方，就算在附近開槍，大概也不會驚動到他人。

天已經黑了，二樓某個房間亮著燈光，蘇唯透過窗簾，隱約看到一道人影在來回踱步，顯得很焦急，應該就是陳楓了。

「幸好金狼不用槍，否則這傢伙死都不知道自己是怎麼死的。」

蘇唯感歎完，目光掃過樓房附近，觀察著周圍的地形，判斷危險度。

夏季夜間燥熱，又兼草木繁茂，有不少蚊蟲在眼前飛動，讓人心煩，不過讓蘇唯煩躁的不是小飛蟲，而是無名的不安感。

這一行做久了，神經變得越來越敏感，明明理智判斷這裡沒危險，他卻依然不放心。

蘇唯伸手拍拍額頭，自我安慰說這大概是自己神經過敏了，一個人在緊張的時候，總會胡思亂想的。

他提高警覺，慢慢靠近木樓，卻沒有走正門，而是繞到樓房後面，踩著突起的地方靈活地攀到二樓。

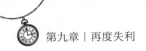

二樓的陽臺門鎖著，不過這難不倒他，輕易就開了鎖，來到走廊上。

房子裡很靜，除了陳楓以外，應該沒有其他人。

蘇唯先觀察了樓房內部的格局，然後來到陳楓所在的房間。

房門沒鎖，隨著他的推門吱呀開了，蘇唯很驚訝，沒想到陳楓連基本的危險防禦措施都沒做。

陳楓正在看窗外，聽到聲音，他回過頭，就見蘇唯已經站在自己面前，他向後晃了晃，震驚之情不言而喻。

「你、你是怎麼進來的？」

蘇唯把房門帶上，環視著房間，隨口說：「連房門都不鎖，你的膽子可真夠大的。」

看房間布置，這裡應該是書房，靠牆是配套的桌椅，另一邊是沙發跟茶几，傢俱做工精細，價格應該不菲，但有些陳舊了，在燈光的映照下，帶著褪色的年代感。

茶几上放著茶水跟乾果，陳楓沒有動過，蘇唯遺憾地想沒有帶花生醬來，否則看到這麼多好吃的，牠一定樂瘋了。

陳楓穿的還是跟白天同樣的衣服，但他的氣色完全不同了，頭髮亂糟糟的，眼睛發紅，見蘇唯不回答，他又神經質地重複發問：「大門我鎖了！你是怎麼進來的？」

「你那個大門鎖跟沒鎖沒什麼兩樣，」蘇唯懶得解釋，直接問：「恐嚇信呢？」

「沈玉書為什麼沒來？我是要沈玉書來幫忙的！」

「一定要沈玉書嗎？」

「是！」

「那等明天吧。」

蘇唯說完掉頭就走，反正現在擔心被殺的又不是他。

果然他沒走兩步，就被陳楓叫住了，說：「好吧，你、你也可以。」

這話聽著總感覺他又被當備胎了。

蘇唯在臉上擠出笑臉，問：「那請問，我『也』能做些什麼？」

陳楓上下打量蘇唯，蘇唯的衣著跟身上的背包讓人感覺不那麼靠譜，但他沒再說什麼，跑去書桌那邊，取出一張紙遞過來。

那是一張普通的白紙，上面只有一行字——今晚取爾狗命。

下面附了金狼的落款。

字是用毛筆寫的，字形頗大，不是特定的字體，但下筆有力，甚至可以說很漂亮，看筆力應該是出於男人之手。

蘇唯看完，摸著下巴，說：「看不出這個殺手還有點文采嘛。」

「這跟文采有什麼關係？這就是恐嚇信，你快想想辦法，看怎麼才能抓住他。」

「不用這麼膽小，金狼還關在大牢裡，這多半是有人偽造的。」

聽了這話，陳楓的眼神閃爍了一下，蘇唯沒忽略他的微妙反應，看來恐嚇信並沒有那麼簡單，陳楓一定還有什麼祕密沒坦白出來。

發覺他的注視，陳楓更慌亂，急忙請他落座，又拉開窗簾，開窗通風，順便倒了茶，遞上前來。

蘇唯接過茶杯，卻沒喝，而是放在了茶几上。

陳楓的表情有些僵，乾笑問：「你不會是擔心茶有問題吧？」

「呵呵，小心駛得萬年船。」

尤其是在面對陳楓這種小人的時候。

當然，懷疑茶水有問題是一個原因，還有另一個原因是喝慣了沈玉書泡的茶，普通的茶入不了他的眼。

聽了蘇唯的話，陳楓更緊張，連連搖手，道：「茶絕對沒問題，這是我親手泡的，我還想讓你們救命呢，怎麼會害你？」

為了證明自己的話，他特意拿起茶杯咕嘟咕嘟連喝幾口，蘇唯挑挑眉，心想難道你不會提前在杯子裡下毒？做戲做得這麼拙劣，真把我當傻子啊。

他低頭重新看了一遍恐嚇信，準備等陳楓演完戲後再追問細節，誰知陳楓喝完茶，口中突然發出古怪的叫聲，緊接著茶杯落到了地上，摔得粉碎。

蘇唯抬頭看去，就見陳楓雙手掐住脖子，因為驚恐跟痛苦，眼珠暴突出來，他嘴巴半張，咳咳咳的喘息聲中，白色泡沫從口中湧出，隨後蜷曲著滾倒在地。

這是很明顯的中毒症狀，蘇唯驚訝之下，本能地看向摔碎的茶杯——柳長春中氰化鈉時也是這樣的反應，陳楓不會也是中了這種劇毒吧？

他急忙上前扶住陳楓，連聲問：「你怎麼樣？能不能吐出來？」

陳楓還有意識，緊盯著他用力點頭，蘇唯靠近他，正想學著沈玉書的做法幫他催吐，忽然發現他的眼神不大對勁。

雖然陳楓的眼瞳裡透著恐懼跟驚慌，但少了份不甘，當一個人臨近死亡時，他的眼神應該更加瘋狂，是那種為了活下來而散發出的瘋狂。

危險信號傳達給蘇唯，他推開陳楓，想往後躲，卻已經晚了，一個手帕向他揮來，包在手帕裡的藥粉整個噴到了他臉上，蘇唯只來得及感覺到那藥粉的香氣很怪異，神志便開始模糊，跟著眼前一黑，跌倒在地。

之後的事他都完全不記得了，直到一些雜亂聲傳來，他的意識才慢慢回歸。

響聲好像是從門外傳來的，明明不是很遠的距離，卻恍恍惚惚地無法聽清，他想睜開眼睛，努力了好幾次才成功，眼前晃得很厲害，所有景物都變成了奇怪的形狀，像是置身在了異境中，到處都是紅色，是那種刺眼的紅。

蘇唯想揉眼睛，卻發覺手上很黏稠，他抬起手，發現手掌也是紅色的，他想睜大眼睛看清那是什麼，卻有心無力。

外面的嘈雜聲更大了，有人在撞擊房門，響聲震得他的頭更暈，但其中隱約傳來熟悉的聲音，是沈玉書的叫聲，在叫他的名字。

蘇唯的心放下了，他想既然沈玉書趕到了，那不管眼下面臨著什麼危險，他都有辦法解決的。

房門終於被砸開了，第一個衝進來的果然是沈玉書，但是跟蘇唯想的不一樣，沈玉書衝到他近前，看到房間的狀況後，表情變得古怪起來。

沈玉書身後還跟著一大幫人，蘇唯神志迷糊，看不清他們的樣子，只恍惚聽到有人在驚叫，叫聲太雜亂，無法聽得明白，他只聽到了沈玉書對自己說的話。

「為什麼你要殺人？」

巨大的羅網向蘇唯籠罩而來，他明白自己被算計了，張張嘴想要解釋，意識卻再次變得稀薄，沉入昏迷前，他唯一想到的一句話就是——捉了一輩子的鷹，今天居然被鷹啄了眼。

【第十章】

飛象過河

沈玉書說完要關車門，端木衡叫住他，叮囑道：「一切小心。」

沈玉書劍眉微挑，端木衡說：「你現在只有一個人，萬一有事，只怕分身乏術，所以就要更小心才行，要知道不論是在故事裡還是電視劇裡，最先被幹掉去領便當的都是好人。」

沈玉書表情微變，道：「謝謝提醒。」

端木衡聳聳肩，「最後一句我是幫蘇唯轉達的，假如你們還有再見的一天，你親自對他說。」

「不會有的。」因為他不會再讓蘇唯捲入這場是非中來。

昏暗空間裡，蘇唯閉著眼睛，任由這段時間的經歷在眼前一幕幕閃過，走馬燈似的，華麗而混亂，令人無法抓住真相。

他看到的只有事實，那就是沈玉書認為他是殺人凶手，不僅在凶案現場，在法庭上他也是這樣說的。

沈玉書在法庭上講述了當時的事情經過，雖然那都是事實，但是是對他非常不利的事實，本來是可以完全避免的，可是沈玉書卻全部照實說了，甚至當眾講述了他推理出的結論。

「我們進去的時候，蘇唯跟陳楓都倒在血泊中，陳楓的喉嚨被割斷，已經死亡，傷口從左往右由深變淺，從力度跟傷口的部位來看，凶手是站在死者的身後行凶的，死者身高一米七零，所以凶手至少要高過他半個頭，才能在殺人時造成這樣的弧線傷痕，凶器是一把匕首，它當時就握在嫌疑人手上，而匕首刀刃上的紋路跟死者的傷口相吻合。」

「嫌疑人說死者喝的茶水有毒，死者是喝茶後中毒的，你是最早進入現場的目擊者，又是醫生，你有在現場找到毒藥嗎？」

「茶水無毒，死者身上也沒有中毒反應。」

——茶水當然沒毒了！他是說死者裝成中毒的樣子，並不是說他真的中毒了！

蘇唯氣憤地大叫，當然是在心裡叫的。

「根據當時的狀況，你認為會有其他人殺害死者後，再嫁禍嫌疑人嗎？」

「不會，因為房間的門窗都是從裡面反鎖住的，處於密室狀態，除非凶手可以從門縫裡鑽出去。」

——狗屁，那種破鎖鎖上的房間也敢稱密室？我可以用十幾種辦法把鎖不留痕跡地鎖上！

身處法庭之上，身為嫌疑人，蘇唯能做的只有在心裡辯解，他知道就算他真的開口分辯，法官也不會聽的，因為所有證據都對他不利，除了他昏倒在凶案現場外，陳楓的私人律師也出庭作證說在陳楓遇害的當天，他曾開口恐嚇過陳楓。

他解釋了他會去陳楓的別墅是因為陳楓打來的那通電話，他還留書給沈玉書，卻被沈玉書否認了。

更詭異的是，陳楓給他看的那封恐嚇信也不翼而飛，金狼也被證實還關在監獄裡，當然不可能出來殺人，而且陳楓打進偵探事務所的電話也查不到通話記錄，也就是說沒有一點證據證明是陳楓邀請蘇唯去別墅的。

至於巡捕會及時趕到，是因為有人報警，可是是誰報的警，檢察官又說查不到，還說這個不重要，反正凶手已經抓到了。

到最後蘇唯已經懶得反駁了，因為他看出來了——整個法庭審判只是在走形式，凶手是誰不重要，重要的是找一個替罪羊。

所以從他被誣陷收監到被審判再到被關進監獄，前後不到五天，也就是說他根本沒有解釋的機會，甚至還沒明白這是怎麼回事，就已經身處大牢了。

從他被收監，沈玉書就沒有在他面前出現過，他們唯一的會面是在法庭上，那以後他就再沒見過沈玉書，直到他被關到這裡。

一切流程都是那麼的簡單而迅速，替罪羊找到了，出於各自的利益，每個人都只想儘快結案，讓這個案子馬上消失在大家的記憶裡。

唯一無法忘記的只有受害人自己。

黑暗中，蘇唯的拳頭握緊了，呼吸在激憤的情緒波動下變得沉重，他下意識地去摸頸上的懷錶，卻摸了個空，這才想起在他被誣陷收監時，懷錶就跟其他物品一起被強行拿走了。

懷錶是他跟這個時代的唯一羈絆，他會來到上海灘，都是因為懷錶的神奇力量，所以對他來說，懷錶的存在有著特殊的意義。

正因為如此，他才一直都很在意那塊懷錶，但現在他發現，懷錶並沒有他想得那麼重要，至少在他被關押的這段時間裡，他滿心裡想的不是怎麼找回那塊錶，而是怎麼反擊沈玉書對他的陷害。

這不是他第一次被人出賣，但唯有這一次讓他最無法接受。

以前那些人中有朋友、有同行，還有他曾經傾慕的人，但他們都不是搭檔，對他來說，搭檔是不同的，是可以將生命都交託的夥伴，他將信任交給了沈玉書，可是卻被對方如此踐踏！

你做初一我就做十五——這是蘇唯一貫奉行的準則，所以在聽說金狼也被關在同一間牢獄後，他就想好了報復的計劃。

對面傳來腳步聲，蘇唯睜開眼睛，他沒有仰頭去看，因為對方靠近時的危險氣場就是最好的身分證明。

「我要出去了。」

金狼在他身旁坐下，說：「我這輩子最無法容忍的就是蒙受不白之冤，雖然我殺了很多人，但是不是我做的，就別想賴在我頭上，所以我決定離開。」

蘇唯的臉上一秒堆起了微笑，上下打量他。

「你這人挺有禮貌的，我第一次看到有人出牢時，還特意過來打招呼。」

「我只是來跟你做最後確認，如果你現在反悔了，還來得及。」

「不，我決定的事，從來不會再反悔。」

金狼沒再多問，站起身往外走，半路打量了一下牢房，道：「你這裡挺寬敞的，一個人住一間，你是給上頭什麼好處了吧？」

「大概是因為我長得比較帥？」

為了體現自己的帥氣，蘇唯還特意伸手，在下巴上比量了一個八的手勢，但是被金狼無視了，他說完就掉頭走出了牢房。

可以在獄中隨便串門，你也給了人家不少好處吧？

蘇唯的好奇心被吊了起來，看著金狼的背影，他突然問：「那個全家十幾口被殺的案子真的是你做的？」

金狼腳步一頓，皺眉看過來。

「現在說這個還有用嗎？」

「對已經過去的事是沒用，但你心裡多半還是介懷的吧？」

昏黃的燈光下，金狼的眼眸中精光一閃，卻什麼都沒說，轉過身揚長而去。

鐵鐐聲逐漸遠去，蘇唯保持靠牆的姿勢，又閉上了眼睛。

接下來該有一場好戲看了，只可惜，他無法親眼看到。

第二天，大牢中就傳出了金狼越獄的消息，牢中吵吵嚷嚷地亂了一陣子，但沒人知道具體的情況，蘇唯被單獨關押，他就更無法探聽內情了，只知道這裡很快就靜了下來，沒人再去提越獄事件。

看來他也要考慮一下越獄的事了，作為二十一世紀的神偷，他可不甘心長時間被關在上個世紀的監獄裡，而且陳楓的叔叔一定不會放棄復仇，他會不斷派人來找自己的麻煩。

所以是時候來考慮自救的問題了，相信在這個動亂的年代，逃跑並不是什麼很困難的事。

又過了一天，蘇唯吃了晚飯，盤腿坐在地上練功，腦子裡盤算著越獄的具體步驟，正規劃到一半的時候，對面傳來開鎖聲，他睜開眼睛，就見牢門被打開，幾個獄警走了進來。

「這麼晚了，大家是來找我吃宵夜的嗎？」

感覺到來者不善，蘇唯嘴上說笑著，然後迅速站起來，做出防禦的準備。

那些人沒給他反抗的機會，上前抓住他的手扭向背後，跟著一個黑頭罩罩過來。

蘇唯眼前一黑，視線被完全遮住，他被獄警扯住，很粗暴地往外拖。

獄警人多，牢房又小，所以蘇唯沒做無謂的反抗，跟隨他們往外走，嘴上卻不閒著，「這是要行刑了嗎？行刑前不該給準備點好吃的嗎？我今晚只喝了一小碗米粥，這太不人道了，我要投訴你們苛待犯人……」

下面的話沒順利說出來，因為蘇唯的嘴裡被塞進了一條毛巾，動作很粗魯，弄得他差點嗆出來，還好對方手下留情，沒塞抹布，否則他真的會翻臉的。

就在蘇唯不斷腹誹的時候，他的胳膊被攥緊了，有人貼在他耳邊，壓低聲音，惡狠狠地說：「不想死的話，就他媽的閉嘴！」

原來不是要偷偷殺他滅口嗎？

蘇唯一愣，很快手臂又被攥住，那些人拖著他加快腳步往前走，他什麼都看不到，只能任由對方拖拽，走得跌跌撞撞，有好幾次還差點絆倒。

他們的動作太野蠻了，讓蘇唯幾乎懷疑那人說的話根本就是在假意安撫他，好讓他配合他們的行動，等他被帶到沒人的地方時，那要殺要剮，就由得他們處置了。

所以他沒敢掉以輕心，在跟隨獄警往外走的途中，找機會用小鐵絲開了手銬，準備一旦有危險，就馬上逃命。

他們很快就來到了外面，夜風拂過面罩，帶來清新的空氣，蘇唯忍不住用力吸了口氣，突然覺得這個時代的空氣實在是太令人懷念了。

之後他又被推搡著坐上車，一左一右各坐了一個人，將他架在當中，憑直覺，蘇唯判斷這兩個人不是先前那些獄警，他們的行動速度跟氣場都和獄警截然相反。

他們像是久經訓練的保鏢護院。

——糟糕，不會又是那幫所謂的大內侍衛吧？

這樣一想，蘇唯更不敢懈怠了，屏住呼吸，仔細留意他們的舉動，考慮著接下來該如何應對。

車輛在寂靜中跑了很久，久得讓蘇唯都感覺厭煩了——要殺要剮，給個話啊，這樣一直吊人胃口是不對的，尤其是他現在還餓著肚子呢。

如果他早知道今晚有驚喜，至少會多吃點東西，這樣打起架來也不至於沒力氣應付。

就在蘇唯開始懷疑他會不會因為胃不舒服而暈車時，車終於停下了，他被拖下車，接著面罩也被扯了下來。

夜風迎面拂來，帶著夏季特有的濕黏感覺，遠處閃過光亮，蘇唯情不自禁地伸手遮住眼睛。

對面傳來輪船汽笛的響聲，隨著眼睛的逐漸適應，蘇唯發現那邊就是港口，那裡停泊著大大小小的船隻。

「你們這是……」

看清了眼下的環境，蘇唯對押他過來的那幾個人說：「是準備將我滅口嗎？」

那幾個人穿著普通的對襟短褂，其中兩個還戴著墨鏡，看他們的打扮跟氣場就知道是混幫派的，不過蘇唯一個都不認識。

他們沒有回答蘇唯的問話，把他拖下車後，就重新上了車，倒車拐彎，揚長而去。

「喂，你們……」

蘇唯被搞得一頭霧水，看著遠去的車輛，就見它跟另一輛黑色福特車擦肩而過，很快的，黑色福特駛到他身邊，停了下來。

副駕駛座旁的車門打開，一個頭戴禮帽，身著西裝的男人走下來，男人眉宇軒昂，俊秀中又不乏英氣，不是端木衡是誰？

看到端木衡，蘇唯徹底明白了，他自嘲地一笑，眼神在海港跟端木衡之間轉了轉，道：「原來是你啊。」

「看到我，你好像很意外。」

「那倒沒有，畢竟你有這個能力。」

以端木衡的權勢跟財勢，要移花接木從大牢裡帶出一個死囚，並不是難事，只是蘇唯沒想到他會幫自己，因為在他被冤枉陷害直至上法庭，端木衡都是站在沈玉書那邊的。

這其實也可以理解了，畢竟沈玉書比他更有利用價值。

「不要露出這副自暴自棄的表情，我還是比較喜歡看到平時那樣的你。」

端木衡走到他面前，摘下禮帽，向他微笑說道。

蘇唯雙手扠腰，回敬道：「如果你被人冤枉入獄，還被判死刑，大概也跟現在的我差不多。」

「你別怪玉書，他只是實話實說。」

「誰怪他了？他堅持他的真理，我堅持我的原則，井水不犯河水。」

端木衡噗哧笑了，還說不怪罪，這分明就是氣得不得了的口氣嘛。

蘇唯不爽地看他，端木衡只好收起了笑容，正色道：「你這次的事件很棘手，陳楓的叔叔跟警察廳還有公董局的人都有交往，是他在背後施壓，所以就算玉書什麼都不說，你也同樣會被判有罪的。」

這個他知道，但這並不是沈玉書可以對他落井下石的理由。

「既然如此，那你又為什麼救我？」

「救你？」

「別以為我不知道，我在獄中一直得到關照，沒有你幫忙疏通，獄警會對我那麼好？甚至冒險把我掉包出來，你一定花了不少錢吧？」

「沒什麼，那只是舉手之勞，你也不用感激我，我這樣做，完全是為了我自己。」

蘇唯挑挑眉。

端木衡說道：「你這次惹的麻煩太大了，不管人是不是你殺的，萬能偵探社都被波及到了，我跟玉書是從小長大的好友，我不想他還有洛家為了這個受連累，但我也不希望你有事，所以送你離開是最好的選擇。」

端木衡抬起手，一名隨從從車上下來，將手裡的東西遞給蘇唯，卻是他一直隨身不離的背包。

蘇唯接過來，拉開拉鏈瞅了一眼，裡面的東西絲毫沒動，他吹了聲口哨，抬眼看向端木衡。

「這可是殺人現場的物證之一，你怎麼弄到手的？」
「你應該沒忘記我的另一個名字吧？」
大盜勾魂玉，別說一個背包，就算再貴重的物品，他也可以輕鬆盜來。
「你那些稀奇古怪的玩意兒還真不少，我猜我們應該是同行。」
「沒那回事，我只是喜歡發明新物品而已。」
蘇唯把背包甩到肩上，隨口回道。
端木衡也沒再問，從口袋裡掏出一個信封遞給他。
「這是去廣州的船票，輪船還有半個小時就起航了，你離開這個是非之地，再也不要回來了。」
蘇唯看了他一眼，接過信封打開，裡面除了船票跟一疊錢外，還有一張寫了聯絡地址的信紙。
「這是我在廣州的一位好友，靠得住，你去了那邊，遇到什麼問題，盡可以去找他，」頓了頓，端木衡又說：「不過我相信以你的能力，不管去哪裡，都不需要依靠他人的。」
蘇唯甩甩那疊錢，問端木衡：「沈玉書好嗎？」
似乎沒想到他會問這個問題，端木衡愣了一下，馬上道：「他那個人你又不是不知道，只要鑽到實驗室裡，外面就算是炸雷，也撼動不了他的。」
「我的意思是——他有提到過我嗎？」

「沒有，嗯……或許應該說他沒有跟我交談的欲望，比起跟外人接觸，他更愛他的實驗室。」

這一點還真符合沈玉書的個性。

蘇唯嘆道：「他該跟屍體結婚的。」

「我也一直這樣認為，喔對了，這個給你。」

端木衡在西裝的內口袋裡摸了摸，將東西掏出來遞給蘇唯。

港口燈光遙遙照來，懷錶在銀鏈下一晃一晃的，錶殼當中稍微凹下，正是蘇唯穿越到上海時戴的那只老懷錶。

蘇唯詫異地接了過去。

端木衡解釋道：「你的案子結案後，巡捕房就把你的私人物品還給了玉書，不過他對這些東西不感興趣，回去後就隨意擱置在一邊，我記得你一直戴著這塊錶，就順便拿來給你，這一路南下，隨身帶塊錶也方便。」

反射著遠處的燈光，懷錶的錶殼透出朦朧的銀輝色，蘇唯按住下面的按鈕，錶殼彈開了，裡面的錶針在一點點地轉動，因為時間久遠，懷錶的許多地方都褪色了，但依然走得很準，不疾不徐，卻永無停止。

看著懷錶，蘇唯不由得感慨萬千，以前沈玉書一直對這塊錶很在意，總是想方設法想拿去研究，都被他拒絕了。

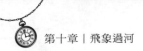

他沒想到有一天沈玉書會對它失去興趣，懷錶在兜轉了一圈後，以這樣一種方式回到自己的手裡。

還真是個薄情的傢伙。

看著懷錶，蘇唯問：「小姨跟洛叔，還有逍遙、長生、雲飛揚他們都好嗎？」

「都挺好的，就是很擔心你，等你平安離開後，我會找個機會告訴他們真相的……對了，閻東山的事我查了……」

蘇唯抬起手，打斷了他的話。

「不用講了，我已經沒興趣了。」

「也對，既然已經選擇要離開了，以前的事也沒必要再去糾結。」

端木衡看看手錶，道：「時間不早了，為免夜長夢多，還是早點上船吧。」

他指指一邊的隨從，蘇唯這才注意到隨從手裡還拿了個小皮箱。

「有他送你上船，路上沒人會攔你，箱子裡裝了一些隨行衣物，到了船上，你再換下來吧。」

打量著那個皮箱，蘇唯感歎地說：「你想得還真周到。」

「我做事喜歡滴水不漏。」

「那就大恩不言謝，今後有機會再見了。」

蘇唯說完，跟著隨從離開，半路他又轉過身，說：「沈玉書……」

「蘇唯！」打斷他的話，端木衡一臉平靜地說：「今晚我拉著玉書下棋，他跟我說了一句很有意思的話。」

蘇唯的心頭一跳。

「他說做任何事都要有規有矩，象的命運就在那個田字格裡，出了田字，它就什麼都不是，所以不要妄圖飛象過河，那是自尋死路。」

不知道這句話真是沈玉書說的，還是端木衡在暗示他，不過歸根究柢，他沒說錯，自己這步棋走的的確是死路。

「我懂了，下一次，我不會隨隨便便就過河了。」

蘇唯微笑回道：「這次能逃出生天，我已經很幸運了，要知道不論是在故事裡還是電視劇裡，最先被幹掉去領便當的都是好人……你聽不懂是吧？你可以回頭去問沈玉書，他會解釋給你聽的。」

蘇唯說完，轉身就走，這一次他沒有再停留，腳步踏得飛快，沒多久就消失在端木衡的視線中。

端木衡默默地站在海港前方，目送著蘇唯走遠了，他才坐回車裡，給司機做了個回去的手勢。

車順著來時的路往前開了一會兒，在經過拐彎時停了下來，那裡站著一個人，端木衡探身將車門打開，邀他上車。

男人坐好後，車重新開動起來，端木衡看看他的臉色，嘆道：「真要那麼在意，就該親自去送，卻讓我在那裡做小人。」

沈玉書目視前方，面無表情地說：「我沒有在意，而是那傢伙詭計多端，我要親眼看著他上船才安心。」

「我只看到某人在意得不得了，一個兩個都是這樣，情侶鬧脾氣也不過如此了。」

端木衡剛說完，就見沈玉書的目光冷冷地看過來，他只好舉手投降，正色說：「放心吧，我安排了隨從帶他上船，有人盯著，他不會亂來的，而且……」

頓了頓，他又說：「他也沒有留下來的必要了吧，他在這裡是死刑犯，只有離開才有活路，他是個聰明人，不會自尋死路的。」

正常人不會，但蘇唯就難說了，要知道那是個下出了飛象過河棋局的人啊！

遠處傳來輪船即將起航的鳴笛聲，沈玉書下意識地看過去。

遠遠的，可以隱約看到夜幕下的巨型船隻，想到今後再也看不到蘇唯耍寶搞怪了，他心裡有了一種悵然的感覺。

「這樣真的好嗎？」端木衡問道。

沈玉書轉頭看他。

端木衡說：「你不在意一直被誤會下去嗎？不光是蘇唯，還有其他人，大家都誤會你了，我這段時間去洛家，每次去都聽到他們在數落你。」

「很正常，畢竟大家的智商都不高。」

「看來這世上只有兩種生物可以忍受得了你，一是屍體，二是蘇唯。」

「我以為花生醬也能跟我相處愉快的。」

「這笑話讓我以為自己正身處在停屍房裡。」

沈玉書沒再回應他，正襟危坐閉目養神，端木衡也沒再多說，轎車就在沉默的氣氛中穿過暗夜黑幕，一路疾奔，最後在萬能偵探社的門前停了下來。

沈玉書下了車，對端木衡說：「謝謝你。」

「真稀奇，第一次被你感謝。」

「我每次都說謝的。」

「但只有這次包含了真心。」

「晚安。」

沈玉書說完要關車門，端木衡叫住他，叮囑道：「一切小心。」

沈玉書劍眉微挑，端木衡說：「我怕陳家不會善罷甘休，其他一些別有用心的人也對你這裡虎視眈眈，雖然我已經找人在暗中周旋了，但你現在只有一個人，萬一有事，只怕分身乏術，所以就要更小心才行，要知道不論是在故事裡還是電視劇裡，最先被幹掉去領便當的都是好人。」

沈玉書表情微變，道：「謝謝提醒。」

端木衡聳聳肩。

「最後一句我是幫蘇唯轉達的，假如你們還有再見的一天，你親自對他說。」

「不會有的。」

因為他不會再讓蘇唯捲入這場是非中來。

沈玉書跟端木衡道了晚安，走進事務所，端木衡目送他進去，這才衝司機擺擺手，示意他開車。

「要回您的公館嗎？」

「不，去徐老爺子那兒，我這裡有些情報，相信他會很感興趣的。」

沈玉書走進辦公室，黑暗中傳來咔嚓咔嚓的響聲，他打開燈，發現是小松鼠在嗑榛果，看到他，小松鼠立刻抱緊榛果，警覺地蹲去桌角上。

「現在只有你跟我相依為命了。」

沈玉書自嘲地說，走過去想抱小松鼠，牠卻躲開了，尾巴一甩，竄到了棋盤上。

那是沈玉書跟蘇唯經常對弈的棋盤，事件發生後，棋盤就再沒用過，蘇唯嫌它礙事，把它推到了桌角。

因為小松鼠的搗亂，棋盤有一大半越出了桌沿，一些棋子滾落到一邊，棋盤上的殘局雜亂無章，正對應了沈玉書現在的心情。

「過來。」

他向小松鼠伸過手去，小松鼠沒動，抱著榛果蹲在棋盤上跟他眼對眼。

其他松鼠的智商有多高沈玉書不知道，但他家花生醬是相當聰明的，牠感覺到了大家對他的排斥態度，所以也對他警惕起來，不像以前那樣接近他了。

「看來今後我只能跟屍體相處了。」

想起蘇唯在時這裡熱熱鬧鬧的情景，沈玉書有些悵然，他搖搖頭，儘量讓自己不去回想在法庭上蘇唯看向他的激憤目光，因為那會讓他感到自責。

但他並沒有後悔，那是唯一的選擇，他對自己這樣說。

這局棋太亂太暗也太危險了，所有人都是衝他來的，所有人接近他都是有所圖謀的，包括端木衡，而他在棋局裡一敗再敗，他沒有自信可以贏得了這局棋，他能做的就是保護蘇唯周全，蘇唯不屬於這裡，他不希望蘇唯再被捲進這個是非圈裡來。

所以他拜託端木衡幫忙，他對端木衡還有利用價值，他相信端木衡會幫的，事實正如他所料的，端木衡照他的吩咐，將蘇唯送走。

「也許這一次真的是後會無期了。」

眼眸掃過桌角上的一顆象，沈玉書拿起來，準備放去將的旁邊，猶豫了一下，又改為放去楚河對面，小松鼠看到了，還以為他要抓自己，一甩大尾巴，抓住旁邊的繩子攀到了吊繩上。

那是蘇唯練功用的繩索，現在完全變成了牠的玩具，牠在上面晃啊晃，一副我就是不下來的樣子。

沈玉書想去抓牠，抬手時不小心碰到了棋盤，棋盤本來就在桌沿外側，再被碰到，咣鐺一聲，整個翻到了地上，棋子順著地面骨碌碌滾得到處都是。

——花生醬，你再搗蛋，我就扣你的糧餉！

如果蘇唯在的話，他一定會這樣說，而小松鼠一定會聽他的話，乖乖老實下來，而不是像他現在這樣，被一隻小動物搞得手忙腳亂。

想起蘇唯平時的模樣，沈玉書更覺得失落，心底空蕩蕩的，像是丟掉了什麼東西，看著小松鼠頑皮，他說：「花生醬，我知道你在生氣，不過不管怎樣，蘇唯都不會回來了，我是為他好，你也不想他繼續留在這裡犯險吧？」

他知道小松鼠不可能聽得懂，他只是想找個人聊聊天，可是在這裡，可以讓他放下心防，坦然交談的人一個都沒有。

沈玉書感到寂寞，他蹲下來撿棋子，又去拿那個厚重的棋盤，棋盤摔得很厲害，中間裂開了一道大縫。

沈玉書拿起棋盤，突然發現原來棋盤不是一整塊木板，而是上方跟下方兩塊木板鑲嵌在一起，由於嵌合得十分巧妙，不留意的話，很難注意到。

好奇心促使沈玉書放棄撿棋子，他把棋盤拿到桌上，透過縫隙往裡看，裡面是實心的，外觀也很平常，但鑲嵌的方式卻讓人感到違和。

沈玉書扳住棋盤兩邊往外使勁，隨著澀耳的響聲，棋盤被掰開了，裡面的確是實心的，但正當中有一個圓形凹槽，凹槽裡嵌著一個雕像，隨著木板的移動，那東西在燈下反射出淡淡的金光。

沈玉書的眉頭皺緊了，他探手將雕像拿了出來。

雕像由銅鑄成，外面鍍了一層金粉，觸摸中屬於金屬的冷意浸透了沈玉書的掌心，雕像的虎面威嚴猙獰，厲目森森，既像是精美的藝術品，又是一件極為貴重的信物。

但它只有右邊一半，當中被斷開了，只留虎面的右眼，虎目彷彿透著生命般的，接受了燈光的照射，透出淡淡的冷意，跟沈玉書的目光相對。

沈玉書感覺手上的雕像更沉重了。

一瞬間，蒙面人收藏的虎面紙張、青花服裝店裡懸掛的虎面浮雕，還有弗蘭克別墅裡那面放大後的雕塑牆壁，一幕幕不同形式的虎圖在他眼前閃過。

他終於明白了那些人把這裡當做目標的原因，也知道了他們的目的究竟是什麼。

這是可以調集千軍萬馬的兵符，是當權者都妄圖擁有的東西——即使到了這個年代，還是有很多人妄想復辟、妄想重回昌盛富強的大清國，所以有了兵符，就等於有了更多的財富跟夢想，哪怕這個夢想很可能跟肥皂泡一樣，輕輕一戳就碎掉了。

所以蒙面人也好，青花也好，甚至法國人弗蘭克，他們出於不同的目的，想方設法也要找到兵符。

這就是老宅鬧鬼的原因，可是他們前前後後花了十幾年的時間，卻始終沒有找到他們想要的東西，因為沒人會想到這麼重要的信物會被塞在棋盤當中。

假如不是蘇唯心血來潮，把象棋拿出來跟他對弈，恐怕到現在兵符還在這棟房子的地下室裡長眠。

問題是他父親只不過是個小小的醫官，為什麼會藏有兵符？當年宮中到底發生了什麼事，導致父親辭官，背井離鄉來到上海隱居？父親一定是知道這裡有危險，才不讓他靠近，拜託小姨跟姨夫送他去留洋。

但最後他還是回來了，因為這裡才是他的故土。

沈玉書抬起頭，目光掠過牆上的營業執照。

蘇唯從端木衡那裡盜來的機關圖還放在執照後面，直覺告訴沈玉書，機關圖跟這半枚兵符之間息息相關。

但具體是什麼關係，他還參不透，因為蘇唯到最後也沒把自己知道的祕密告訴他。

一半兵符在這裡，那麼另一半呢？是長眠在某個大家都想不到的地方？還是由誰精

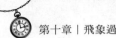

心保管，準備隨時在調兵中用到？

沈玉書將虎符緊緊握在手中，金屬突起的地方刺入掌心，帶來細微的刺痛。

心頭有些沉重，沈玉書閉上眼睛，耳邊彷彿傳來輪船起航的汽笛聲，他想起了跟蘇唯最初相遇的地方，一切好像從來都沒有發生過，他們在兜轉了一圈後，又回到了起點。

——不管今後你在哪裡，都希望你平安，虎符令的祕密，就讓我一個人來解開吧！

（完）

【作者後記】

故事即將邁入尾聲，謎團越來越多，請一起歡樂辦案吧！

親愛的讀者們，你們好。

首先，多謝在百忙中閱讀拙作，希望這個發生在民初的歡樂搞笑偵探故事，能給大家帶來快樂。

又到了跟大家閒聊的時間了（誤）。

故事走到了這裡，陰謀事件也逐漸明朗起來了，那就是大家都想拿到定東陵的路線圖，也就是想要那些永遠花不盡的寶藏。

如果說路線圖是進入墓穴地宮的階梯，那蘇唯的懷錶就是扭轉乾坤的鑰匙，當然，這些設定純屬我自己的想像。

不過據說機關密道是有的，當年軍閥孫殿英為了找到地宮入口，還曾去要脅過建造墓穴的石匠，再加上炸藥轟炸，才進入了地宮。

作者後記

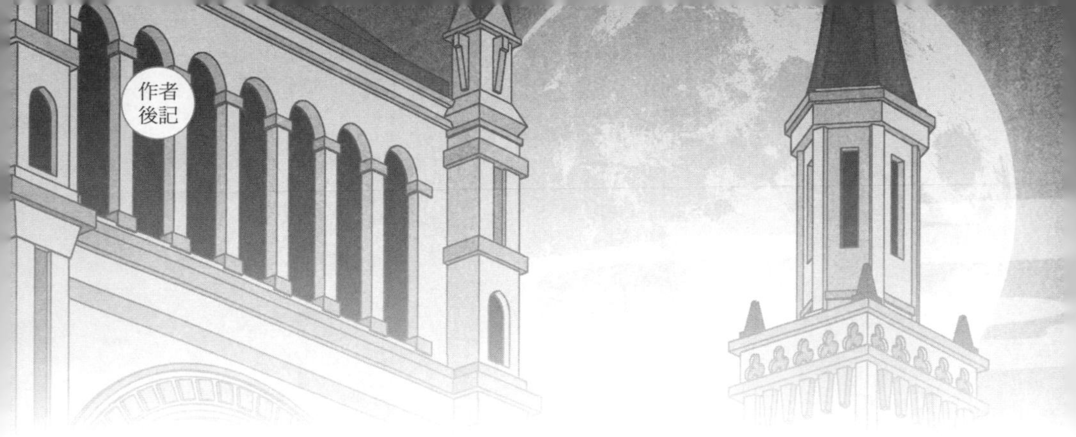

這些傳說由於年代已久，究竟有多少是真實的，已經無法考據，也因此，我要在這裡多囉嗦一句，這只是一個故事，不管是風土人情、地理環境還是人物設定，都是我根據當時的狀況再結合個人的想像進行設定的，眾看官看書圖個樂呵，請不要代入真正的歷史，簡而言之——本故事純屬虛構，如有雷同，純屬巧合。

另外，在故事最後虐了蘇唯一把，雖然我覺得這不算是什麼虐，這只是事件的走向趨勢，而這一次沈玉書也大意失荊州，被反將了兩軍。

這其實也是必然的，世上沒有常勝將軍，有勝就有敗，神探也是人，會失敗是情理之中的，偶爾打擊他一下也好，這樣才能讓他提高警惕，戒驕戒躁。

要知道越往後敵人也就越厲害，不及時提高自己的能力，又怎麼能堅持到最後的勝利呢（笑）。

還有一點需要說明的是——在這次的事件中，主題一直圍繞著「飛象過河」這個詞，不知道大家對象棋有多少瞭解，我本人其實是屬於會下棋但不精通的那種，以前還會跟同學或同事下下，這些年工作越來越

忙，周圍也沒有懂棋的人，再加上娛樂活動也變多了，所以我跟象棋這一國粹也就逐漸疏遠了。

話題好像跑掉了，那我們言歸正傳，為了方便大家瞭解這個故事的設定，我在這裡小小地普及一下象棋的基本知識。

象棋的基本走法就是馬走日字、象走田字，過河小卒當半個車用，但卒無法後退，它的使命就是衝在最前線上當炮灰，所以有個詞叫「過河小卒」。

炮的力量基本跟車一樣，但它要隔子才能吃掉對方；士是用來保護將的，它只能在九宮格裡走，作用是守，而車馬炮為攻（不要想偏了），負責去敵營殺敵掠陣，象只能走田字，也就是走對角線，它是不可以過河的，所以蘇唯下了招「飛象過河」局後，被沈玉書嘲諷不懂棋。

在這裡大家請注意一下，那就是將。

象棋紅方叫「帥」，黑方叫「將」，在象棋中這兩個都是王，王也只能在九宮格裡走，並且兩王不可以打照面，也就是說在一條直線上兩王之間一定要有其他棋子才行，否則後行的一方算輸，這就是象棋中王不見王的法則。

以上，就是象棋的基本小常識，有興趣的同學可以繼續學習研究，

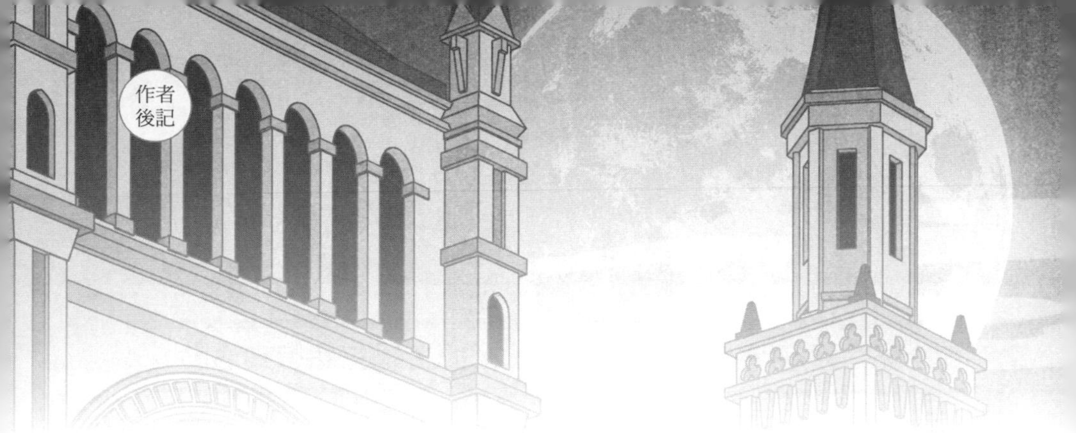

這真的是很有益處的競技喔 XD

好了，本期的故事講完了，接下來就到了《王不見王》的最後一集。大結局裡，到底蘇唯跟沈玉書能不能和好如初？定東陵究竟隱藏著什麼祕密？還有長生的身世？以及蘇唯能不能洗清自己的冤屈，順利回到現代社會？這一切都會在最後一集講到，還請繼續關注本系列的後續故事。

以下是小落的微博和 FB，大多 Po 一些與創作、出版有關的資訊，歡迎大家來我家玩>>~

微博 http://www.weibo.com/fanluoluo

臉書 https://www.facebook.com/fanluoluo

那麼，我們就在《王不見王案卷五》，也就是最後一集《定東陵》裡再見啦，再次感謝。

樊落

二〇一六年夏

晴空與POPO原創網合辦　第二屆主題徵文活動

決戰星勢力

之晴空華文小說徵文比賽【活動預告】

活動名稱：決戰星勢力之晴空華文小說徵文比賽
主辦單位：晴空出版、POPO原創網
活動時間：2016/8/15- 2016/10/15
報名辦法：2016/8/15起，於POPO原創網(http://www.popo.tw)
決戰星勢力徵文活動專區報名，並完成線上創作及作品張貼。活動網址將另行公告。

活動辦法

1. 請參賽者從指定的10位候選角色中，挑選喜歡的角色，為其做人物設定，並創造吸引人的故事。候選角色資料請見晴空blog的活動公告。
2. 主角一定要從指定的10名角色中挑選，可以再加入原創的角色，或是所有出現的角色都是從10位候選角色中挑選。
3. 評選分成「言情組」（正常向的男女戀情）和「耽美組」（BL小說），不論哪個組別皆題材不拘，不論是奇幻、推理、恐怖靈異、修仙、穿越、重生......皆可，但必須是愛情故事。
4. 活動於8/15（週一）開始連載，參賽者可自行決定更新字數及週期。
5. 活動於10/15（週六）凌晨截止連載與投稿，參賽作品要達到以下闖關標準，方可進入編輯評選階段：(1) 點閱2000以上、(2) 收藏40以上、(3) 珍珠50以上、(4) 留言60則以上（字數不限，只計算數量）、(5) 總字數達8萬字以上且故事連載完結。※上述統計方式，以POPO原創網線上數據為基礎。
6. 預計10/20（週四）公布進入編輯評選的作品名單。
7. 預計11/30（週三）公布評選結果。※時間若有異動，請以網路最新公告為準，謝謝！
8. 本次活動報名之作品，必須為2016/8/15後，於POPO全新創建之書籍（如為 2016/8/15 前所建之作品，將無法列入評選作品資格）。

活動獎勵

每組優勝作品，將有可能獲得晴空出版實體書的機會。
（主辦單位保留得獎作品從缺或增額的權利，謝謝！）

提醒事項：

1. 本活動由晴空出版與POPO原創網合辦，所有相關活動辦法與進度會同步公告POPO原創網(http://www.popo.tw)的活動頁面以及晴空blog：http://sky.ryefield.com.tw
2. 本消息為活動預告訊息，詳細辦法請以2016/8/15活動上線之辦法為準。主辦單位保留活動變更之權利，任何變更請見POPO活動網頁或是晴空blog的公告。
3. 由於開放報名時間有限，有興趣的作家朋友，可以開始全力準備噢~

狂想館
晴空強檔新書
冒險吧！向偉大的航路出發
櫻庭愛生
黑眷村奇譚
原惡哉/著　重花/繪
櫻庭愛生出道五周年，華麗回歸！
與責編信三聯手探查黑棺生祭傳說，
還接受讀者Q&A五周年特別企劃專訪！
哥德系耽美小天后原惡哉，
五年磨一劍，讀者引頸期盼最重量級的回歸之作！
晴空
更多精彩書介與活動請上
「晴空萬里」部落格：http://sky.ryefield.com.tw

狂想館014

王不見王4 **飛象過河**

國家圖書館出版品預行編目資料

王不見王4飛象過河 / 樊落著. -- 臺北市 ：晴空出
版 : 家庭傳媒城邦分公司發行,
2016.8
冊； 公分. --（狂想館014）
ISBN 978-986-92868-9-3（全5冊：平裝）

857.7 105008986

城邦讀書花園
www.cite.com.tw

作　　者　樊落
封面繪圖　Leila
文字校對　劉綺文
責任編輯　高章敏
行　　銷　艾青荷　蘇莞婷　黃家瑜
業　　務　李再星　陳玫潾　陳美燕　杻幸君
副總編輯　林秀梅
編輯總監　劉麗真
總 經 理　陳逸瑛
發 行 人　涂玉雲
出　　版　晴空
城邦文化事業股份有限公司
104台北市中山區民生東路二段141號5樓
電話：（886）2-2500-7696　傳真：（886）2-2500-1967
E-mail：bwps.service@cite.com.tw
發　　行　英屬蓋曼群島商家庭傳媒股份有限公司城邦分公司
104台北市中山區民生東路二段141號2樓
書虫客服服務專線：(886)2-2500-7718；2500-7719
24小時傳真服務：(886)2-2500-1990；2500-1991
服務時間：週一至週五09:30-12:00；13:30-17:00
郵撥帳號：19863813　戶名：書虫股份有限公司
讀者服務信箱E-mail：service@readingclub.com.tw
晴空部落格　http://sky.ryefield.com.tw
香港發行所　城邦（香港）出版集團有限公司
香港灣仔駱克道193號東超商業中心1樓
電話：852-2508-6231　傳真：852-2578-9337
E-mail：hkcite@biznetvigator.com
馬新發行所　城邦（馬新）出版集團【Cite(M) Sdn. Bhd. (458372U)】
41, Jalan Radin Anum, Bandar Baru Sri Petaling, 57000 Kuala Lumpur, Malaysia.
電話：+603-9057-8822 傳真：+603-9057-6622
電郵：cite@cite.com.my

美術設計　廖婉禎、陳涵柔
內頁排版　洸譜創意設計股份有限公司
印　　刷　沐春行銷創意有限公司
初版一刷　2016年8月
定　　價　250元
I S B N　978-986-92868-9-3